KB052973

행복이
머무는
순간들

소소하지만 소중한
행복을 배우다

행복이
머무는
순간들

무무 지음 | 이지연 옮김

보아스
BOAZ

행복을 배우다

우리는 어렸을 때부터 누군가 일깨워주는 데 익숙해져 있다. 바람이 쌀쌀해지기 시작하면서 초겨울로 접어들면 어머니가 말씀하신다. "애야, 옷 따뜻하게 입고 다녀." 친구를 사귀려고 하면 아버지가 말씀하신다. "혹시 나쁜 아이는 아닌지 조심해라. 도움이 되는 사람을 친구로 사귀어야 해." 약간의 성공을 거두었을 때 아직 축하인사도 받기 전에 주위 사람들이 입을 모아 말한다. "자만해서는 안 돼!" 기쁨에 도취해 있을 때도 우리 스스로가 자신에게 끊임없이 말한다. "너무 좋아하지 마. 불운이 이미 코앞에 닥쳐왔을지도 몰라."

이처럼 우리는 일깨움 속에서 살아가는 데 충분히 길들여져 있다. 볼 수 있는 공포와 볼 수 없는 두려움이 까마귀처럼 우리의 머리 위를 항상 맴돌고 있는 것이다.

밝은 달이 하늘에 걸린 아름다운 밤에 보이지 않는 목소리가 "폭풍을 조심해!"라고 일깨워주기도 한다. 그러면 아름다운 달빛은 의식하지 못하고 폭풍에 대비한 만반의 준비를 갖추느라 급급하다. 우리는 눈을 크게 뜨고 지켜보지만 사실 폭풍은 뒤처진 양 떼처럼 어디를 배회하고 있는지 알 수가 없다. 재난이 가져올 고통을 기다리기가 정말 힘들 때는 아예 악의적으로 폭풍이 어서 오기를 바라기까지 한다.

마침내 폭풍이 어기적거리며 오면 우리는 그제야 준비한 것 대부분이 소용없음을 깨닫고 실망한다. 사전 예방이 가능한 위험은 어디까지나 한정적이고, 예측 불가능한 재난은 무한하다. 재난의 극복은 대부분 닥치고 나서야 비로소 가능하기에 미리 불안에 떠는 것은 전혀 도움이 되지 않는다.

폭풍이 물러가고 자취를 감추면 우리는 그때 초토화된 집을 지킬 수 있다. 이때 새로운 일깨움이 한숨을 돌리기도 전에 다시 소리치며 우리에게는 또다시 미래에 대한 두려운 기대감이 가득 차게 된다.

인생에는 늘 시련이 따른다. 사실 우리 대부분은 이미 시련에 단련되어 있다. 다만 아직 우리가 시련의 틈바구니에서 즐기는 법을 익히지 못했을 뿐이다. 우리는 시련에 대비한 경각심을 고취하는 데는 지나치게 몰입하는 반면 행복을 일깨우는 데는 너무 무심하다. 그러니 이제부터 행복해지는 데 관심을 갖자. 그렇다면 행복도 일깨워줄 필요가 있을까?

넘어지지 않게 조심하라고, 길이 미끄러우니 조심하라고, 사기 당하지 말라고 주변 사람들이 수시로 일깨워주고, 성공과 실패에 일희일비하지 말라고 선현들이 우리를 수없이 일깨워주었지만 행복을 일깨워준 적은 그다지 많지 않았던 듯싶다.

어쩌면 그들은 행복을 일깨워주지 않아도 우리가 그것을 놓치지 않을 거라고 생각했는지도 모른다. 아니면 좋은 것은 스스로 소중히 여길 테니 간곡히 타이를 이유가 없다고 생각했을 수도 있다. 선현들은 늘 위험한 벼랑 끝에 서서 우리에게 미래의 재난에서 도망치라고 충고했다.

그러나 행복을 누리는 것도 학습이 필요하다. 행복이 곧 올 것 같으면 일깨워주어야 한다. 인간은 감각기관의 쾌락은 자연스럽게 체득하지만 행복의 규율은 자연스럽게 습득하지 못한다. 영혼의 즐거움과 육신의 편안함은 쌍둥이 형제와 같아서 때로는 서로 의지했다가 때로는 각자의 길을 간다.

행복은 영혼의 울림이다. 음악을 감상하는 것처럼 끊임없는 연습이 필요하다. 간단히 말하면, 행복이란 고통 없는 시간이다. 행복의 출현빈도는 우리가 생각하는 것처럼 그렇게 드물지 않다.

사람들은 항상 행복의 황금마차가 멀리 지나간 후에야 땅에 떨어진 금부스러기를 주우며 "나도 그걸 본 적이 있어"라고 말한다.

사람들은 행복했던 순간을 돌이켜보기를 좋아하지만 행복이 이슬을 머금고 맑은 향기를 내뿜을 때를 소홀히 지나친다. 그때 우리는 늘 발걸음을 재촉하지만 무엇 때문에 바쁜지는 알지 못한다.

세상에는 태풍 예보, 메뚜기 출현 예보, 전염병 예보, 지진 예보가 있지만 행복을 예보해주는 사람은 없다. 사실 행복은 세상만물처럼 그 징조를 보인다.

행복은 항상 모호하고 조심스럽게 우리를 향해 자신의 단비를 뿌려준다. 행복이 거창하고 요란할 거라 기대해서는 안 된다. 행복은 대부분 슬며시 다가오기 때문이다. 수도꼭지를 확 틀어버리듯이 행복이 더 빨리 사라지게 해서도 안 된다. 평온한 마음으로 조용히 진정한 행복을 체험해야 한다.

행복의 거의 대부분은 소박하다. 행복은 신호탄처럼 높은 창공에서 붉은빛을 반짝이지 않는다. 행복은 순색의 외투를 걸치고 따스하고 살갑게 우리를 감싼다.

행복은 시끌벅적하고 화려한 것을 싫어하고 늘 어둠 속

에서 내려온다. 가난한 형편 속에서도 상대를 위하는 마음으로 건네는 빵 하나, 고난 속에서도 마음과 마음이 통하는 눈빛, 거칠게 쓰다듬어 주시는 아버지의 손길, 따뜻한 마음이 담긴 여자친구의 쪽지 등등. 이 모든 것은 천금을 주고도 살 수 없는 행복이다. 행복은 낡은 비단 위에 알알이 박힌 루비처럼 세월이 갈수록 더욱 선명한 빛을 발한다.

행복은 때때로 우리에게 장난을 걸어오기도 한다. 교묘하게 모습을 꾸민 채 다가오기도 하는 것이다. 기회, 강렬한 사랑, 성공, 일확천금 등으로 말이다.

그것들은 상당히 비슷해 보이지만 행복과는 다르다. 행복은 곧잘 그 옷들을 빌려 입고 사뿐사뿐 다가오는데 가까이 다가왔을 때 위장막을 걷어내야 비로소 그 속에 든 강철 같은 알맹이가 드러난다. 행복은 고난처럼 온 하늘을 뒤덮지 않고 아주 짧은 순간에 불과할 때도 있다. 만약 삶의 고난과 행복을 저울의 양쪽에 올려놓으면 고난은 부피가 거대하고 행복은 작디작은 광석에 불과할 것이다. 하지만 저울의 바늘은 행복 쪽으로 기울어질 것이 분명하다. 행복은 생명의 황금을 품고 있기 때문이다.

행복은 단면이 사다리꼴이어서 우리가 그것을 얼마나 소중히 여기느냐에 따라 늘어날 수도, 줄어들 수도 있다.

그래서 우리는 행복을 향해 촉각을 곤두세워야 한다. 행복이 다가왔을 때 열정적으로 모든 순간을 즐겨야 한다. 연구 결과에 따르면 의식적으로 주의를 기울였을 때의 결과가 그렇지 않았을 때의 결과보다 훨씬 좋다고 한다.

봄이 되면 우리는 스스로에게 이렇게 말해야 한다. "이제 봄이구나!" 그러면 마음속에 부드러운 초록의 기운이 넘칠 것이다.

행복할 때 우리는 스스로에게 이렇게 말해야 한다. "이 순간을 기억하자." 그러면 행복은 오랫동안 우리와 함께할 것이다. 이렇게 하면 우리는 더 많이 행복해질 것이다.

따라서 우리는 수확의 계절에 가뭄이 일어날지도 모른다고 미리 걱정해서는 안 된다. 기나긴 겨울에 그 문제를 생각해보아도 늦지 않다. 우리는 친구들과 춤추고 노래하며 기쁨을 더 크게 만들어야 한다. 씨앗이 땀에 대한 대가를 갚았다면 우리는 행복에 흠뻑 빠질 권리가 있다. 나중에 있을 고난과 풍파는 상관하지 말고 먼저 밀을 갈아 밀가루로 만든 다음 고소한 향이 진동하는 빵을 굽도록 하자.

또한 우리는 짧은 만남 후의 이별에 주저해서는 안 된다. 앞으로 이어질 기나긴 세월 속에서 고독한 밤에 외로이 근심에 잠길 시간은 얼마든지 있다. 지금의 모든 순간이 순수한 알코올처럼 행복의 푸른 불꽃으로 타올라 티끌만큼의 찌꺼기도 남지 않게 하자. 지금 이 순간은 우리의 삶을

수놓는 다시 오지 않을 소중한 시간이다.

연로한 부모님을 모시고 있을 때 부모님의 머리가 희끗희끗해지고 서서히 늙어가는 모습을 옆에서 보게 되더라도 우리는 용기 있게 스스로에게 말해야 한다. "나는 행복해." 세월이 무심해 언젠가 부모님이 우리를 떠나면 지난 시절을 끝없이 후회하게 될 것이니 말이다.

행복은 재산, 지위, 명성, 결혼과 비례하지 않는다. 행복은 영혼의 느낌일 뿐이다.

따라서 가진 것이 아무것도 없는 때라 해도 우리는 "나는 행복해"라고 말할 수 있다. 우리에게는 건강한 신체가 있기 때문이다. 더 이상 건강하지 않을 때라도 의연하게 미소를 지으며 "나는 행복해"라고 말할 수 있다. 우리에게는 건강한 마음이 있기 때문이다.

행복에 큰 관심을 갖도록 우리는 스스로를 일깨워야 한다. 그러면 몹시 추운 날 태양을 만난 것처럼 마음이 어느새 따스하고 환해질 것이다.

행 복 이   머 무 는   순 간 들

—
차
례
—

제3장
그대가 있어 내 삶이 환하게 빛납니다

제4장
평범한 일상 속에 숨어 있는 삶의 찬란한 아름다움

제1장

단순한 삶이 가져다주는

인생의 깊은 맛

꿈을 간직한 왈츠

—

내게는 미국 야생동물보호협회에서 일하는 친구가 있다. 그는 세상 구석구석을 돌아다니며 자신이 겪은 특별한 경험들을 기록해 놓았다. 친구는 어떤 일은 그 자체가 기적이나 다름없다고 말했는데, 다음은 그중의 하나로 들려준 이야기다.

여러 해 전, 희귀 야생동물의 목록을 작성하는 일 때문에 나는 지원자 자격으로 중국의 하이난 섬에 갔다. 광저우에서 하이난 섬으로 가는 여정은 매우 험난했다. 우리는 여러 곳을 경유해 하이난 섬의 한 작은 어촌에 다다랐다. 지친데다 배가 몹시 고팠던 우리는 길가의 작은 집 앞에서 걸음을 멈추었다.

　그때 여든이 넘어 보이는 할머니가 집에서 나오시더니 우리에게 들어오라고 손짓하셨다. 할머니가 우리를 위해 준비한 음식을 보고 우리는 거의 아무것도 없는 상황에서 무언가를 각양각색의 요리로 변신시키는 중국인의 능력에 감탄하지 않을 수 없었다. 우리가 맛있게 음식을 먹는 동안 할머니는 줄곧 우리를 보고 미소를 지으시며 이제껏 본 적이 없는 매우 독특한 깃털 부채로 우리에게 부채질을 해주셨다. 낡은 손목시계를 빼면 이 집에서 그 부채가 가장 비싼 물건인 듯했다. 중국인은 손님이 마음에 들어 하면 자기 물건을 기꺼이 손님에게 주는 풍습이 있다는 것을 이미 알고 있었기 때문에 나는 가급적 그 부채에 눈길을 주지 않으려고 애썼다.

우리는 식사를 마친 뒤에도 곧바로 자리를 뜨지 않고 더위를 식힌 다음 떠나기로 했다. 할머니는 서툰 영어로 우리에게 이야기하려고 애쓰셨는데 수십 년 동안 영어를 거의 쓰지 않으신 듯했다. 우리는 열심히 귀를 기울여 할머니의 영어를 조금씩 알아들을 수 있었다. 할머니는 30년 만에 처음으로 이곳에서 외국인을 만나는 거라고 하시면서 우리를 보니 옛날 생각이 난다고 하셨다. 아버지가 외교관이어서 할머니는 아버지를 따라 세계 곳곳을 여행하며 행복한 어린 시절을 보내셨다고 한다.

할머니는 이렇게 말씀하셨다.

"한번은 부모님을 따라 홍콩에서 열린 파티에 참석했는데 그곳에는 많은 영국인과 미국인 선남선녀들이 플로어에서 반주에 맞춰 왈츠를 추고 있었어요. 나는 그들이 추는 우아한 춤에 완전히 반해버렸어. 이 세상에서 가장 아름다운 장면일 거라고 생각했어요. 그리고 나도 언젠가는 그녀들처럼 화려한 의상을 차려입고 날아갈 듯 우아하게 춤을 출 거라고 믿었다우.

하지만 내가 어른이 된 후에 중국은 격변기를 맞이했고 더 이상 왈츠는 볼 수 없었어요. 내 꿈도 그렇게 물거품이 되어버렸지. 내가 결혼하고 얼마 안 되어 중국에서 내전이 일어나 세상이 어수선하더니 급기야 8년 동안 항일전쟁과 해방전쟁을 치렀어요. 나는 결국 이런저런 사연으로 이런 황량한 어촌에서 수십 년 동안 살게 되었고 여행객에게 식사를 제공하고 가끔 뱀과 야생 토끼를 잡아 팔아서 그것으로 먹고살고 있어요."

자신이 살아온 이야기를 담담하게 들려주시는 할머니의 말 속에는 세상을 향한 어떤 원망이나 한은 없었지만 우리의 마음을 사로잡는 무언가가 있었다. 할머니 기억 속의 삶과 현재의 삶은 너무도 다르지만 평온하고 담담한 그녀의 모습은 마치 아무런 고통도 겪은 적이 없는 듯이 보였다.

"아쉬움이 남는 것이 있으세요?" 우리는 조심스럽게 물어보았다.

"단지 한스러운 것은—" 할머니가 말씀하셨다. "왈츠를 배울 수 없었다는 거라우."

예상 밖의 대답에 우리는 한동안 말을 잇지 못했다. 침묵이 흐르고 있을 때 나는 탁자 위로 손을 내밀어 할머니의 손을 꼭 쥐고서 나지막이 물었다.

"아직도 왈츠를 배우고 싶으세요? 지금 여기서 어떠세요?"

온갖 풍파를 겪은 할머니의 얼굴에서 꽃이 피듯 미소가 퍼졌다.

우리는 일어서서 서로에게 다가섰다. 방 가운데 자리한 약 10센티미터 너비의 흙바닥이 무대로 바뀌었다. 우리는 뒤뚱거리며 춤을 추기 시작했다. 나는 요한 슈트라우스의 왈츠를 흥얼거리며 가끔씩 할머니의 발을 밟기도 했다. 하지만 우리는 곧 능숙하게 추기 시작했고 내 노랫소리도 더욱 커졌다. 〈아름답고 푸른 도나우 강〉의 선율이 작은 집 안에 울려 퍼졌고 할머니의 헐렁한 바지는 마치 회전하는 드레스처럼 휘날렸다. 할머니는 옛날로 돌아가 젊고 아름다운 여인이 된 듯했다. 나는 잘생기고 건장한 외국 청년이 되어 외떨어진 세상의 끝, 황량한 섬으로 와서 아름다운 공주를 데려가려는 왕자가 된 기분이었다.

잊을 수 없는 이 순간을 기억하기 위해 우리는 기념사진을 찍었다.

그 사진은 내 사무실 벽에 걸려 있다. 다른 세계에서 온 우

리는 사진 속에서 서로의 손을 꼭 쥔 채 미소를 짓고 있다. 오랜 세월 굴곡진 삶을 살면서도 할머니의 마음은 이미 삶의 역경과 고난을 초월해 있었다. 할머니의 이름은 모르지만 세상의 끝에서 춘 왈츠는 나에게 진정한 용기와 강인함이 무엇인지를 깨닫게 해주었고, 삶에서 맞닥뜨리는 모든 도전에 웃음 지으며 맞서라는 가르침을 주었다. 이것은 내게 평생 잊을 수 없는 추억이 되었다.

꿈을 결코 잊지 않고 간직하며 사신 할머니의 모습은 큰 감동을 선사한다. 그것은 부단한 노력을 통한 강인한 정신력이자 지조라 할 수 있다. 그 노력의 과정은 길고 힘겨웠겠지만 할머니는 결코 잊지 않았고 포기하지 않았기에 세월은 할머니에게 아름답게 빛나는 삶을 선사한 것이다.

소소한 일상에서 오는
삶의 행복

영국의 어떤 작은 마을에 한 청년이 살고 있었다. 그는 하루 종일 거리에서 노래를 부르는 것으로 생계를 이어나갔다. 이 마을에는 가족들과 떨어져 일하러 온 중국 여성이 있었는데 두 사람은 늘 같은 음식점에서 밥을 먹다보니 자주 만나게 되어 서로 친한 사이가 되었다.

하루는 그녀가 영국 청년에게 말했다.

"거리에서 노래 부르는 일 말고 제대로 된 일자리를 찾아보는 게 어때요? 내가 중국에서 교사 자리를 알아봐 줄게요. 중국에서라면 지금보다 훨씬 많은 돈을 벌 수 있어요."

청년은 그녀의 말을 듣고 어리둥절한 표정을 짓더니 이렇게 반문했다.

"설마 제가 지금 하고 있는 일이 제대로 된 직업이 아니라고 생각하는 거예요? 난 이 일이 좋아요. 길거리 콘서트는 나뿐만 아니라 다른 사람들에게도 즐거움을 선사하잖아요. 이게 뭐가 나빠요? 제가 무엇 때문에 가족과 집을 버리고 좋아하지도 않는 일을 하러 그 먼 곳에 가야 하죠?"

주변 테이블에 앉아 있던 다른 영국인들도 그녀의 말을 듣고 모두 놀란 표정을 지었다. 그들은 몇 푼의 돈을 더 벌기 위해 가족 곁을 떠나 행복을 멀리하는 것이 도대체 무슨 의미가 있는지 의아해했다. 그들은 행복이란 돈이 많은지 적은지 또는 지위가 높은지 낮은지로 결정되는 것이 아니라고 생각했다. 그들은 가족이 함께 평안 무사하게 사는 것이 최고의 행복이라고 여겼다. 그래서 마을 사람들은 오히려 그녀를 안쓰럽게 생각했다.

그녀가 줄곧 열심히 뛰어다닌 이유는 행복을 위해서였지만, 그녀는 내내 일에 치여 살았기 때문에 오히려 행복을 얻을 수 없었다.

이렇듯 우리는 마음을 비우지 않으면 지금이 최고의 순간임을 깨닫지 못하고 불확실한 미래만을 좇게 된다.

주위를 둘러보면 신념 없는 신념을 위해 살아가는 사람이 무척 많다. 그들에게 목표 없이 사는 삶은 있을 수 없는 일이다. 사람들이 추구하는 목표는 다양하다. 일이나 돈을 목표로 사는 사람들도 있고, 이상을 목표로 사는 사람들도 있으며, 또는 자식이나 부모를 목표로 사는 사람들도 있다. 하지만 정작 자기 자신은 그 목표에서 제외시킨다.

어떤 사람들은 불만에 가득 찬 삶을 살기도 한다. 하는 일도 견디기 힘들어하고, 결혼생활도 간신히 유지할 뿐이고, 사람들과의 관계도 표면적이며, 모든 욕구를 억누르기만 한다. 이른바 사람들의 부러움을 사는 '타이틀'을 얻기 위해 자신의 행복을 희생하는 것도 마다하지 않는다. 그들은 좋은 직장을 얻고 높은 연봉을 받는 것을 성공한 삶이라 여기고, 남들보다 큰돈을 버는 것을 이상으로 삼아 가족과의 단란한 삶에는 무관심하다. 그들은 화목한 가정과 평범한 인생은 성공으로 인정하지 않는다.

빠른 발전과 성공만을 지향한 사회 분위기는 애국심, 헌신, 성공, 자수성가의 정서를 극단으로 몰아붙이며 사람들로 하여금 어깨에 큰 짐을 짊어지라고 강요해왔다. 여기에서 자유와 자아는 전혀 찾아볼 수가 없다.

그래서 숨 가쁜 경쟁의 정글에서 살고 있는 현대인에게 평온함은 사실 특별한 행복이다. 그러나 앞으로만 달려온 우리에게 삶의 질적인 행복을 위해 이제 생각의 전환이 필요하다.

왜 우리는 매일 정신없이 분주히 지내는 것일까? 우리는 내가 없으면 회사나 세상이 제대로 돌아가지 않을 거라고 생각하지만, 사실 그럴 일은 절대로 없다.

동료의 따돌림, 성과의 미달, 인간관계의 갈등, 사장의 푸대접 등 회사에서 겪는 이 모든 일이 견디기 힘든 큰일처럼 느껴질 것이다. 그러나 우리 삶의 기나긴 여정에서 본다면, 또는 우주의 시공간 상에 놓고 본다면 그것이 무슨 큰일이라 할 수 있겠는가? 설사 직장에서 한직으로 밀려나거나 해고되는 등의 충격적인 일을 당한다 해도 마음을 단단히 먹는다면 인생의 전환점이 될 수도 있지 않을까?

다음의 이야기는 우리가 삶에서 중요하다고 생각하는 일이 정말 그런지 한 번쯤 돌아보게 한다.

한 미국인 사업가가 멕시코 해변의 작은 어촌에 있는 부두에서 어부가 어선을 저어 부두에 대는 모습을 지켜보고 있었다. 어선에는 커다란 황다랑어 몇 마리가 있었다. 사업가는 어부에게 정말 값나가는 물고기를 잡았다고 치켜세우며 얼마 만에 그렇게 많이 잡을 수 있었냐고 물어보았다. 어부는 잡는 데 그다지 오래 걸리지 않았다고 대답했다. 사업가는 왜 바다에 좀 더 머무르며 물고기를 더 잡지 않았냐고 물었다. 어부는 그의 말을 이해할 수 없다는 듯이 대답했다. "이 정도면 우리 가족이 먹기에는 이미 충분한데요."

사업가가 다시 물었다. "그럼, 하루 중 남는 시간에는 뭘 하십니까?"

어부가 대답했다. "저요? 저는 매일 깰 때까지 충분히

숨 가쁜 경쟁의 정글에서 살고 있는 현대인에게
평온함은 사실 특별한 행복이다.

자다가 바다에 나가 몇 마리의 물고기를 잡은 다음 집으로 돌아와 잠시 아이들과 놀지요. 그런 다음에는 아내와 낮잠을 자고 저녁 무렵에는 마을로 나가 술을 좀 마시며 친구들과 기타를 치고 놉니다. 저는 하루를 충실하면서도 바쁘게 보낸답니다."

사업가는 어부의 말에 동의할 수 없어 어부에게 이렇게 충고했다.

"저는 미국에 있는 하버드 대학교에서 경영학 석사 학위를 받았습니다. 그래서 당신에게 도움을 줄 수 있을 것 같네요. 선생님께서 매일 물고기를 잡는 데 더 많은 시간을 쓰신다면 언젠가 배를 살 만큼의 돈이 생기게 될 겁니다. 그럼 더 많은 물고기를 잡을 수 있게 되고, 다시 더 많은 배를 살 수 있게 되겠지요. 그러다보면 어선 선단도 가질 수 있을 겁니다.

그때는 생선을 중개업자에게 팔 필요가 없이 생선가공 공장에 직접 팔 수 있게 되겠죠. 그런 다음에는 선생님은 통조림공장의 사장이 될 수도 있을 겁니다. 독자적으로 생산, 가공, 판매를 모두 할 수 있게 되는 셈이죠. 그리고 나서 이 어촌 마을을 떠나 대도시로 진출하고 다시 로스앤젤레스로 간 다음 마지막에는 뉴욕에 가서 회사를 경영하며 키워나가는 겁니다."

어부가 물었다. "그러려면 시간이 얼마나 걸립니까?"

사업가가 대답했다. "15년에서 20년은 걸리겠지요."

어부가 다시 물었다. "그리고 나서는요?"

사업가가 웃으며 말했다. "그런 다음에는 집에서 황제처럼 사는 거죠! 때가 되면 회사를 주식시장에 상장하고 지분을 투자자에게 매각하면 선생님은 부자가 될 겁니다. 선생님은 큰돈을 벌게 되는 거죠!"

"그런 다음에는요?"

사업가가 말했다. "그때가 되면 은퇴하는 거죠. 그럼 어촌으로 가 매일 실컷 자고 나서 바다로 나가 물고기를 몇 마리 잡고 아이들과 함께 논 다음, 다시 부인과 낮잠을 자고 해 질 무렵이 되면 동네술집에서 친구들과 기타를 치며 노는 거죠."

어부가 의아하다는 듯이 말했다. "제가 지금 그렇게 살고 있지 않나요?"

위의 이야기처럼 우리도 자신이 가진 것을 보지 못한 채 신기루를 쫓으며 힘들게 살고 있는 것은 아닐까? 과연 삶에서 무엇을 추구해야 할까?

이따금 자기 자신에게 던져보아야 할 질문이다.

잠시 멈추면 보이는 것들

―

어느 날 류인이 아들을 데리고 급하게 길을 가고 있었는데 급한 마음에 아들에게 신경을 쓸 틈이 없었다. 갑자기 아들 이 앞서가는 그녀에게 말했다. "엄마, 잠깐 멈추면 안 돼요?"

류인이 걸음을 멈추자 아들이 작은 손을 뻗어 근처 도심 공원을 가리키며 말했다. "저기, 저 나무 좀 보세요. 꽃이 활짝 피었어요."

류인은 고개를 들어 아들이 가리키는 방향을 바라보았 다. 정말로 눈앞에 연보라빛 오동나무 꽃들이 흐드러지게 피어 있었다. 그녀는 순간 아주 오래전 배웠던 시무룽의 시 가 떠올랐다.

"어떻게 하면 당신이 나를 만나게 할까요, 내가 가장 아 름다운 때에."

류인은 그제서야 아들의 손을 잡고 꽃이 가득 피어 있는 나무 밑으로 걸어갔다. 보랏빛 오동나무 꽃들은 매달아 놓 은 종처럼 바람에 살랑살랑 흔들리고 있었는데 마치 음악

을 연주하는 듯했다. 그녀는 주렁주렁 달린 보라색 풍경(風
磬)과도 같은 꽃들에 손을 뻗어 보았다. 고개를 돌리자 주위
에는 개나리가 있었는데 제일 밑의 가지에는 샛노란 꽃송
이 두 개가 숨바꼭질을 하듯 숨어 있어 자세히 보지 않으면
정말 발견하기 어려웠다. 근처의 앵두꽃도 다른 사람은 안
중에도 없다는 듯 요란하게 피어 있었는데 마치 봄빛의 아
름다움을 그녀에게 과시하려는 듯했다. 꽃들은 시선을 어
디에 둬야 할지 모를 정도로 제각기 아름다운 자태를 뽐내
며 피어 있었다.

사방을 둘러보니 공원은 온통 초록으로 물들어 있었고
풍경도 다채로웠다. 버들가지에는 나른한 부드러움이 있
었고, 그 부드러운 초록빛은 마치 연두색의 소맷자락 같았
다. 회화나무에는 이파리 두세 개가 막 가지를 뚫고 나왔는
데 푸르고 부드러운 것이 수묵이 번진 듯하여 멀리서 바라
보면 안개가 낀 듯 몽롱한 아름다움을 뽐냈다. 측백나무들
은 뼛속의 힘까지 쥐어짠 듯 짙푸른 녹색을 띠고 있었는데
녹색 물감을 나뭇잎에 직접 발라놓은 듯했다.

발걸음을 멈추고 둘러보자 주위에는 그림 같은 아름다
운 자연이 펼쳐져 있었다.

류인은 순간 삶의 진리를 아는 사람은 악보에 쉼표가 왜
필요한지를 잘 안다고 생각했다. 순조롭게 흘러가는 곡이

라면 박자를 쉬라는 쉼표가 있기 마련이다. 우리 삶도 마찬가지다. 때때로 자신의 바쁜 발걸음을 멈추고 한 박자를 쉬어 마음이 잠시 휴식을 취하게 해주어야 한다.

때때로 한 박자를 쉬는 것은 뒤에 이어지는 삶을 더 아름답게 하기 위해서다.
때때로 한 박자를 쉬는 것은 삶에서 더 여유롭게 나아가기 위한 지혜다.
때때로 한 박자를 쉬는 것은 더 행복하게 앞으로 나아갈 수 있다는 삶에 대한 믿음이다.

단순한 삶이 주는
인생의 깊은 맛

—

송나라 시인 소동파는 정치적인 이유로 한때 농사를 짓고 시를 쓰는 전원생활을 했다.

그 당시 소동파는 황무지를 개간하고 농사를 지으며 많은 시를 썼다. 이때 쓴 시는 그의 시 중에서도 걸작으로 꼽힌다. 그는 〈임강선 야귀임고(臨江仙 · 夜歸臨皐)〉라는 시에서 이렇게 읊었다.

동파에서 밤늦게 술을 마시니 깨었다 다시 취했네.
돌아오니 삼경은 된 듯하여라.
머슴아이는 천둥 같이 코를 골며 이미 잠들었네.
몇 번을 문을 두드려도 기척이 없어 지팡이를 짚고 강가로 가 흐르는 강물 소리를 듣네.

만약 그가 마음을 내려놓기 전에 몇 번이고 문을 두드려도 기척이 없었다면 분명 크게 화를 냈겠지만 지금은 마음을 비웠기에 깊게 잠든 머슴아이를 내버려두고 강물 소리나 들으려고 떠난 것이다.

인생의 단맛 쓴맛을 모두 맛본 뒤 소동파가 비로소 느낀 것은 인생의 깊은 맛은 바로 '담백함'이라는 것이었다. 모든 맛을 맛보고 나서야 담백한 맛의 정수를 알 수 있다.

담백함이 인생에서 가장 깊은 맛이라는 사실은 유명한 위인들이 직접 체험하고 깨달아 얻은 결론이다.

쑹바오뤄는 유명한 경극 배우, 전통화 화가, 금석학자로 2006년 전국건강노인으로 선정된 인물이다. 그는 건강관리와 장수비법을 언급하면서 여러 가지 '금지사항'을 나열했다. 담배 피우지 않기, 술 마시지 않기, 식사 거르지 않기, 편식하지 않기, 건강식품 맹신하지 않기, 배우로서 딴 일 하지 않기, 그림으로 돈벌이하지 않기, 귀신을 숭배하지 않고 미신을 믿지 않기 등이다. 현재 백 세가 넘은 그는 책과 신문을 읽거나 그림을 그릴 때 돋보기를 쓰지 않는다. 또한 혈압이 높지 않고 심장도 튼튼할 뿐만 아니라 요통이나 관절염 등의 질병도 전혀 없다. 그는 명리를 좇지 않고 욕심을 내지 않는 것이 삶의 최고의 경지이며, 단순함은 무미건조함이 아니라 가장 화려함이라고 생각한다.

유명 소설가 리궈원은 "단순함은 가장 아름다운 경지다"

담백함은 평범하고 맛이 없는 것이 아니라 취할 것이 있고 버릴 것이 있음을 뜻한다. 우리의 삶도 마찬가지다. 거둘 것이 있고 놓아야 할 것이 있으며, 얻는 것이 있고 잃는 것이 있다. 그러니 진취적이고 적극적인 자세로 살면서 마음 깊은 곳에는 초연함과 담담함을 간직해야 한다.

라고 했다. 높은 산은 말이 없고 깊은 물에서는 파도가 일지 않는다. 화려함이 극에 달하면 평범함으로 돌아간다. 여기서의 평범함은 단순히 평범한 것이 아니라 담백하면서도 깊이가 있고, 내면의 평온함이며, 물아일체의 경지다.

치열하게 사는 사람은 존경할 만하고, 진취적인 사람은 우러러볼 만하며, 항상 성공을 거두는 사람은 존경스럽고, 최선을 다해 사는 사람은 친근감이 든다. 하지만 마음에 여유가 있으면서 명리를 좇지 않고, 자유로우면서 구차하지 않으며, 신중하면서 조급해하지 않고, 욕심이 없으면서 범상치 않은 것 역시 또 다른 의미의 적극성이다. 단순함은 일종의 깨달음이자 초월이다. 그것은 다른 사람들의 기준이 아니라 자신의 신념에 따라 행동하고 신중하고 행동을 삼가며 용기 있는 처신이다.

러시아 수학자 그리고리 페렐만은 인터넷에 푸앵카레의 추측과 관련한 논문 세 편을 발표하고 세간의 관심을 받았지만 일체를 거부했다. 그는 수학계의 노벨상이라 불리는 필즈상 수상자에 선정되었지만 상 받는 것을 거부했다. 일찍이 1996년에는 유럽수학협회에서 4년마다 수여하는 걸출한 청년수학자상에 선정되었지만 수상을 거절했다. 명예와 이익에는 전혀 관심이 없고 오직 수학 연구에 매진하는 페렐만은 칩거하며 언론사와 기자의 플래시를 피해 다녔다. 페렐만의 친구는 그에 대해 이렇게 말했다. "페렐만은 물질적인 풍요에는 전혀 관심이 없어요. 페렐만에게 필요한 건 상이나 돈, 지위가 아니라 오직 수학이죠."

여러 학자들과 언론매체에서는 그를 "명예와 이익에 굴복하지 않는 사람"이라고 불렀다.

일을 신성시하고 명예와 이익을 가벼이 여기면 삶에서 평온함을 유지하고 높은 경지에 오를 수 있다. 담박함은 외부의 기준에 맞추려 애쓰는 것이 아니라 자신의 소신을 굳게 지키는 마음의 경지다. 담박한 사람은 소박하고 꾸밈이 없고 단순하며 화려하지 않으며, 때로는 한 가지를 고집하며 어려움 속에서도 신념을 꺾지 않는다. 담박함은 소박해 보이지만 그 내면에는 아름다움을 간직하고 있다. 영혼이 물처럼 담박하면 그 삶은 떠다니는 구름처럼 자유롭고 자연스러우며 또한 격조가 있다.

중국 현대문학의 거장 첸중수는 이렇게 말했다.

"진정한 학문이란 본래 황량한 곳의 낡은 집에서 마음이 맑은 두세 사람이 논의하는 일이다."

생전에 그는 여러 가지 형식의 '첸학' 연구를 결합시키는 것을 거절했고 다른 사람이 자신에 대해 책을 쓰는 것에도 찬성하지 않았다. 첸중수는 다음과 같은 유언을 남겼다. "내 시신은 친구 몇 명이 운구하고 어떤 형태의 장례식도 치르지 마라. 화환은 거절하고 뼛가루도 남기지 마라."

중국 근대 4대 고승 중의 한 명인 홍일대사 리수퉁은 어느 날 아침 친구 집에서 식사할 때 무 한 접시, 물 한 잔, 밥 한 그릇만 달라고 부탁했다. 친구는 차마 그렇게 하기는 미안해서 반찬을 더 주고 싶어 웃으며 물었다. "절인 무가 짜거나 물이 싱겁지는 않겠는가?"

리수퉁은 말했다. "짠 음식에는 짠맛이, 싱거운 것에는 싱거운 맛이 있다네."

대화가 펑쯔카이가 이 일을 전해 듣고는 이렇게 평했다.

"인생이 본래 이런 것이다. 짜고 싱거운 것 모두 나름의 이유가 있다."

담백함은 평범하고 맛이 없는 것이 아니라 취할 것이 있고 버릴 것이 있음을 뜻한다. 우리의 삶도 마찬가지다. 거둘 것이 있고 놓아야 할 것이 있으며, 얻는 것이 있고 잃는 것이 있다. 그러니 진취적이고 적극적인 자세로 살면서 마음 깊은 곳에는 초연함과 담담함을 간직해야 한다.

노벨상 수상자의
영혼을 청소하는 빗자루

—

하버드 대학교 물리학 교수 로이 글라우버는 세계적으로 유명한 '양자광학의 아버지'다. 일흔 살 생일을 맞이하는 해에 글라우버 교수는 노벨상 수상자 후보에 올랐지만 아쉽게도 최종 심사에서 떨어지고 말았다. 글라우버 교수는 자신의 양자광학에 관한 연구에 대해서 회의감을 갖기 시작했다. 과연 해당 연구로 노벨 물리학상을 받을 수 있을지 의문이었던 것이다.

그러한 회의감이 들기 시작하자 글라우버 교수는 연구 중에 잘 집중하지 못했다. 그는 조교에게 자신이 정말 늙었냐는 질문을 반복해서 하기도 했다.

글라우버 교수가 자신에 대한 회의감을 갖기 시작할 무렵, 하버드 대학의 과학 유머 잡지가 기발한 연구나 업적에 대해 수여하는 '이그노벨상' 시상식에 초대되었다. 글라우버 교수는 행사에 참석해 자리를 함께한 과학자들과 웃고 떠들면서 즐거운 시간을 보냈다. 하지만 주위 과학자 몇몇이 진짜 노벨상을 받으러 스웨덴의 노벨상 시상식에 가고 싶다고 말하자 글라우버 교수는 마음이 편치 않았다.

이그노벨상의 시상식이 끝난 후 모든 사람이 행사장을 떠났지만 글라우버 교수는 혼자서 의자에 멍하니 앉아 있었다. 그는 정말 노벨상을 받을 수 있을까 하는 생각에 골몰해 있었다. 무대 위에 수많은 종이비행기와 시상식에 뿌려진 종잇조각이 어지럽게 널려 있는 것을 보자 글라우버 교수는 갑자기 일어나 구석에 놓인 빗자루를 들고 행사장을 청소하기 시작했다. 빗자루를 열심히 놀려 휴지조각이 서서히 한곳에 모이자 그는 갑자기 마음이 편안해지면서 그동안 느꼈던 불안감이 우습게 여겨졌다. 종잇조각들이 쓰레기통으로 들어갈 때 글라우버 교수는 마치 마음의 먼지와 때가 손에 든 빗자루에 차례차례 쓸려 쓰레기통으로 들어가는 것처럼 느껴지면서 마음이 한결 가벼워졌다.

그 후로 2년, 3년, 그리고 5년째가 되었을 때 백발이 성성한 글라우버 교수는 몸에 망토를 걸치고 빗자루를 들고 일찌감치 이그노벨상의 시상대에 올라 시상식을 거행할 때 무대의 아래에서 사람들이 던지는 종이비행기들을 쓸었다. 마치 그는 오로지 종잇조각과 무대 위로 날아오르는 종이비행기들에만 관심을 갖고 누가 상을 받는지는 전혀 관심이 없는 사람처럼 보였다. 글라우버 교수는 그렇게 꼬박 11년 동안 이그노벨상의 시상식에서 청소부로 일했다.

2005년, 글라우버 교수는 진짜 노벨 물리학상을 수상했다. 이때 그의 나이는 여든 살이었다. 사람들은 그가 진짜 노벨상을 받게 되어 이제는 이그노벨상 시상식에 참석하지 않을 것이며 더욱이 빗자루를 드는 일은 없을 거라고 생각했다. 하지만 그해의 이그노벨상 시상식에 글라우버 교수가 빗자루를 들고 무대 위에 모습을 드러냈다.

글라우버 교수의 제자 한 명이 무대 위로 뛰어올라가 빗자루를 받아가려고 하자 글라우버 교수가 제자를 저지하며 말했다.

"자넨 진짜 노벨상 수상자가 보통 사람들과 다르다고 생각하나? 그 사람들 마음에는 과연 때가 없을까? 그러니 자넨 마음의 먼지와 때를 말끔히 청소하는 내 빗자루를 가져가선 안 되네. 내가 시상식장을 청소하는 건 사실 마음을 청소하고 있는 것임을 알아주었으면 좋겠네."

진짜 노벨상 수상자는 꼬박 11년 동안 빗자루를 들고 이그노벨상 시상식장을 청소했다. 이는 전대미문의 사건으로 2007년 여든두 살이 된 글라우버 교수가 사람들에게 한 말은 큰 감동을 던져준다.

"저는 손에 든 빗자루를 계속 놓지 않을 겁니다. 이 빗자루가 저를 깨어 있게 했고, 일에 매진하도록 해주었으니까요. 이것은 제 영혼을 청소하는 빗자루입니다. 누구도 제 손에서 이 빗자루를 가져갈 수 없습니다."

우리의 마음과 머릿속도 때때로 말끔한 청소가 필요하다. 매일매일 쌓이는 각종 부정적인 감정과 스트레스들은 시간이 지날수록 우리 마음을 녹슬게 하기 때문이다.

당신 삶에서 당신의 영혼을 정화시켜주는 빗자루는 무엇인가?

우리 삶은 달리기 경주가 아니다

—

만약 사람들에게 자신을 즐겁게 하는 일이 있는데 그 일을 원하냐고 묻는다면 누구나 원한다고 대답할 것이다. 하지만 그 일이 삶에서 중요한지 물어본다면 대답이 달라질 것이다.

주위를 둘러보면 자신을 행복하게 하는 일을 계속 회피하는 사람이 많다. 행복감을 주는 일들은 삶에서 생각해 본 적도 없고, 일정표에도 포함되어 있지 않기 때문이다. 혹은 행복을 가져다주는 일이 무엇인지 전혀 알지 못하거나 일상의 굴레에서 벗어나지 못하기 때문이기도 하다.

춘춘은 수없이 언니에게 전화를 걸어 의향을 물었다. "30분 후에 같이 점심 먹으러 갈까?"

그러면 언니는 항상 우물쭈물하며 말했다. "나 못 가. 옷을 전부 밖에 말리고 있고 머리도 감아야 하거든. 이럴 줄 알았으면 오늘 아침을 일찍 먹을 걸 그랬어. 게다가 날씨 좀 봐, 곧 비가 올 것 같잖아."

그런데 춘춘의 언니는 몇 해 전 세상을 떠났다. 하지만 두 사람은 결국 언니가 죽기 전에 점심 식사를 함께 하지 못했다.

생각해 보면 우리는 삶에서 자질구레하고 별로 중요하지 않은 일에 신경을 쓰다 보니 시간을 골치 아픈 일을 처리하는 데 대부분 투자하고 막상 자신을 행복하게 하는 일에는 덜 쓰는 경향이 있다. 우리는 늘 이렇게 생각한다.

'우리 아이가 스스로 대소변을 가릴 줄 알면 그때는 가족여행을 떠날 수 있을 거야. 거실의 인테리어를 싹 바꾸면 그때는 좀 더 편히 쉴 수 있겠지. 아이 둘 모두 대학을 졸업시키면 그때 해외여행을 다녀와야지.'

하지만 우리의 에너지는 나이가 들면서 점점 빠른 속도로 약화된다. 살아갈 날이 점점 줄어들수록 자신에게 하는 약속은 더 쌓여만 간다. 매일 아침 잠에서 깨어났을 때 우리 삶에는 숱한 기도문과 희망사항만 즐비할 뿐이다. "내가 앞으로 무엇 무엇을 하면……." "나는 이런 것 저런 것을 할 계획이고……." "언젠가 나는 하고 말테야. 모든 일이 안정되면 우리는 그때 무엇 무엇을 할 거야……."

그런데 한 가지 문제가 있다. 과연 시간이 우리를 기다려 줄까?

춘춘은 영화 〈타이타닉〉을 다시 볼 때 한 장면이 유독 눈에 들어왔다. 배가 침몰하기 전날 밤에 여자들이 날씬한 몸매를 유지하려고 식후 디저트를 포기하는 장면이었다. 춘춘은 맛있는 음식을 먹는 즐거움을 영원히 놓친 그녀들을 생각하며 이후로 삶에서 무엇엔가 구속받지 않으며 살겠다고 다짐했다.

춘춘은 지난 10년 동안 아이스크림을 입에 댄 적이 없었다. 사실 그녀는 아이스크림을 무척 좋아했지만 한 숟가락씩 맛보다 보면 아이스크림이 좋지 못한 위장에 영향을 미쳐 소화가 잘 되지 않았기 때문에 어쩔 수 없이 포기해야만 했었다. 어느 날 춘춘은 결국 차를 세우고 아이스크림 샌드위치를 샀다. 그 순간만큼은 죽어도 여한이 없을 것처럼 느껴졌다.

사실 많은 사람이 춘춘처럼 예측할 수 없거나 어쩔 수 없는 상황 때문에 욕망을 억누르고 자신이 원하는 대로 살지 못한다. 그러나 그것이 정말로 우리가 원하는 삶일까?

그러니 지금부터라도 삶을 즐기고 '해야 할 일'이 아니라 자신이 '하고 싶은 일'을 해 보자. 만약 잠시 후 죽게 된다면 당신은 마지막으로 무엇을 하고 싶은가? 어쩌면 그것이 당신의 삶에서 가장 중요한 일일지도 모른다.

회전목마를 타고 노는 아이를 유심히 살펴본 적이 있는가? 빗방울이 떨어지는 소리에 귀를 기울여 본 적이 있는

가? 나풀거리며 날아다니는 나비를 쫓아 본 적이 있는가? 해 질 무렵의 저녁놀을 응시해 본 적이 있는가?

아니면 매일매일 무언가에 쫓기듯 바쁘게 하루를 보내는가? 하루 일과를 마치고 침대에 누웠을 때 머릿속이 온통 내일 해야 할 일들로 가득 차 있는가? 아이가 자신이 원하는 것을 말했을 때 "그 일은 우리 내일 다시 이야기하자"라고 말하며 거절하고 바쁜 일상에서 아이의 감정을 소홀히 한 적은 없는가? 친한 친구와 연락이 끊겨 진정한 우정에 마침표를 찍게 된 적은 없는가? 그때 왜 전화를 걸어 안부를 물어보지 않았는지 후회하고 있지는 않은가?

정신없이 허둥지둥 하루를 보냈다면 그 시간은 열어보지 않은 버려진 선물과도 같다. 삶은 달리기 경주가 아니기에 발걸음을 적당히 조절해도 된다. 생명의 노래가 끝나기 전에 지금 연주되고 있는 삶의 악장에 가만히 귀 기울여 보라.

지금부터라도 삶을 즐기고 '해야 할 일'이 아니라 자신이 '하고 싶은 일'을 해 보자. 만약 잠시 후 죽게 된다면 당신은 마지막으로 무엇을 하고 싶은가? 그것이 당신의 삶에서 가장 중요한 일일지도 모른다.

희망이 삶에 가져다주는 기적

━

그림 솜씨가 최고의 경지에 오른 예순 남짓의 한 화가가 있었다. 특히 그가 그린 오리는 생동감이 뛰어나 마치 진짜 오리 같았다. 한 사람이 화가에게 물었다. "선생님께서는 문화대혁명 때 박해를 받으셨다고 들었는데 그런 상황에서 어떻게 마음의 평정을 유지하면서 그림 실력을 키울 수 있으셨나요?"

화가가 미소를 띠며 대답했다.

"당시 저는 젊은 나이였는데 시골로 쫓겨나 오리를 키워야 했습니다. 사람들은 저를 업신여겼고 심지어 가족한테도 냉대를 받아야 했습니다. 강가에 오리를 풀어놓고 있을 때의 심정은 정말 참담했습니다. 그러다 어느 순간 오리의 동그란 눈이 마치 웃고 있는 듯한 느낌을 받았습니다. 순간 저는 마음이 녹으면서 사람들이 나를 향해 냉대와 멸시를 보내도 저 오리들은 내게 미소를 지어 보일 거라고 생각했습니다. 그렇게 시간이 흐르면서 저는 오리에게 정이 들었고 매일 오리의 일거수일투족을 지켜보는 재미에 푹 빠져 마음속으로 녀석들의 모습을 수없이 그려 보았더니 그림 실력도 크게 향상되었습니다."

이처럼 세상이 제아무리 암담하다 해도 삶에는 늘 따뜻한 면이 존재한다. 운명이 모든 문을 닫을 때도 희망의 창 하나는 반드시 남겨두는 법이다. 마음이 빛으로 충만하다면 세상의 냉대와 멸시는 삶에서 겪는 작은 시련에 불과하다. 지나간 후에 좌절을 겪었던 지난날을 돌이켜 보면 그것은 기억 속에서 아름답고 잔잔한 물결로 변해 있는 것을 느끼게 된다. 살면서 우리의 마음이 죽지 않는다면 세상에서 우리를 무너뜨릴 수 있는 것은 없다.

만약 큰 화재가 발생해 평생 모은 재산이 하루아침에 잿더미로 변한다면 비통한 나머지 죽고 싶은 심정일 것이다.

80여 년 전 큰 불이 한 노인의 과학실험실을 덮쳤다. 실험실 안에는 노인이 평생 연구한 자료와 모든 재산이 있었다. 그런데 노인은 흥분해서 부인과 아들에게 말했다.

"저것 좀 봐. 아마 우리 평생에 저런 광경은 지금밖에 볼 수 없을 거야."

노인이 미친 것일까? 그렇지 않다. 그 노인은 바로 에디슨이다. 그 화재로 에디슨은 전 재산을 잃었다. 하지만 화재는 결코 에디슨을 무너뜨리지 못했다. 불이 났을 때 에디슨은 자신이 이룬 성과물과 재산이 사라져 가는 모습을 초연하게 지켜보았다. 몇 년 후 에디슨은 성공적으로 재기했다.

미국 대통령 루스벨트는 집에 도둑이 들어 많은 물건을 도둑맞았다. 한 친구가 그 소식을 듣고 편지를 보내 너무 마음 쓰지 말라고 위로의 말을 전했다. 이에 루스벨트가 친구에게 답장을 보냈다.

"편지를 보내 위로해주니 고맙네. 지금 나는 마음이 무척 편안하다네. 하느님께 감사드리고 있지. 첫째는 도둑이 훔쳐간 것이 내 목숨이 아니라 내 물건이라는 것. 둘째는 도둑이 내 물건 전부가 아니라 일부만 훔쳐간 것. 셋째 가장 다행스러운 것은 도둑이 된 것은 내가 아니라 그라는 사실이지."

영국 소설가 새커리는 말했다.

"인생은 거울이다. 당신이 웃으면 인생도 웃고, 당신이 울면 인생도 운다."

그러므로 우리가 마음에 밝은 희망을 갖고 있다면, 그 빛이 우리의 앞길을 비춰줄 것이다.

1934년 뉴욕 월스트리트에서 발생한 금융대란이 런던을 엄습하자 온 도시가 폐허를 방불케 했다. 사람들은 시청 앞에 길게 줄을 서서 빵과 우유가 배급되기만을 기다렸다. 그때 한 남루한 차림의 청년이 줄에서 나와 곧장 시어즈 백화점으로 들어가 회장을 찾아갔다.

"회장님, 괜찮으시면 저와 3분 정도 이야기를 나누실 수 있으세요?" 청년이 예의바르게 말했다.

회장 로슨은 약간 놀랐지만 곧 고개를 끄덕이며 청년의 부탁을 들어주었다. 3분이 지나고 다시 30분이 흘렀고 결국 1시간이 지났다. 마침내 로슨은 청년의 손을 잡으며 말했다. "자네의 용기에 정말 감동받았네. 원한다면 자네를 고용하겠네."

나중에 청년은 시어즈 사의 아시아 주재 자회사의 사장이 되었다.

우리 마음에 밝은 희망이 충만하도록 하자. 마음이 어둠으로 가득 찬 사람은 미래로 나아갈 수 없다. 삶에서 요행을 바라서는 안 된다. 요행은 신이 총애하는 사람에게만 주어질 뿐이다. 그러나 우리는 요행의 주인공이 아니며 우리 삶의 주인은 바로 우리 자신이다. 마음에 빛이 가득할 때 우리는 더 찬란하게 빛날 수 있고, 아무도 감히 덤벼들려고 하지 않는 무적의 존재가 될 수 있다.

우리가 한곳에 서 있어도 태양은 뜨고 진다. 하지만 사람의 마음에 자리한 태양은 우리의 의지에 따라 언제든 떠오를 수 있다. 마음의 태양이 지지 않으면 마음은 영원히 밝음과 희망, 행복으로 가득 차게 된다.

살다보면 순조로울 때도 있고 역경에 부닥칠 때도 있으며, 성공할 때도 있고 실패할 때도 있다. 누구나 이러한 상황에 놓이지만 우리가 그것을 대하는 태도에 따라 결과는 달라진다. 만약 언제나 희망을 품고 있다면 마음을 다잡고 앞으로 나아갈 것이고, 삶은 원래 이렇게 고통스러운 것이라고 부정적인 생각으로 가득하면 절망하며 그 자리에 머물게 될 것이다.

우리는 스티븐 호킹을 통해 희망이 삶을 어떻게 바꿀 수 있는지를 확인할 수 있다. 그는 걸을 수도, 말을 할 수도, 글을 쓸 수도 없지만 결코 삶을 포기하지 않았고 우주 생성의 비밀을 풀어내 금세기 최고의 물리학자로 인정받으며 수많은 사람의 존경을 받고 있다.

이는 바로 희망이 우리 삶에 가져다주는 기적이다. 우리가 삶에서 희망의 끈을 결코 놓지 않는 한 모든 일은 좋은 방향으로 흘러갈 것이다.

우리 삶에 주어진 시간을
영혼을 살찌우는 데 쓰자

—

다류는 친구를 따라 한 수집가의 소장품을 보러 갔다. 소문에 의하면 소장품은 모두 매우 진귀한 물건으로 하나당 억대가 넘는다고 했다.

두 사람은 골목골목을 지나 보잘것없는 아파트에 다다랐다. 다류는 이상하다는 생각이 들었다. '최고급 골동품을 어떻게 이런 곳에 보관한단 말인가?'

수집가가 문을 열어주었는데 세 개의 강철로 된 문이 열린 후에야 두 사람은 간신히 집 안으로 들어갈 수 있었다. 실내의 조명은 매우 어두웠다. 잠시 후 눈이 어둠에 적응하자 다류는 방 안 가득 쌓인 골동품들을 볼 수 있었다. 골동품의 수가 너무 많아 그는 걸음을 옮길 때 몸을 옆으로 돌려 조심조심 걸어야 했다.

방 안 곳곳에 도자기, 동 그릇, 주석 그릇 등이 있었고 큰 항아리에는 족자가 수북이 꽂혀 있었다. 주인은 힘겹게 소파를 찾아 두 사람을 안내했지만 그곳에도 옛날 물건들이 가득 쌓여 있어 한참을 정리한 후에야 앉을 수 있었다.

골동품이 방에 너무 많이 들어차 있어 다류는 마치 쓰레기더미 속에 있는 듯한 느낌이었다. 그는 어떤 물건이든 너무 지나치게 많으면 오히려 두려움을 줄 거라고 생각했다.

나비를 좋아하는 사람은 많지만 만약 집 안이 온통 나비로 가득 찬다면 아름답기보다는 무섭다는 생각이 먼저 들 것이다. 게다가 나비가 집 안 가득 애벌레를 낳아놓는다면 더더욱 섬뜩할 것이다. 또한 자유롭게 날아다니는 새를 좋아하는 사람은 많지만 새가 너무 많으면 사람을 해칠 수도 있다. 히치콕의 명작 〈새〉를 본 적이 있다면 새들이 수없이 날아드는 장면에서 모골이 송연해졌을 것이다. 어느 누구도 새까맣게 모여드는 새떼를 보면서 아름다움을 느낄 수는 없을 것이다.

다류가 멍하니 앉아 있을 때 주인이 쟁반을 들고 왔다. 그런데 쟁반에는 차나 커피가 아니라 옥이 한 움큼 놓여 있었다. 다류의 친구는 주인에게 다류가 전문가라며 허풍을 떨었다. 다류가 극구 부인했지만 주인은 그가 겸손해하는 것이라 생각해 지체 없이 소장품을 가져다 다류에게 감정을 의뢰한 것이다. 일이 이렇게 되자 다류도 어쩔 수 없이 골동품을 하나하나 살펴보며 칭찬을 아끼지 않았다.

옥을 감상한 후 두 사람은 주인의 침실로 가서 도자기와

청동기를 둘러보았다. 주인의 침실은 침대 하나가 놓일 정도의 공간밖에 없었다. 다른 공간은 바닥에서 천장까지 골동품이 빽빽하게 차 있었다.

골동품은 모두 꽤 값비싼 것이었지만 함께 마구 쌓여 있으니 값어치가 나간다는 느낌이 들지 않았다. 잠시 후 다시 몇몇 방을 둘러보아도 마찬가지였다. 더욱 놀라운 것은 주방과 화장실에도 골동품이 쌓여 있고 주인이 집에서 오랫동안 밥을 지어 먹지 않았다는 사실이었다.

수집가는 도둑들의 이목을 끌고 싶지 않아서 이렇게 허름한 곳에서 산다고 말했다. 하지만 철문을 여러 개 설치한데다 각종 방범장치도 갖추고 있었기 때문에 사람들이 수집가의 골동품을 문 밖에서 훔쳐보는 것도 불가능했다.

친구가 다류에게 설명을 해 주었다. "여기 이 사람으로 말할 것 같으면 골동품에 완전히 미쳤지. 부인과 자식도 참다못해 해외로 이민을 가 버렸다니깐."

골동품 수집가가 말했다. "여자와 애들이 뭘 알아?"

다류는 답답하다는 생각이 들어 물었다. "선생님의 골동품은 고가에다 수량도 많으니 몇 개 내다팔면 더 넓은 전시 공간을 마련할 수 있지 않을까요. 그러면 더 많은 사람들이 감상할 수 있지 않겠습니까? 지금 이곳은 앉을 자리도 없지 않습니까."

수집가가 말했다. "모두 훌륭한 골동품이어서 한 점도 못 팔겠소. 게다가 속물들이 골동품이라는 게 뭔지 알기나 하겠소."

인사를 하고 나오면서 다류는 수집가가 불쌍하다고 생각했다. '대단한 골동품이라고는 하지만 그저 물건에 불과한데 어떻게 사람과 비교할 수 있단 말인가? 게다가 골동품을 소유하려고 전전긍긍하며 사는 모습이 마치 교도소의 수감자가 여러 개의 철문이 있는 감방에 갇혀 사는 것이나 거지가 쓰레기더미에서 사는 것과 다르지 않으니 이 무슨 사서 고생이란 말인가?

사람은 언젠가 이 세상을 떠나게 된다. 수집가는 골동품의 예전 주인처럼 어느 순간 손에서 골동품을 놓고 한 점도 저 세상으로 가져갈 수 없게 될 것이다. 진정한 소유는 반드시 자신이 그것을 차지해야만 하는 것은 아니다. 골동품 애호가라고 해서 반드시 수집가가 될 필요는 없다. 골동품을 감상하고 싶을 때는 고궁박물관에 가서 입장료를 내고 들어가 희귀한 옛 물건들을 감상해도 된다. 구경하다 지치면 잠시 찻집에 들러 고궁박물관이 특별히 선별한 차를 마시는 것도 나름의 운치가 있을 것이다. 이런 삶도 꽤 괜찮지 않은가?

그러면 집으로 돌아왔을 때 집 안은 밝고 깨끗할 것이고, 철문 세 개를 통과할 필요도 없으며, 물건들이 생활공간을 차지하고 있지도 않을 것이다. 이렇게 되면 물건을 사용하면서도 물건의 노예가 되지 않는다.

우리의 삶은 계획을 세우면 여러 가지 고민이 생기기 마련이고, 집착하면 그것에 매이게 되고, 얻는 것이 있으면 잃는 것도 있는 법이다.

만약 우리가 시간을 물질을 얻는 데 쏟아부으면 영혼을 살찌우는 데 쓸 시간이 그만큼 사라져버린다. 또한 밤낮으로 욕망을 채우기 위해 바쁘게 살다보면 건강을 해치게 된다.

만약 물건에 집착하는 수집광이 된다면 감정이 있는 세계의 소중함을 망각하게 된다.

좋아하는 음식으로 한 끼를 잘 먹고 즐겁게 차 한 잔을 마시고, 낮에 탈 없이 지내고 밤에는 편안히 잠을 이룰 수 있다면 이것의 가치는 얼마나 될까?

명나라 때의 문학가 탕현조의 〈모란정(牧丹亭)〉에 이런 구절이 나온다.

"온갖 꽃이 만발한 곳을 지났으나 꽃잎 하나 몸에 묻지 않았네."

그런 삶이야말로 우리가 지향해야 할 삶이다. 온갖 꽃이 만발한 곳에는 정(情)이 있고, 그런 곳을 지나면서도 몸에 꽃잎이 묻지 않는 것은 '깨달음'인 것이다.

　작년 봄에 딴 향기로운 찻잎은 올해는 맛을 잃어버릴 것이기에 올해는 올해 딴 찻잎으로 우린 봄차를 마셔야 한다. 그해 봄에 딴 찻잎은 모두 맛이 좋을 것이고, 지금 앞에 놓인 투박한 찻잔도 좋다. 골동품, 다이아몬드, 진주, 그리고 모든 짐은 짊어지고 싶어 하는 사람들에게 넘겨줘버리자.

만약 우리가 시간을 물질을 얻는 데 쏟아부으면
영혼을 살찌우는 데 쓸 시간이 그만큼 사라져버린다.

소크라테스의 행복론

결혼하기 전 소크라테스는 몇몇 친구와 2~3평 남짓의 집에서 함께 살았는데 아침부터 저녁까지 늘 웃으며 지냈다. 어떤 사람이 소크라테스에게 물었다. "여러 사람이 그 비좁은 곳에서 몸을 움직이기도 힘들 텐데 뭐가 그렇게 즐겁습니까?"

소크라테스가 말했다. "친구들과 함께 언제든 의견을 교환하고 감정을 교류하니 이게 즐거워할 일이 아니고 무엇이겠습니까?"

시간이 흘러 친구들이 가정을 이루면서 하나둘 보금자리를 떠났다. 집에 홀로 남겨진 소크라테스는 여전히 즐겁게 살았다.

예전의 그 사람이 소크라테스에게 다시 물었다. "이제는 당신 혼자 외롭게 남았는데 뭐가 그렇게 즐겁습니까?"

소크라테스가 말했다. "제겐 책이 많습니다. 한 권의 책은 곧 한 명의 스승과도 같지요. 이렇게 많은 스승과 함께 지내며 늘 가르침을 청할 수 있으니 어찌 즐겁지 않겠습니까?"

몇 년 후 소크라테스도 결혼을 해서 큰 건물로 이사했다. 7층이었던 그 건물에서 소크라테스는 가장 아래층에 살았다. 아래층은 그 건물에서도 살기에 가장 열악한 곳이었다. 시끄럽고, 깨끗하지도 않았다. 늘 위층에서 아래로 더러운 물을 뿌리거나 죽은 쥐, 떨어진 신발 등 온갖 잡동사니를 던졌기 때문이다.

예전에 소크라테스에게 질문했던 사람은 소크라테스가 여전히 즐겁게 사는 모습을 보고는 호기심에서 다시 물었다. "이런 집에 살면서도 여전히 즐겁습니까?"

"그럼요." 소크라테스가 대답했다. "1층에 사는 재미를 아직 잘 모르시나 보군요. 예를 들어 문을 들어서면 바로 우리 집이라 높은 계단을 오를 필요가 없고, 물건을 옮길 때도 편하고 힘도 그리 많이 들지 않습니다. 친구들이 찾아오기도 쉽지요. 층마다 돌아다니며 문을 두드리지 않아도 되니까요. 그중에서도 마당에 여러 가지 꽃을 심거나 채소를 가꿀 수 있다는 게 제일 마음에 듭니다. 이런 행복을 어떻게 말해야 할지 모르겠습니다!"

일 년 후 소크라테스는 1층 집을 한 친구에게 넘겨주었다. 그 친구의 집에는 몸이 편찮은 노인이 있어 계단을 오르내리기가 불편했기 때문이다. 소크라테스는 그 건물의 제일 높은 층인 7층으로 이사했다. 그래도 소크라테스는 늘 유쾌했다.

예전에 질문했던 사람이 조롱하듯 소크라테스에게 물었다. "선생님, 7층에 사는 것도 물론 좋은 점이 많겠지요?"

소크라테스가 대답했다.

"물론입니다. 장점이 아주 많아요. 몇 가지 예를 들어 볼까요. 우선 매일 최소한 몇 번은 오르내리기를 반복해야 하니 운동하기에 딱 좋아 건강에도 좋습니다. 게다가 볕이 잘 들어 책을 읽고 글을 쓸 때 눈이 나빠지지도 않지요. 위층에서 시끄럽게 할 일도 없어 밤이나 낮이나 아주 조용하답니다."

나중에 그 사람은 소크라테스의 제자 플라톤을 길에서 우연히 마주쳤다. 그가 플라톤에게 물었다. "당신의 스승님은 늘 즐겁게 지내던데 내가 보기엔 매번 사는 곳의 환경이 무척 열악하더군요. 그렇지 않습니까?"

플라톤이 말했다.

"사람의 감정을 좌우하는 것은 환경이 아니라 마음에 있습니다."

우리는 주변 환경을 좌우할 수는 없지만 우리 자신의 마음을 주도할 수는 있다. 기분이 좋고 나쁘고는 우리가 주위 환경을 어떻게 보느냐에 달려 있다. 우리가 좋은 면과 아름다운 면만 보면 기분이 자연스럽게 좋아질 것이고, 그 반대라면 당연히 불쾌해질 것이다. 어떤 환경에서든 생각을 바꿔 그것을 받아들이려고 하면 즐거움이 마음에 자리하게 될 것이다. 그래야 언제든 행복해질 수 있다.

거대한 불상의 피뢰침

———

한 남자가 아이를 데리고 남쪽 시골 마을로 놀러 갔다. 가는 도중 남부 타이완의 사찰들을 방문한 남자는 한 가지 현상을 발견했다. 타이완에 불상이 점점 많아지고 있으며 게다가 높이도 비슷해서 십여 층 높이의 불상이 타이완 곳곳에 있다는 점이었다. 한 작은 사찰의 앞마당에도 높은 불상이 어울리지 않게 세워져 있었다.

어느 날 남자는 아이와 함께 만들어진 지 얼마 되지 않은 10층 높이의 불상을 구경하러 갔다.

아이가 갑자기 불상을 가리키며 말했다. "아빠, 불상 머리 위에 피뢰침이 있어요."

"그래?" 남자는 아이가 손으로 가리키는 곳을 올려다보았는데 불상이 너무 높았기 때문에 그의 모자가 바닥에 떨어졌다.

아이가 물었다. "불상 머리 위에 왜 피뢰침을 두어야 해요?"

남자가 말했다. "불상도 번개 맞는 게 무서워서 그렇지."

아이가 물었다. "부처님이 왜 번개 맞는 걸 무서워해요? 하늘에서는 번개신이 제일 높아요?"

아이의 물음에 남자는 대답할 말을 찾지 못했고 깊은 생각에 빠졌다. '사람들이 자신들의 무사안녕을 기도하기 위해 먼 곳에서 찾아오는데 불상 자신은 번개에 맞는 걸 무서워하는 게 말이 되나? 불상이 자신의 안위를 지킬 수 없다면 어찌 자신보다 더 연약한 육신을 지닌 사람들을 지켜줄 수 있단 말인가?

그 순간 남자의 머릿속에는 옛사람의 이야기가 떠올랐다.

소동파가 한번은 불인선사와 함께 한 사찰에 다다랐는데 그 절의 관세음보살에 염주가 걸려 있는 것을 보았다. 소동파는 문득 의문이 들어 불인선사에게 물었다. "관세음보살은 이미 해탈한 존재인데 어째서 염주를 지니고 있습니까? 누구에게 비는 것입니까?"

불인선사가 말했다. "관세음보살에게 비는 것이지요."

소동파가 다시 물었다. "자신이 바로 관세음보살이 아닙니까?"

불인선사가 말했다. "다른 사람에게 구하는 것보다 스스로에게 구하는 것이 낫지요!"

남자는 눈앞의 불상 위의 피뢰침도 관세음보살의 염주

처럼 사람들을 깨우치는 것처럼 느껴졌다.

"다른 사람에게 구하는 것보다 스스로에게 구하는 것이
낫다."

자신의 내면에 존재하는 불심을 인식하지 못해 많은 사람
이 불상을 피뢰침으로 여긴다. 그러나 자신의 내면에 존재
하는 불심을 일깨우면 피뢰침도, 또 불상도 필요치 않다.

불상에 피뢰침이 필요한 이유는 불상이 너무 크기 때문
이다.

우리가 불상을 너무 크게 만드는 것은 거대함을 숭상하
고 지극히 작은 것을 하찮게 여기기 때문이다. 작은 것의
장점을 아는 사람은 많지 않지만 그것을 자각하는 사람만
이 세계가 넓고 광활하다는 사실을 깨달을 수 있다.

사실 불상을 지나치게 크게 만들 필요가 없다. 우리 마
음속에 부처가 있고 부처는 어디에나 존재하기 때문이다.
그러니 만약 마음에 부처가 없다면 거대한 불상은 하나의
마천루에 지나지 않는다.

평범한 보통 사람의 마음속에 부처가 자리하면 마음이
무한대로 넓어지고 근심과 두려움이 사라진다. 속세의 권
력과 명예를 탐하지 않는데 무엇이 그 사람을 속박할 수 있
겠는가?

지위가 높고 권력을 가진 사람이 마음에 부처가 없으면 마음이 좁고 욕망은 끝이 없어 명예와 권력은 마침내 그를 둘러싼 벽이 되어버리니 어찌 마음이 편할 수 있겠는가?

그러므로 불상은 머리 위에 피뢰침을 달고, 사람은 마음에 피뢰침을 달아 항상 이익과 권력의 유혹에 빠지지 않도록 주의해야 한다. 기꺼이 평범하고 단순한 삶에 마음을 둘 수 있다면 평범한 일상에서도 삶의 즐거움을 찾을 수 있다. 그러면 이는 벼락을 피하는 은침을 달고 있는 것이나 마찬가지다.

패배는 곧 다리다

—

중학교에 다닐 때 그는 학교를 대표해 교육부에서 주최하는 탁구대회에 참가했다. 첫 경기에서 패한 그는 곧바로 탈락하고 말았다. 어리고 혈기왕성했던 그는 화가 치밀어 탁구채를 바닥에 내동댕이쳤지만 그래도 분이 풀리지 않아 발로 탁구채를 몇 번이나 짓밟았다. 그러고는 이렇게 맹세했다. "내 평생 두 번 다시 탁구를 치나 봐라."

그때 팀을 이끌던 선생님은 그에게 미소만 지어 보일 뿐 아무 말도 하지 않았다. 학교로 돌아오는 도중 다리를 건널 때 선생님은 걸음을 멈추고 그 학생의 어깨를 두드리며 말했다.

"너 그거 아니? 오늘 양쪽을 연결하는 다리 하나를 네가 무너뜨렸다는 거 말이야."

그는 속으로 깜짝 놀라 물었다. "제가 다리를 무너뜨렸다니요?"

선생님은 다리 난간을 잡고 진지하게 말했다.

"그건 네 삶의 운명과 관련된 다리이자 네 꿈에 다다르게 해줄 다리라고 할 수 있단다. 탁구는 네 인생에서 육체적으로나 정신적으로 매우 유익한 취미활동이야. 경기에서 이기고 지는 것 때문에 흥분하기도 하고 때론 낙담하기도 하겠지. 경기 때마다 젊음의 활기와 힘을 발산하고, 생명의 아름다움과 이상을 추구하는 아름다움도 그렇게 약동하는 가운데 나타나게 되지. 오늘은 평소처럼 즐기듯이 탁구를 친 게 아니라 학교를 대표해 경기에 참가했고 강적을 만났어. 하지만 경기에서 졌다고 해서 네가 그렇게 화를 낼 필요가 있었을까? 네 자신을 한번 보렴. 탁구채를 내동댕이치고 모진 맹세까지 하다니 말이야. 사내대장부가 그렇게 속이 좁아서 쓰겠어? 오늘 경기를 통해 자신의 실력을 돌아보고 더 좋은 발전의 기회로 삼아야 하는 거라구. '패배'는 곧 네 인생에 놓인 다리와 같아. 그 다리를 통해 넌 새로운 경지에 도달할 수 있고 네 자신을 발전시키는 곳으로 나아갈 수 있는 거야. 그런데 아주 잘했구나. 그 좋은 다리를 허물어 앞으로 더 발전할 수 있는 길을 완전히 차단해버렸으니 말이다."

거기까지 말하고 선생님은 그를 보고 웃으며 말했다.

"탁구는 예외일 뿐이라고 말할 수도 있겠지만 이 이치는 너의 평생에 걸친 진리란다. 넌 지금 인생을 막 시작하는 단계야. 네가 앞으로 원대한 꿈을 꾸든, 대단한 업적을 세우기를 갈망하든 앞으로 나아가는 길에서 '패배의 다리'를 피해 갈 수는 없을 거다. 너는 이 다리들을 하나씩 건너면서 새로운 자신을 계속 만들어가야 해. 오늘처럼 다리를 무너뜨려버리면 영원히 실패라는 자리에 묶이게 될 거다. 이것은 누구나 맞닥뜨리게 되는 인생의 중대한 도전이자 시련이야. 그것은 미래의 운명과 밀접한 관련을 맺는 다리이지 않겠니?'

선생님의 말을 듣고 그는 마음이 밝아졌고 밝은 등불 하나가 자신의 미래를 비춰주는 것처럼 느껴졌다. 나중에 그는 문학을 좋아하게 되었고 이번의 '탁구 경기장'에서는 자신은 반드시 승리할 수 있을 거라 생각했다. 하지만 대학 졸업 후 몇 년 동안 그는 글을 한 편도 발표하지 못했고 투고하는 원고마다 번번이 퇴짜를 맞았다. 심지어 어떤 사람은 일찌감치 글쓰기를 포기하라고 충고하기도 했다.

그렇게 성공의 빛이 전혀 보이지 않는 시간 속에서 자신이 더 이상 '패배'를 감당할 수 없는 것은 아닌가 하는 회의감이 밀려들 때마다 그는 예전 선생님이 말씀하셨던 "패배는 곧 다리다"라는 조언을 떠올리며 자신의 꿈을 향해 이어져 있는 패배의 다리를 꿋꿋이 밟아나갔다. 그는 글자 안에 삶에 대한 이해와 깨달음, 삶의 아름다움에 대한 추구와 동경을 담는다면 틀림없이 '패배'를 이겨낼 수 있으리라 생각했다.

여러 해가 지나 그는 결국 자신만의 새로운 작품 세계를 개척했다. 그가 걸어가는 길에는 수많은 패배의 다리가 놓여 있었지만 그는 묵묵히 다리를 하나하나 건너갔다. 이로써 그는 자신과의 싸움에서 매번 승리를 거둘 수 있었고 성공과 아름다운 미래를 만나게 되었다.

패배는 곧 다리다. 그 다리를 건너면 우리는 각기 다른 인생의 아름다운 풍경들을 감상할 수 있다.

단추 하나 때문에
옷을 버리는 실수

—

한 여자가 한 달 치 월급으로 오랫동안 간절히 원했던 옷을 한 벌 구입했다. 새 옷을 입으니 그녀는 한층 더 빛나 보였다. 다른 사람들이 부러워하는 모습을 보고 여자는 자신감을 얻었고 업무 능력도 크게 향상되었다.

그러던 어느 날 여자는 옷에서 단추가 없어진 것을 발견했다. 단추는 모양이 특이했는데 옷장을 아무리 뒤져도 찾을 수 없어 여자는 할 수 없이 서둘러 옷을 갈아입고 출근했다. 회사에 도착하자 그녀는 사람들의 시선이 전 같지 않음을 느꼈다. 여자는 그 옷을 입지 않아 자신을 그저 평범한 사람으로 보는 것 같다고 생각했다. 여자는 하루 종일 업무에 집중할 수가 없었다. 평소의 자신감도 사라졌고 머리에서는 그 옷 생각이 떠나지를 않았다.

퇴근한 뒤 여자는 집 안 전체를 찾아보았지만 단추는 여전히 보이지 않았다. 여자는 풀이 죽어 아무것도 하고 싶지 않았다. 문득 여자는 옷가게에 가면 단추를 살 수 있지 않을까 하는 생각이 들었다. 들뜬 마음에 여자는 서둘러 집을 나섰다. 하지만 크고 작은 옷가게와 맞춤양장점을 전부 돌아보아도 잃어버린 단추와 똑같은 것을 파는 곳은 없었다. 그녀의 마음은 다시 어두워졌다.

그때부터 그 옷은 옷장에 처박히는 신세로 전락했다. 그녀에게서 그 옷을 처음 입었을 때 보였던 자신감과 열정은 자취를 감추었다. 또한 그녀는 일에서도 적극성을 잃었다.

어느 날 친구가 여자를 찾아왔다가 우연히 그 옷을 발견하고는 놀라서 물었다. "이렇게 예쁜 옷을 왜 안 입는 거니?"

여자가 말했다. "자세히 봐, 단추가 하나 없잖아. 똑같은 걸 살 수도 없다고."

친구가 웃으며 말했다. "그럼 다른 단추로 모두 바꿔 버리면 되잖아. 그럼 다 똑같아지는 거잖니."

여자는 그 말을 듣고 무척 기뻐하며 가장 마음에 드는 단추를 골라 모두 바꿔 달았다. 그러자 옷은 처음처럼 예뻐졌고, 여자의 마음도 다시 밝아졌다.

사소하고 작은 부분 때문에 전체를 포기해버리고 모든 일에 그렇게 임한다면 우리 삶은 암담해질 수밖에 없다. 여자가 단추 하나를 잃어버렸다고 예쁜 옷을 포기하고 좋았던 기분을 망치는 것처럼 말이다. 완전히 새로운 마음으로 외로움을 대신하고, 웃는 얼굴로 부족한 점을 보완할 수 있어야 삶도 좋은 일들로 가득해지고 후회가 남지 않는다.

혹시 당신도 지금 단추 하나 때문에 기분을 망치고 심지어 예쁜 옷을 포기하는 실수를 삶에서 하고 있지는 않은가?

제2장

험한 세상의
다리가 되어주는 사랑

딸의 13위안 유산

—

그날 저녁 딸은 밥을 반 공기쯤 먹고 젓가락을 내려놓으며 말했다. "엄마, 몸이 좀 안 좋아서 잠깐 누울래. 다 먹으면 그냥 가요. 그릇은 내가 치울게."

그때까지도 엄마는 딸의 말에 크게 신경 쓰지 않았다. 야시장에서 일을 끝내고 돌아와 식탁 위에 그릇들이 그대로 있는 것을 보고서야 엄마는 딸에게 무슨 문제가 생겼다는 것을 직감했다.

엄마가 딸의 방에 들어가 보니 딸이 침대에 누워 있었다. 얼굴이 온통 빨갛게 열이 올라 있는 딸의 이마를 만져보고 엄마는 깜짝 놀라고 말았다. 이마는 불덩이 같았고 실낱같이 뜬 눈은 뜨고 있는 것조차 힘겨워 보였다.

엄마는 딸을 껴안으며 말했다. "아가, 열이 많이 나니 우리 병원에 가자."

하지만 딸은 엄마의 품에서 빠져나오며 말했다. "괜찮아. 아마 감기겠지. 하룻밤 자고 나면 좋아질 테니 엄마는 가서 설거지나 해요."

딸의 목소리에는 힘이 없었지만 억지로 눈을 떠 엄마에게 미소를 지어 보였다. 엄마는 딸이 둘러대며 자신을 속이고 있다는 걸 잘 알았다. 병원에 가는 것은 곧 돈이 든다는 의미였기 때문이다.

"안 돼! 지금 당장 병원에 가야 해."

엄마는 단호하게 말한 다음 집에 있는 돈을 있는 대로 끌어모았다. 찾은 돈과 조금 전 시장에서 번 돈까지 모두 침대 위에 올려놓고 세어보니 엄마는 마음이 쓰렸다.

"엄마, 정말 병원에 안 가도 괜찮대도 그러네. 내일이면 좋아질 거야……."

딸은 문 앞에 기대서서 엄마의 낭패한 모습을 모두 지켜보고 있었다. 엄마는 딸의 옷차림이 무척 단출한 것을 보고 말했다. "어서 가서 옷 입어. 바로 택시 타러 갈 거야."

엄마는 허둥지둥 돈을 주머니에 쑤셔 넣고 딸을 부축했다.

"아니야. 삼륜자전거로 가요. 병원이 여기에서 멀지도 않잖아."

딸은 그렇게 말하며 엄마의 손을 뿌리치고 비틀거리며 마당에 있는 삼륜자전거로 향했다. 적막한 거리를 자전거로 급히 가고 있을 때 뒤에서 딸아이의 가냘픈 신음소리가 들려왔다. 엄마는 딸이 그렇게 아파하는 모습을 처음 보았으므로 덜컥 겁이 났다. 3년 전 남편이 병환으로 세상을 떠나자마자 엄마도 일자리를 잃었기 때문에 삼륜자전거로 야시장에서 노점을 해야 했다. 그 당시 딸은 열세 살도 채 되지 않은 나이였다. 그 후로 딸은 갑자기 철이 들었고, 엄마는 삶이 어떤 것인지 깨닫기 시작했다. 엄마는 고개를 돌려 딸을 살펴보았다. 딸은 상처 입은 어린 양처럼 삼륜자전거 짐칸에 힘없이 기댄 채 멍하니 엄마를 쳐다보고 있었다. 엄마는 혹시라도 늦을까 걱정이 되어 미친 듯이 자전거 페달을 밟았다.

서둘러 병원 응급실에 도착해 접수를 마치고 검사, 근육주사 놓기, 체온 내리기 등이 바쁘게 진행된 뒤 딸은 마침내 병상에 몸을 눕히고 링거를 맞았다. 엄마는 그제야 한숨을 돌릴 수 있었다. 당직 의사는 엄마에게 딸의 증상이 유행성뇌염과 유사하다면서 다음 날 출근해 척수 검사를 해봐야 정확히 알 수 있으니 오늘은 해열치료를 하고 경과를 지켜보자고 말했다.

엄마는 다시 걱정이 되기 시작했다. 깊은 밤 병실에는 엄마와 딸만 남게 되었고 엄마는 몹시 지쳐 있었다. 순간 딸이 엄마에게 가까이 오라고 손짓했다.

"엄마, 나 견디기가 힘들어. 온몸이 다 아픈 게 예전하고는 다른 것 같아. 의사선생님이 뇌염인 것 같다고 한 말은 나도 들었어. 내가 어떻게 될까 봐 무서워, 엄마……."

"쓸데없는 걱정 마. 내일 검사하면 확실히 알 수 있어."

"엄마, 나 할 말이 있어." 딸이 갑자기 심각한 얼굴로 말했다. "엄마, 잊지 마. 침대 머리맡 서랍장의 아래 칸을 보면 가장 안쪽 오른편에 주머니가 하나 있을 거야. 그 안에 내가 모은 돈이 좀 있으니까 엄마한테 줄게……."

엄마는 갑자기 코가 시큰해지면서 눈가가 촉촉이 젖었다. 엄마는 딸의 손을 쥐었다.

"우리 딸, 아무 일도 없을 테니 걱정 마. 엄마가 여기 있잖아. 무슨 일이 있어도 우린 함께 용감하게 살아야 해. 우리 딸, 알았지?"

딸은 평소와 다르게 조용히 엄마를 바라보았다. 잠시 후 잡고 있던 딸의 손에서 힘이 느껴지자 엄마는 딸의 손가락 세 개를 꼭 쥐었다. 아주 꼭 쥐고 있을 때 두 가닥 눈물이 눈가에서 흘러내렸다.

이튿날 오전, 딸은 뇌척수액 검사를 받았는데 결과는 정상으로 나왔다. 이어서 다시 흉부 엑스레이를 찍었는데 일반 폐렴이라는 진단이 나왔다. 의사는 그리 대수로운 건 아니라면서 이삼일 입원해 치료를 받으면 퇴원할 수 있을 거라고 말했다. 결과를 알려주자 딸은 갑자기 엄마의 목을 꼭 껴안았다. 두 사람은 서로를 부둥켜안은 채 엉엉 울었다.

집으로 돌아와 엄마는 몰래 딸의 서랍장을 열어 보았다. 그 안에는 딸이 말한 대로 작은 주머니가 있었는데 안에는 13위안이 들어 있었고 모두 잔돈이었다. 엄마의 눈가에는 다시 눈물이 맺혔다.

그 일이 있은 후 3년이 지나 딸은 군의과대학에 입학했다. 대학입학시험에서 딸의 시험성적은 일류 대학인 베이징 대학이나 칭화 대학에 입학할 수 있는 점수였지만 그녀는 군의과대학을 희망했다. 딸의 말을 빌리자면 등록금이 한 푼도 들지 않을뿐더러 음식과 옷까지 제공해주어서 엄마의 부담을 덜어줄 수 있다는 이유였다.

세월이 흘러도 엄마는 항상 딸이 자신에게 남겨주려고 했던 13위안의 '유산'이 든 주머니를 소중히 간직하고 있다. 엄마는 앞으로도 영원히 그것을 소중히 간직할 생각이다.

삶에서 시간은 흐르는 물처럼 빠르게 지나가지만 우리는 항상 소중한 사람들에게 소홀하다. 사람들은 앞으로 그들을 돌봐줄 시간은 충분할 거라 생각한다. 어느 날 갑작스러운 변화가 생기고 나서야 상대에 대한 사랑이 얼마나 깊으며, 우리 마음속에 조용히 쌓여왔는지 알게 된다. 그러므로 우리는 매일 매순간 곁의 소중한 사람들을 아껴 주어야 한다.

삶에서 시간은 흐르는 물처럼 빠르게 지나가지만
우리는 항상 소중한 사람들에게 소홀하다.
어느 날 갑작스러운 변화가 생기고 나서야
상대에 대한 사랑이 얼마나 깊으며,
우리 마음속에 조용히 쌓여왔는지 알게 된다.

못된 계모의 숨겨진 사랑

—

앤은 발끝으로 서서 가느다란 손가락으로 책장의 딱딱한 달력판을 더듬거리며 찾았다. 올록볼록한 숫자가 단단한 종이 위에 마치 지렁이가 기어다니듯 새겨져 있었다. 몇 달 동안의 연습 끝에 앤은 이제 달력판 위의 모든 숫자를 능숙하게 읽을 수 있었다.

"오늘이 벌써 6월 12일이구나. 사랑하는 존이 내 곁으로 돌아오려면 아직도 2년 4개월이 남았군." 어제 표시한 숫자를 만지며 앤의 입가에는 달콤한 미소가 떠올랐다. 2년 동안 앤은 줄곧 행복한 기다림 속에서 살았다.

2년 전에 발생한 화학제품 유출사고로 앤은 두 눈이 멀었고 친아버지마저 잃었다. 그녀는 무뚝뚝한 계모 수잔나와 함께 살고 있다. 의사가 앤의 눈을 치료하기 시작했을 때부터 수잔나는 늘 옆에서 쌀쌀맞게 말했다. "너무 큰 기대는 하지 마. 의사 말로는 시력을 회복할 가능성은 5퍼센트밖에 안 된다고 하더라. 거의 가능성이 없는 것이나 마찬가지지. 그러니 넌 앞으로 남은 평생 장님으로 살아갈 준비를 해야 할 거야."

가족의 보살핌이 없는 건 앤에게 크게 중요하지 않았다. 그녀에게는 자신이 가장 좋아하는 남자친구 존이 있었다. 앤이 사고를 당했다는 소식을 듣자마자 존은 급히 병원으로 달려왔다. 존이 앤에게 한 약속은 정말 감동 그 자체였다.

"사랑하는 앤, 더 이상 앞을 볼 수 없다 해도 나는 평생 당신 곁에 있겠어."

붕대를 벗은 후에도 세상은 암흑이었지만 앤은 결코 울지 않았다. 그녀의 가슴속에 따뜻한 사랑이 자리잡고 있었기 때문이다.

앤은 비틀거리며 처음 집에 돌아왔을 때를 떠올렸다. 앤은 수잔나가 시각장애인이 살기에 적합하도록 주거환경을 바꾸어 놓았을 거라 생각했다. 하지만 집에 들어서자마자 익숙했던 장롱과 책상 심지어 전에 가장 좋아했던 곰인형 위니도 모두 낯설게 변해 있었다. 또한 조심스럽게 발걸음을 옮길 때마다 높거나 낮은 바닥은 장애물이 되었다. 앤은 넘어질 때마다 계모의 침묵과 존의 가쁜 숨소리를 느꼈다.

시간이 흘러 존은 스위스의 한 명문대학에 입학했다. 거리가 멀고 학업에 대한 부담이 컸으므로 존은 졸업 후에나 다시 돌아올 수 있었다. 그래서 존이 졸업하는 것이 앤의 유일한 꿈이었고 그날은 앤에게 특별한 날로 자리잡았다.

기다림의 시간 동안 앤에게 걱정이 없었던 것은 아니었다. '건장하고 잘생긴 존을 흠모하는 마을 처녀들이 얼마나 많았는데 어떻게 나 같은 장님 곁에 오래 머물러 있겠어!' 라고 생각했다. 하지만 그런 걱정이 들 때마다 존은 장문의 편지를 보내 앤을 안심시켰다. 존은 편지에서 이렇게 말했다.

"진정한 사랑은 여름에 활짝 핀 파란 연꽃처럼 더러운 진흙에서 자라 찬란한 꽃을 피워. 진흙이 연꽃의 자양분이 되듯이 모든 고난은 사랑을 위한 영양분이 될 거야."

앤은 존의 말에 마음이 편안해졌다. 도심공원에 있는 파란 연꽃이 찬란하게 피어 있는 모습처럼 앤에게 위안을 주었다.

기다리는 동안 수잔나는 끊임없이 짜증을 내며 앤에게 버거운 일을 요구했다. 예를 들면 앤이 맹인용 지팡이를 짚고 혼자서 거리로 나가 물건을 사오게 한다거나 주방에서 자기 대신 음식을 만들게 했다. 앤이 싫다고 하면 계모는 비아냥거리며 말했다. "이런 사소한 일도 할 줄 모르면서 앞으로 어떻게 존의 아내가 될 작정이니?"

수잔나는 낡은 피아노를 구입해 앤에게 치라고 하면서

쓸모없는 딸이 자기 체면을 구기게 하고 싶지 않다고 말했다. 앤은 예전에 학교에서 피아노 수업을 들었던 적이 있었다. 하지만 실명한 후 다시 피아노를 치려니 쉽지 않았고 번번이 엉뚱한 건반을 눌렀다. 하지만 피아노 치는 걸 포기하려고 들면 수잔나가 쏘아붙였다. "존은 플루트를 배운다더라. 존은 뭐든 할 줄 아는데 넌 아무것도 할 줄 모르잖아!"

컴퓨터와 회계만큼은 앤이 스스로 원해서 배웠다. 존이 편지에서 한번 배워 두면 앞으로 많은 도움이 될 거라고 말했기 때문이다.

앤은 존을 위해 어둠의 세계에서 정상적인 여자처럼 당당하게 사는 법을 배우려 애썼다.

앤이 가장 좋아하는 것은 수잔나가 바쁠 때를 이용해 도심공원의 연못가 벤치에 앉아 바람를 쐬는 일이었다. 시간이 생각처럼 늘어나지는 않았지만 사랑하는 연인을 생각하는 일분일초가 행복이었다. 도심공원에서는 곳곳에서 젊은 남녀가 쌍을 이뤄 웃고 떠드는 소리를 들을 수 있었다. 경쾌하게 떠드는 연인들의 목소리를 듣고 앤은 존과의 행복했던 시간들을 떠올렸다.

시원한 바람이 불어오는데 그 속에 그윽한 향기가 실려왔다. 앤은 그것이 파란 연꽃의 향기임을 알고 있었다. 매년 여름이 되면 파란 연꽃은 진흙을 뚫고 나와 활짝 피어났다. 앤에게는 그것이 마치 고난을 뚫고 달콤한 사랑이 피어나는 것처럼 느껴졌다.

그날도 앤은 평소처럼 도심공원에 앉아 이리저리 오가는 연인들의 목소리를 듣고 있었다. 어느 순간 갑자기 익숙한 목소리가 앤 주변의 연못에서 들려왔다. "자기야, 이리와 봐. 파란 연꽃이 피었어. 정말 아름다워!"

그 목소리는 무척 낯이 익었다. 저음에 따뜻한 햇볕의 숨결을 지니고 있었다. 그것은 바로 존의 목소리였다. '혹시 존이 예정보다 일찍 나를 보러 온 건가?' 들뜬 마음에 앤은 벌떡 일어나 앞으로 걸어갔고 오매불망 그리던 애인을 끌어안으려고 했다. 하지만 그때 또 다른 목소리가 들려왔다.

"와, 존, 정말이네요. 파란 연꽃이 정말 예뻐요!"

맑고 청아한 여자의 목소리였고 놀라움과 기쁨이 담긴 말투였다. 그러고 나서 앤은 또 다른 소리를 들었다. 소리가 크진 않았지만 잡음이 심한 도심공원에서도 앤의 민감한 귀는 소리를 분명하게 구분해낼 수 있었다. 서로 사랑하는 두 연인은 파란 연꽃이 활짝 핀 연못가에서 뜨겁게 키스하고 있었다.

앤은 멍하니 앉아 있었다. 십여 초라는 짧은 시간이 흘렀음에도 머릿속에는 오만 가지 생각이 스쳐지나갔다. '이게 대체 어떻게 된 일이지?' 어제 앤은 존이 스위스에서 보내온 장문의 편지를 받았고 수잔나가 대신 읽어주었다. 편지에는 존이 자신을 얼마나 생각하고 사랑하는지에 대한 내용으로 가득 차 있었는데 오늘 존은 다른 여자를 껴안고 입을 맞추고 있는 것이다.

앤은 깜짝 놀라 소리치는 존의 목소리를 들었다. 그는 이런 곳에서 앤을 만나리라고는 미처 생각지 못한 듯했다. 앤은 이상하게 생각해 캐묻는 여자의 목소리를 들었다. "왜 그래요? 이곳이 멋지지 않아요? 왜 다른 곳으로 가려고 해요?"

존은 불안한 나머지 작은 소리로 말했다. "가자고, 어서. 나중에 말해줄게."

"존!" 앤은 울음 섞인 목소리로 존을 나직이 불렀다. "숨지 마세요. 당신인 거 알아요. 그냥…… 이유를 말해 줄 수 있어요?"

짧은 침묵이 흐른 뒤 존이 결국 자초지종을 이야기했다. 앤이 사고를 당했을 때 존은 원래 앤과 헤어질 생각이었다. 그때 수잔나가 존에게 앤이 힘들어하니 마음의 상처를 주지 말아달라고 부탁했다. 그래서 존은 나중에 스위스에 공부하러 간다는 거짓말을 지어낸 것이었다. 그는 편지들에 대해서는 전혀 모르는 일이며 분명 수잔나의 '걸작' 일 거라고 말했다.

존의 한 마디 한 마디가 비수가 되어 앤의 가슴을 찔렀다. 그제야 앤은 그동안 자신이 얼마나 어리석었는지를 깨달았다. 아무것도 모른 채 존을 위해 이런저런 것들을 배우던 자신이 진흙 속에서 시들어버린 파란 연꽃 신세나 다름없다고 생각했다.

'수잔나, 수잔나가 나를 속였다!'

순간 앤의 마음에서 분노의 불길이 타올랐다. 앤은 도저히 참을 수 없었다. 사악한 계모가 꼬박 2년 동안 자신을 바보 취급하며 속여온 것이다. 앤은 거의 뛰다시피하면서 비틀거리며 집으로 향했다. 그녀는 수잔나에게 도대체 자신한테 왜 그랬는지를 따져 묻고 싶었다.

문 앞에 거의 다다랐을 때 앤은 수잔나가 복지사와 말다툼하는 소리를 들었다. 복지사는 앤을 장애인 교육기관에 보내 계속 공부하게 하고 복지 지원을 신청해야 한다고 주장했다. 하지만 수잔나는 이렇게 말했다.

"아니요. 엘야 씨의 호의는 감사하지만 내 딸은 혼자 힘으로 정상인처럼 살 수 있어요. 제발 그런 방식으로 딸아이의 자존심을 짓밟지 말아주세요. 딸아이는 스스로 공부하고 요리도 혼자 할 수 있어요. 게다가 예술적 재능으로 일하며 살아갈 수 있다구요."

복지사가 두 손 들었다며 포기하고 집을 나가는 소리를
들은 다음에야 앤은 조용히 문을 밀고 들어갔다. 방 안에서
들려오는 수잔나의 목소리는 여전히 냉랭했다. "어디 갔다
이제서야 오는 거니?"

앤은 살짝 웃음을 지어 보였다. "아무것도 아니에요. 나
가서 파란 연꽃이 피어나는 소리를 듣고 왔어요."

수잔나는 무슨 말인지 몰라 어리둥절하면서 한참 동안 아
무 말도 하지 않았다.

시간은 변함없이 흘러갔다. 앤은 이따금 존으로부터 여
전히 편지를 받았다. 수잔나가 존의 편지를 읽어줄 때마다
앤은 수잔나의 품에 안겨 계모의 따뜻하지만 한편으론 냉
담한 목소리를 들으며 사랑이 넘치는 연애편지를 들었다.

나의 가장 멍청한 학생

—

졸업 후 나는 베이징에서 학생들을 가르쳤다. 아버지는 적적하다고 하며 나와 화상채팅을 하기 위해 컴퓨터를 구입하는 것을 부탁했다. 쉰 살이 넘은 데다 컴맹이니 전문가를 초빙해야 할 거라며 나는 아버지를 놀렸다. 아버지는 몇 년전에는 딸인 내가 아버지의 제자였지만 이제는 반대로 아버지가 내 제자가 되면 어떻겠냐고 말했다. 나는 하나하나 가르쳐줄 시간이 없으니 열심히 배우셔야 한다고 아버지에게 당부했다. 아버지는 껄껄 웃으며 말했다. "그야 물론이지. 내가 반에서 가장 똑똑한 학생이 되도록 노력하마."

그 후로 나는 주말 저녁마다 아버지를 억지로 컴퓨터 앞에 앉게 했다. 가장 먼저 장거리 전화로 채팅프로그램에 회원가입을 하는 방법을 알려주었다. 그러고 나서 화상채팅하는 법을 익히게 했다. 이 단계에서부터 아버지는 조금씩 게으름을 피웠다. 나는 매일 언성까지 높여가며 아버지에게 어떻게 정보를 검색하는지, 자판은 어떻게 입력하는지,

파일은 어떻게 저장하는지를 가르쳐주었다. 나는 반에서 제일 멍청한 학생을 가르칠 때보다 아버지를 가르치는 것이 더 힘들게 느껴졌다. 하지만 아버지의 컴퓨터 실력은 대화창을 열고 마이크로 나와 깔깔거리며 수다를 떠는 정도에서 한 발자국도 더 나아가지 못했다.

아버지는 자신의 멍청함을 전혀 자각하지 못하는 듯했다. 아버지의 통통한 얼굴은 대화창의 화면에서 늘 만족스럽다는 듯이 웃고 있었다. 나는 아버지에게 배운 것은 꼭 연습을 해 봐야 하는데 주말에 강의만 들을 뿐 주중에는 컴퓨터를 전혀 손도 대지 않으니 어떻게 할 수 있겠냐고 충고했다. 아버지는 평소처럼 대화창에서 웃음보를 터뜨리며 사실 자신은 머리가 좋은데 내가 인내심만 가진다면 곧 자신이 일취월장하는 모습을 볼 수 있을 거라고 말했다. 모든 것을 몇 번씩 설명해도 아버지는 멍한 표정을 짓기 일쑤여서 나는 맥이 빠졌다. 대체 내가 선생의 자질이 부족한 것인지 아버지가 정말 머리가 나쁜 것인지 알 길이 없었다. 이 첨단 지식을 배울 수 없는 세포가 몸속에 들어 있는 것은 아닌지 궁금하기까지 했다.

아버지는 문자로 채팅하는 수준에서 더 이상 발전하지 못했다. 그 후로도 나는 백방으로 노력했지만 아버지의 컴퓨터 실력은 제자리를 맴돌 뿐 한 발짝도 더 나아가지 못했다.

건너편 직장동료는 내가 기를 쓰며 떠드는 것을 듣고 아버지와 채팅 중이라는 것을 알 정도였다. 어느 날 직장동료가 웃으면서 멍청한 학생을 대할 때는 쌀쌀맞게 구는 게 친절하게 가르치는 것보다 더 잘 먹힐 때가 있으니 시험 삼아 해보라고 충고해주었다. 나는 그 제안을 기꺼이 받아들였다.

그러나 아버지는 나의 그러한 교육방식에 적응하지 못하는 듯했고 일주일도 안 되어 두 손을 들면서 말했다. "우리 아가씨, 이 애비한테 좀 자상하게 가르쳐줘. 내가 나이를 많이 먹어 젊은 사람들을 못 따라가겠어."

그러나 내가 계속 단호한 태도를 보이자 아버지는 나와 냉전을 벌이기 시작했다. 나는 어머니에게 전화를 걸어 아버지에게 이 말을 전해 달라고 부탁했다. "아버지처럼 멍청한 학생은 보다보다 처음 봤어요. 3개월이 다 되어가는데 타자를 치는 속도가 소달구지 굴러 가는 정도이니, 그렇게 하다간 내가 평생을 가르쳐도 다 가르치지 못할 거예요."

어머니는 내 불평을 모두 듣고 나서 한숨을 쉬며 나지막한 목소리로 말했다.

"애야, 사실 아버지는 그렇게 머리가 나쁘지 않으셔. 아버지는 그저 네 목소리를 더 듣고 싶으신 것뿐이란다. 아버지가 뭘 배워야겠다고 결심하셨다면 어떻게 널 선생님으로 삼으셨겠니? 네가 매번 대화창에서 짜증을 부리며 큰 소리를 내면 아버지는 느긋하게 웃으시면서 네 강의를 듣고 계셨지? 아버지는 사실 큰돈을 써서 네 얼굴을 볼 수 있는 전화기를 사신 것뿐이야. 아버지 나이에 인터넷 채팅을 배워 어디에 쓰겠니? 네 얼굴을 보면서 수다를 떠는 게 아버지한테는 컴퓨터에 통달한 것이나 마찬가지야."

알고보니 사실 가장 멍청한 학생은 바로 나였다. 멍청한 탓에 아버지와 얼굴을 맞대고 아버지가 나를 향해 계속해서 부드러운 미소를 짓는 것을 뻔히 보면서도 나는 아버지가 무슨 생각을 하고 있는지 미처 몰랐다. 아버지는 그저 멀리 떨어져 있는 내가 잘 지내고 있는지, 아버지가 나를 생각하는 것처럼 내가 아버지를 생각하고 있는지를 알고 싶었던 것이다.

세월이 흐르면서 우리는 점점 강해지지만 부모님은 점점 약해진다. 부모님이 예전에 미숙한 우리를 대했던 것에 비하면 우리는 인내심이 매우 부족하다. 세상이 온통 물음표였던 우리가 조금씩 성장하는 모습을 부모님은 기대에 가득 찬 시선으로 지켜보았을 것이다. 그러니 이제는 우리가 좀 더 참을성과 배려심을 갖고 부모님의 늙어가는 모습을 지켜보아야 한다. 부모님이 바라는 것은 많지 않다. 그저 자식인 당신과 더 많은 이야기를 나누며 부모와 자식 간의 사랑을 느끼고 싶은 것뿐이다.

나와 아버지의 전쟁

나와 아버지의 전쟁이 시작된 지 십수 년이 흘렀다.

전쟁 초기는 일방적인 나의 굴욕의 역사였다. 당시 나는 역기로 단련된 울퉁불퉁한 근육이 돋아난 아버지의 두 팔에 맞으면서 병아리처럼 비명을 질러댔다. 아버지가 나를 때린 영웅적인 전적은 동네에서 소문을 들어 아는 사람은 모두 기겁할 정도였다. 저녁에 몇 건물 떨어진 곳에서도 나의 비명소리와 울음소리를 들을 수 있었고, 잘 모르는 사람은 죄수고문실을 근처로 옮겨온 줄로 여겼다.

아버지는 매를 아끼면 자식을 버린다는 투철한 교육철학을 가진 분으로 유일한 친아들을 거침없이 때렸다. 만약 당시 현장을 영상으로 남겼다면 아마도 상영관람제한 등급의 영상물이 되었을 것이다. 옷걸이, 전선줄, 구두, 허리띠, 대나무 막대기, 라켓 등이 모두 내 엉덩이와 친밀한 접촉을 가졌던 것으로 기억한다.

아버지가 나를 때린 이유를 열거하자면 한도 끝도 없었

다. 시험 성적이 나빠서, 운동을 열심히 하지 않아서 맞기도 했고, 식사 때 말참견했다고 젓가락으로 머리를 맞은 적도 있다. 나는 하루 종일 살얼음판을 걷는 듯했고 그야말로 전전긍긍했다. 당시 나는 안과에 간 적이 있는데 의사선생님은 책을 읽을 때 한 자 정도 거리를 두어야 한다고 말했다. 나는 이렇게 대답했다. "거리를 잴 수가 없어요. 우리집에 있는 자는 저를 때리는 데만 사용되거든요."

물론 억압이 있으면 저항도 있는 법이다. 나는 신문지에 삐뚤삐뚤한 글씨로 '파시스트 타도'라고 써서 아버지의 사무실에 붙여 놓았다. 그때는 아버지 면전에 대고 직접 말할 정도의 용기는 아직 없었던 때였다. 나를 가장 굴욕감에 빠뜨린 것은 육체적인 고통이 아니었다. 가장 화가 나는 것은 아버지는 매질 후에는 꼭 매서운 눈초리로 나를 쳐다보며 "네가 뭘 잘못했는지 알아?"라고 질책했는데 나는 그때마다 모기처럼 기어들어가는 목소리로 "아, 알아요"라고 대답했다. 그러면 아버지는 한신이 가랑이 사이로 기어간 이야기와 월왕 구천이 쓸개를 핥은 고사를 한바탕 늘어놓으며 나를 굴복하게 만들었다.

내가 중학교에 들어가면서 전쟁은 새로운 국면에 접어들었다. 계속 맞기는 했지만 나도 어디 한번 해보자는 결의에 차 있었다. 전쟁을 시작할 때마다 나는 먼저 "구타 금지!"라고 단호히 외쳤다. 하지만 늘 말이 끝나기도 전에 귀싸대기가 먼저 지나갔다. 나는 한두 번 맞아 본 것이 아니기에 손이 스치고 지나갈 방향에 따라 고개를 젖혔다. 그러면 손톱이 얼굴을 간질이는 정도에 그쳤다.

나는 수업을 듣는 게 싫었고 숙제하는 것도 좋아하지 않았다. 하지만 그것이 꼭 공부가 싫다는 의미는 아니다. 중국 소설가 왕숴는《동물의 난폭함》에서 "우리는 금세 잊어버릴 것이 확실한 것들을 아무 생각 없이 학교에서 배우고 있다"고 했다.

중학교 때 국어 선생님은 때로 빈 페이지로 가득 찬 숙제노트와 수업 시간에 훔쳐보는《시사격류》을 들고 아버지를 찾아가 나의 악행을 일러바쳤다. 하지만 이때만큼은 아버지도 무척 개방적인 태도를 취했고 집에 돌아와서는 내게 책을 돌려주었다. 그러나 시험에 관해서는 이와 달랐다. 시험성적이 나올 때마다 아버지는 체면을 구겼다고 생각했는지 매를 아끼지 않았다. 매타작이 끝난 후에는 자연스럽게 잔소리가 이어졌다. 중학교 때 나는 이미 덩치가 커져서 혹독한 형벌에도 끄떡없었고, 몽둥이는 나를 더러운 성질로 길들여 놓았다. 아버지는 때때로 기분이 나쁠 때면 내게 화풀이를 하려 했지만 잘못한 게 없다고 당당하게 맞서면 화를 억지로 삼키며 두통약을 먹고는 했다.

돌이켜보면 고등학교 이후로는 맞은 적이 없었던 것 같다. 아버지가 고개를 올려다보면서 나를 때리기가 불편했을 테고 내가 날아오는 아버지의 손바닥을 막을 수 있었기 때문이다.

우리는 실력이 비등한 방법, 즉 말싸움으로 힘겨루기를 시작했다. 말싸움에서 아버지의 무기는 목소리가 크다는 것이었지만 논리적인 근거는 제시하지 못했다. 나의 무기는 삼단논법이었다. 고등학교 때 문과를 택하려고 하자 아버지는 무턱대고 이과를 택하라며 고집을 부렸다. 그래서 나는 다음과 같은 추론을 통해 반박했다.

대전제: 똑똑하고 여러 방면에 관심이 많은 사람의 대다수는 문과를 택해 인문과학 분야에서 황무지를 개척했고 그 성과는 결코 이과를 선택한 사람들보다 뒤떨어지지 않는다.

소전제: 나는 똑똑하고 여러 방면에 관심이 많다는 조건에 부합한다(아버지도 이 점에 이의를 제기하지 못했다).

결론: 나는 당연히 문과를 선택할 수 있고 또한 그래야만 한다.

나는 이렇게 한 차례씩, 그리고 크고 작은 싸움에서 조금씩 잃어버린 영토를 회복해나갔다. 물론 아버지의 저항도 만만치 않았다. 아버지는 중문과 대학원을 나와서 여러 성현들은 물론 그에 버금가는 사람들의 책도 많이 읽은 분이다. 그래서 우리의 전쟁은 그만한 문화적 수준이 있었다. 식사 때마다 아버지와 나는 얼굴이 시뻘게지도록 언쟁을 벌였다. 그런 다음에는 둘 다 숟가락을 내려놓고 각자의 침실로 들어가버렸다. 나와 아버지는 각자의 서재를 갖고 있었다. 우리는 유리문을 스르륵 열고 각자 책을 들고 나와 상대방을 공격했다. 나는 역사 방면에서 아버지보다 취약했지만 어떤 분야는 내가 월등하게 수준이 높았다. 아버지의 약점은 지식이 지나치게 한정적이라는 점이었다. 서양의 사건이나 가장 최근에 벌어진 일에 대해서는 거의 아는 게 없었고, 이론적인 기초도 부족했다. 바로 이 부분이 내가 마음껏 지식을 뽐낸 분야였다.

한번은 아버지가 식탁에서 작가 위제(余杰)가 문화학자이자 스타작가인 위추위(余秋雨)를 욕하는 글을 언급하며 고개를 저으며 안타까운 듯 말했다. "왕개미가 큰 나무를 흔들어 움직이려 한다더니 자기 주제도 모르는군."

그때 아버지는 위추위를 좋아했지만 자기 아들이 위제의 열렬한 숭배자라는 사실은 모르고 있었다. 내가 물었다. "아버지는 위제의 책을 읽어본 적이 있어요?" 아버지는 없다고 말했다. 내가 말했다. "읽어 보지 않았으면 함부로 말하지 마세요."

그렇게 말싸움을 한 후부터 우리의 전투방식은 붓이 창

과 방패를 대신하는 것으로 바뀌었다. 가장 우스꽝스러운 전쟁은 나와 아버지가 같은 주제를 놓고 서로 싸웠는데 결국 우리 두 사람의 글이 같은 신문의 한 지면에 나란히 실린 것이다. 우리는 같은 날 보내온 동일한 액수의 원고료를 받아 쥔 채 서로 득의양양하게 상대방을 바라보았다. 내가 외지에서 공부하는 지금까지도 아버지는 종종 자기가 발표한 글을 보내 도전장을 내밀기도 한다.

여름 방학이 되어 집에 돌아와 보니 아버지는 중병에 걸려 며칠을 몸져누워 있는 상태였다. 그런 아버지가 나를 보더니 다짜고짜 물었다. "요 반년 동안 무슨 책을 읽었냐? 원고를 모두 꺼내 봐." 나는 가방을 열어 두꺼운 원고뭉치를 꺼내 아버지에게 건네며 말했다. "무슨 주책이세요! 지금 이 상태에서 저와 싸워 이길 수 있을 것 같아요?" 아버지가 말했다. "어서 덤벼! 넌 아직 한참 멀었어! 내가 소싯적에 역기를 들 때는 말이야……."

어머니는 옆에서 묵묵히 혈압계를 살피며 웃음을 지었다.

나는 점심 식사를 마치고 아버지의 침대맡에 앉았다. 아버지는 어머니가 없는 틈을 타 내게 조용히 말했다. "나 고추 먹을래." 나는 숟가락으로 그릇에 들어 있는 고추를 떠서 버리고 부드러운 고기완자를 아버지의 입에 넣어 주며 말했다. "아버지에게도 이런 날이 오는군요!"

내 평생 가장 고마운 사랑

—

우리 집은 외진 산골에 있었다. 부모님은 농사를 지으며 먹고사는 농민이었다. 내게는 세 살 어린 남동생이 있다. 다음은 우리가 어렸을 때의 일이다.

여자아이라면 누구나 가지고 있는 꽃무늬 손수건을 사기 위해 나는 아버지의 서랍에서 몰래 5마오를 꺼냈다. 아버지는 그날 돈이 모자란 것을 발견하고 우리를 벽 앞에 무릎 꿇게 한 뒤 대나무 몽둥이를 들고 누가 훔쳤는지 실토하라고 다그쳤다. 그때 나는 겁에 질려 고개를 숙인 채 사실을 말할 엄두를 내지 못하고 있었다.

우리 둘 모두 훔치지 않았다고 하자 아버지는 두 명 모두 때리겠다고 말했다. 아버지가 때리려고 대나무 몽둥이를 들었을 때 남동생이 갑자기 아버지의 손을 잡고 큰 소리로 말했다. "아빠, 제가 훔쳤어요. 누나가 그런 게 아니에요. 저를 때리세요!"

아버지는 들고 있던 몽둥이로 남동생의 등, 어깨를 마구

내리쳤고 씩씩거리며 숨이 차오를 때에야 멈추고는 바닥에 앉아 남동생을 호되게 꾸짖었다. "지금은 집의 돈을 훔쳤지만 나중에 커서는 얼마나 대단한 걸 훔칠 셈이냐? 내가 이 싹수가 노란 놈을 두들겨 패야겠다."

그날 저녁, 나와 어머니는 온몸이 상처투성이가 된 남동생을 끌어안았지만 남동생은 눈물 한 방울 흘리지 않았다. 한밤중에 나는 울음을 터뜨렸는데 남동생이 작은 손으로 내 입을 막으며 말했다. "누나, 울지 마. 어쨌든 내가 다 맞았잖아."

나는 줄곧 처음부터 용감하게 잘못을 인정하지 못한 내 자신이 미웠다. 그 일이 있고 몇 년이 지났을 때도 남동생이 나 대신 대나무 몽둥이를 맞는 모습은 아직도 기억이 생생하다. 그해 남동생은 여덟 살이었고 나는 열한 살이었다.

중학교를 졸업한 후 남동생은 현(縣)에 있는 명문 고등학교에 합격했다. 동시에 나도 도시에 있는 한 대학교로부터 합격통지서를 받았다. 그날 저녁 아버지는 마당에서 줄담배를 피우며 두 자식이 모두 명예욕이 강하다며 중얼거렸다. 어머니는 몰래 눈물을 훔치며 명예욕이 강해서 어디에 써먹고 무슨 수로 뒷바라지하냐고 말했다.

남동생이 아버지에게로 가서 말했다. "아빠, 나 학교 다니기 싫어요. 어쨌든 공부도 실컷 했으니까 이만하면 충분해요." 아버지는 남동생의 따귀를 때렸다. "너 이 자식, 무슨 못난 소리야? 내가 집에 있는 모든 걸 팔아서라도 너희 남매 뒷바라지할 테니 쓸데없는 소리 하지 마."

그렇게 말하고 나서 아버지는 돈을 꾸러 이웃집들을 돌았다. 나는 남동생의 빨갛게 부은 얼굴을 어루만지며 남자가 공부를 제대로 못하면 평생 이 산골을 떠나지 못하니 반드시 계속해서 공부해야 한다고 말했다. 남동생은 나를 쳐다보면서 고개를 끄덕였다. 그때 나는 이미 대학 입학을 포기하기로 마음을 정한 상태였다.

그런데 예상치 못한 일이 벌어졌다. 남동생이 이튿날 해가 뜨기도 전에 몰래 옷가지 몇 개와 만두 몇 개를 싸서 가출한 것이다. 내 베개맡에는 남동생이 놓고 간 쪽지가 놓여 있었다.

'누나, 내 걱정은 하지 마. 대학 합격은 쉬운 일이 아니야. 내가 돈을 벌어 누나 공부하는 거 뒷바라지해줄게.'

나는 쪽지를 쥐고 방바닥에 엎드려 목 놓아 울었다. 그해 남동생은 열일곱 살이었고 나는 스무 살이었다.

아버지가 이웃사람들에게 빌린 돈과 남동생이 공사장에서 막일해서 번 돈으로 나는 결국 대학 3학년까지 공부했다. 어느 날 기숙사에서 책을 읽고 있을 때였다. 반 친구가 달려오면서 나를 큰 소리로 불렀다. "메이쯔, 고향 사람이 널 찾아."

'고향 사람이 어째서 날 찾지?' 당장 나가보니 멀리 남동생이 보였다. 남동생은 온통 시멘트와 모래로 얼룩진 작업복을 입고 나를 기다리고 있었다. 나는 남동생에게 왜 내 친구에게 고향 사람이라고 말했냐고 물었다.

남동생은 웃으며 말했다. "내가 입은 이 옷을 좀 보라고. 내가 남동생이라고 하면 반 친구들이 누나를 비웃지 않겠어?"

나는 코가 시큰거렸고 눈물이 났다. 나는 남동생 옷에 묻은 흙을 털어주며 목메어 말했다. "어쨌든 넌 내 동생이야. 평생 네가 무슨 옷을 입고 누가 뭐라 해도 난 상관 안 해."

남동생은 주머니에서 조심스럽게 손수건으로 싼 나비 모양의 머리핀을 꺼내 내 머리에 대 보며 말했다. "시내를 돌아다니다 보니까 젊은 여자들이 모두 이 머리핀을 꽂고 다니더라고. 그래서 누나 주려고 하나 샀어."

나는 더 이상 참지 못하고 큰길에서 남동생을 껴안고 눈물을 흘렸다. 그해 남동생은 스무 살이었고 나는 스물세 살이었다.

내가 처음으로 남자친구를 데리고 집에 갔을 때의 일이다. 가서 보니 여러 해 동안 방치되었던 유리창도 새로 끼워져 있고 집 안도 먼지 하나 없이 깨끗했다. 남자친구가 돌아간 후 나는 어머니에게 집이 어떻게 이렇게 깨끗해졌냐고 물었다. 어머니는 남동생이 조금 일찍 와서 깨끗이 청소를 했다면서 남동생 손에 난 상처를 못 봤냐고 물었다. 유리창을 끼우다가 남동생이 손을 다친 것이다.

나는 남동생의 방으로 들어갔다. 남동생의 얼굴이 점점 더 말라가고 있어 내 마음은 더욱 괴로웠다. 남동생은 여전히 웃으며 말했다. "누나가 처음으로 남자친구를, 그것도 시내에 사는 대학생 남자친구를 데려왔는데 창피한 꼴을 보여서야 쓰겠어!"

나는 남동생의 상처에 약을 발라주며 아프냐고 물었다. 남동생은 아프지 않다고 말했다. 남동생은 공사장에서 발에 돌이 떨어져 퉁퉁 부어 신발을 신을 수 없을 때에도 일을 했다고 말하다가 중간에서 말을 멈추고 더 이상 입을 열지 않았다.

나는 고개를 돌린 채 울음을 터뜨렸다. 그해 남동생은 스물세 살이었고 나는 스물여섯 살이었다.

나는 결혼한 후 시내에 살면서 몇 차례 남편과 함께 부모님에게 같이 살자고 말했지만 부모님은 허락하지 않았다. 부모님은 시골을 떠나면 어떻게 살아야 할지 막막하다고 했다. 남동생도 부모님은 자기가 돌볼 테니 시부모에게 잘하라며 반대하고 나섰다.

남편이 일하는 곳에서 공장장으로 승진했을 때 나는 남편과 상의해 남동생을 정비 업무를 관리하는 부서에서 일하게 하려고 했다. 그런데 남동생은 우리의 제안을 거절하고 정비공장에서 일하기를 고집했다.

한번은 남동생이 사다리를 타고 전선을 손보려고 올라갔다가 전기에 감전되는 사고를 당해 병원에 입원했다. 나와 남편은 남동생에게 병문안을 갔다. 나는 깁스한 남동생의 다리를 쓰다듬으며 나무랐다. 처음에 내 말대로 관리직에서 일을 했으면 이렇게 다치지 않았을 것이고 현장 작업자가 아니었다면 누가 감히 그 일을 시켰겠냐고 원망의 말을 쏟아냈다.

남동생은 진지한 표정으로 자기가 매형을 위하는 게 뭔지 생각해 보지 않았을 것 같냐고 말했다. 매형이 공장장으로 승진한 지 얼마 되지 않았고 자기는 변변한 학벌도 없는데 곧바로 관리자가 되면 당연히 매형에게 안 좋은 영향을 미치게 되었을 거라고 말했다.

남편은 남동생의 말에 감동을 받아 뜨거운 눈물을 흘렸다. 나도 울면서 말했다. "불쌍한 내 동생, 네가 변변한 학벌이 없는 게 모두 이 누나 탓이다."

남동생은 내 손을 잡으며 말했다. "다 지난 일이야. 그 얘긴 꺼내서 뭐 하겠어."

그해 남동생은 스물여섯 살이었고 나는 스물아홉 살이었다.

남동생은 서른 살이 되어서야 농촌 출신의 아가씨와 결혼식을 올렸다. 결혼식이 열리는 날, 사회자가 남동생에게 가장 존경하는 사람이 누구냐고 묻자 남동생은 주저 없이 "누나요"라고 대답했다. 그러더니 내가 기억도 못하는 일을 이야기하기 시작했다.

"초등학교에 갓 입학했을 때 학교가 이웃 마을에 있어 저는 매일 누나와 한 시간 넘게 걸어서 집에 왔어요. 어느 날 장갑 한 짝을 잃어버렸는데 누나가 자기 장갑 한 짝을 주면서 자기는 장갑을 한 짝만 끼고 그렇게 먼 길을 걸어가더라고요. 집에 돌아왔을 때 장갑을 끼지 않은 누나의 손은 꽁꽁 얼어 젓가락도 제대로 들 수 없을 정도였어요. 그때부터 저는 평생 누나에게 잘해주어야겠다고 다짐했지요."

결혼식에 참석한 사람들은 모두 박수를 치며 나를 쳐다보았다.

내 평생 가장 고마운 사람은 남동생이다. 가장 기뻐해야 할 순간에 내 눈에서는 끊임없이 눈물이 흘러내렸다.

무작정 길을 나선
아버지의 사랑

—

일에 쫓기며 살고 있던 나는 한참 동안 어머니를 찾아뵙지 못하고 있었다.

그날 나는 차를 몰고 한 시골 마을에 취재를 갔는데 일을 마치고 나니 이미 해가 지고 있었다. 저녁에는 친구와의 저녁식사 약속도 있었다. 외진 자갈길을 가고 있는데 멀리서 키 작은 사람이 혼자 터벅터벅 걸어오고 있는 모습이 보였다. 가까이 왔을 때 자세히 보니 한 노인분이었는데 등이 굽었고 지팡이를 짚고 있는 모습이 걷는 게 무척 힘들어 보였다. 나는 차를 세운 다음 차창을 내리고 말했다. "할아버지, 어디 가세요? 가는 김에 태워다 드릴까요?"

노인은 귀가 좀 어두웠지만 내 호의를 알아차리고는 주름진 얼굴에 감동받은 표정을 지어 보였다. 나는 차에서 내려 할아버지를 부축해 뒷좌석에 태웠다.

차를 태운 뒤에야 나는 내가 실수했음을 깨달았다. 노인이 가는 마을은 내가 가는 길과 정반대 방향이었던 것이다.

그렇다고 할아버지를 내리라고 할 수 없어 어쩔 수 없이 차를 돌렸다. 길을 가면서 나는 할아버지와 이런저런 이야기를 나누었다.

할아버지는 딸을 보러 가는 길인데 어제 아침 일찍 출발해 여기까지 걸어왔다고 하면서 어떻게 된 일인지 걸을수록 더 멀어졌고 어젯밤에는 한 폐가에서 쭈그린 채 밤을 지새워야 했다고 말했다.

나는 약간 놀랐다. 그것은 젊은 남자나 가능한 일이지 만약 엄동설한이었다면 이 노인은 얼어 죽지나 않았을까 라고 생각했다. 나는 고개를 돌려 할아버지에게 큰 소리로 말했다. "할아버지, 할아버지는 길을 잃어버리셨어요. 이렇게 가다간 열흘이 걸려도 따님이 있는 곳에 가지 못해요."

노인은 눈을 가늘게 뜨고 미소를 지어 보이며 연신 감사하다는 말을 되풀이했다.

나는 할아버지에게 물었다. 따님 집에 전화가 있는지, 따님이 어떻게 할아버지를 마중 나올 것인지, 할아버지는 연세가 많으신데 길을 잃으면 어떻게 할 것인지 등등.

그러나 그런 것들은 중요하지 않았다. 노인은 갈라진 입술을 몇 번 움직이는가 싶더니 눈가에 눈물이 가득 맺혔다. 할아버지는 딸이 병에 걸렸는데 식구들은 모두 이 사실을 자신에게 감추고 있다고 말했다. 할아버지에게는 여섯 명의 아들과 한 명의 딸이 있는데 그중에서 딸이 가장 효성이 지극하다고 했다. 할아버지와 할머니를 보러 딸이 보름마다 왔었는데 근래에는 두 달이 지나도록 오지 않아 걱정이 되어 손자들에게 넌지시 물어보니 딸이 병원에서 검사를 받았는데 결과가 안 좋게 나왔다는 말을 들었다고 자초지종을 들려주었다.

할아버지가 말한 안 좋은 결과를 나는 직감으로 알 수 있었다. 암에 걸린 게 분명했다.

할아버지는 딸이 갑자기 죽어 다시 못 볼까 봐 가족들을 속이고 집을 나왔는데 이렇게 길을 잃어버릴 줄은 몰랐던 것이다.

나도 모르게 안타까운 한숨이 나와 할아버지에게 말했다. "할아버지, 이렇게 아무 말씀도 없이 나오시면 가족들이 애타게 찾으실 거 아니에요. 집 전화번호 알고 계세요? 제가 먼저 가족들에게 알려놓을게요."

할아버지는 고개를 가로저었다.

한 시간 후 노인이 말한 마을에 도착했다. 다행히 나는 할아버지 딸의 집을 찾을 수 있었다. 할아버지의 딸은 쉰 살 남짓이었고 혈색이 좋아 보였다. 할아버지는 차에서 내리자마자 지팡이를 내동댕이치고 곧장 딸에게 달려가 그녀를 꼭 껴안더니 눈물을 흘렸다. 딸은 할아버지의 어깨를 쓰다듬으며 의아하다는 눈빛으로 나를 쳐다보며 어찌 된 일인지를 묻고 있었다. 그녀의 눈빛은 이렇게 묻고 있었다. '어떻게 당신이 아버지를 여기까지 모시고 온 거죠? 우리 집에 무슨 일이라도 생겼나요?'

나는 그녀에게 할아버지가 딸을 만나겠다고 이틀 전에 길을 나섰고 어젯밤에는 한 폐가에서 밤을 지새웠다는 등의 자초지종을 간략하게 이야기해주었다.

할아버지의 딸은 내 말을 듣더니 고맙다는 인사도 잊은 채 할아버지를 껴안고 대성통곡하며 말했다. "아버지, 전 괜찮아요. 정말 아무 일도 없어요. 진단서를 보여드릴게요. 의사가 간단한 수술을 하면 괜찮다고 했어요. 정말이에요, 아버지. 전 거짓말한 것 없어요……."

할아버지는 믿지 않고 딸을 밀쳐내 이리 보고 저리 보면서 목이 메여 말을 잇지 못했다.

주위에 있던 몇몇 사람이 할아버지를 안심시키기 위해 딸의 말을 거들어주었다.

나는 조용히 차의 시동을 걸고 그 자리를 떠났다.

마을에서 멀어졌음에도 방금 전의 광경이 아른거려 나도 모르게 눈가에 이슬이 맺혔다.

나는 휴대전화를 들어 친구에게 전화를 걸었다. 약속을 취소하고는 다시 부모님의 집에 전화를 걸었다.

나는 말했다. "엄마, 저예요. 집에 기다리고 계세요. 지금 뵈러 갈게요."

우리가 얼마나 나이를 먹든 부모님은 우리를 아이 취급하실 것이다. 그리고 항상 우리를 그리워하시며 걱정하실 것이다. 건강하게 잘 살고 있는지, 근래에 찾아오지 않으면 무슨 일이 생긴 것은 아닌지를 말이다.

하지만 우리는 부모님을 얼마나 생각하고 있을까?

얼마 동안 부모님에게 전화를 하지 않았던가? 얼마 동안이나 부모님을 찾아뵙지 않았던가? 부모님은 어떻게 지내고 계시는지 알고 있는가?

이야기 속 할아버지가 자신의 안위를 돌보지 않고 딸을 찾아간 것처럼 바쁜 일을 잠시 접어두고 시간을 내서 부모님을 찾아뵈는 것은 어떨까?

전화카드가 꽂히지 않은
사랑의 전화

—

내가 병원에 입원했을 때부터 맞은편 침대에는 한 부부가 작은 목소리로 줄곧 다투었다. 아내는 집에 가자고 고집했고 남편은 계속 있어야 한다고 우겼다.

간호사의 말로는 여자는 뇌종양의 일종인 신경교종이란 병에 걸렸는데 암으로 발전한 가능성이 상당히 높다고 했다.

부부의 계속되는 언쟁을 통해 나는 농촌 가정의 실상을 점차 확실히 알게 되었다. 여자는 마흔여섯 살로 자식이 둘이었는데 딸은 작년에 대학에 입학했고 아들은 고등학교 1학년이었다. 2천 평의 농지와 여섯 마리의 돼지 그리고 한 마리의 소가 부부가 가진 재산의 전부였다.

병실 문에서 3, 4미터 떨어진 병원 복도에는 카드식 공중전화가 있었다. 휴대전화가 일반화된 요즘은 사용하는 사람이 드물었다. 남자는 매일 저녁 아래층 매점에서 전화카드를 사서 복도의 공중전화로 집에 전화를 걸었다.

남자는 목소리가 매우 커서 신경 써서 병실 문을 닫고 통화를 했는데도 병실 안에서 그의 말이 전부 들렸다.

남자는 매일 아들에게 소와 돼지에게 먹이는 충분히 주었는지, 문단속은 잘 했는지 물었고 너무 늦게까지 공부하느라 다음 날 수업에 지장을 주는 일이 없도록 하라고 당부했다. 그리고 언제나 잊지 않고 "엄마의 병은 그리 심각한 것이 아니니 며칠 있으면 집으로 돌아갈 수 있을 거다"라고 덧붙였다.

여자가 입원한 지 나흘째 되던 날 수술 스케줄이 잡혔다. 그날 아침, 여자의 병상 앞에는 다른 한 명의 남자와 한 명의 여자가 와 있었다. 여자의 오빠와 여동생처럼 보였다. 여자는 여동생의 손을 꼭 쥐었지만 한시도 남자의 얼굴에서 시선을 떼지 못했다.

마취하기 전에 여자는 갑자기 남자의 팔을 잡고 말했다. "여보, 만약 내가 수술하다 잘못되면 이불로 날 싸서 그냥 집 뒤에 있는 숲에 묻어 줘요. 장례식도 필요 없고 쓸데없이 돈을 낭비하지도 말고. 이번에는 꼭 내 말대로 해야 해요. 알겠죠?"

여자의 목소리는 떨렸고 눈에서는 눈물이 끊임없이 흘러내렸다.

"응, 알았어. 그런 건 신경 쓰지 마." 남자가 말했다.

투명한 액체가 한 방울씩 여자의 정맥으로 흘러들어갔다. 여자의 눈꺼풀이 점점 무거워지자 남자의 얼굴도 굳어지기 시작했다.

간호사는 여자의 침대를 밀고 나갔고 남자와 오빠와 동생이 그 뒤를 따라갔다.

잠시 후 남자의 처남이 남자를 끌고 돌아왔다. 처남이 남자를 침대에 앉히자 남자는 일어났다 앉기를 반복했고 한 손으로는 침대 위 이불 모서리를 계속 만지작거렸다.

"형님, 수술이 잘 되겠지요?" 남자의 표정은 처량한 아이와도 같았다.

"의사가 괜찮을 거라고 했으니 아무 일 없을 거야. 마음 편히 가지게." 처남이 남자를 안심시켰다.

20분이 지나자 남자는 다시 나갔다가 잠시 후에 처남에게 끌려 들어왔는데, 그런 일이 대여섯 차례 반복되었다. 마침내 여자가 여러 사람의 부축을 받으며 돌아왔다.

여자의 머리에는 눈처럼 새하얀 붕대가 감겨져 있었고 얼굴은 창백했으며 눈이 살짝 감긴 것이 잠을 자는 듯했다. 남자는 허둥지둥하며 여자를 보살핀 뒤 다시 나갔다. 돌아왔을 때 그의 손에는 짐이 한 가득 들려 있었다. 이제껏 찐빵 세 개와 자차이로 한 끼를 때우던 사람이 웬일인지 만두를 한 아름 사왔다. 남자는 계속 처남과 처제에게 더 먹으라고 권했지만 자신은 두 개만 먹고는 물만 마셨다.

그날 밤, 잊어버린 것인지 아니면 다른 이유가 있어서인지 남자는 집에 전화를 걸지 않았다.

밤에도 병실의 불이 계속 켜져 있었다. 한밤중에 일어난 나는 화장실에 가면서 여자의 침대 옆에 앉아 있는 남자를 보았다. 그는 조각상처럼 미동도 하지 않은 채 여자의 얼굴을 쳐다보고 있었다.

이튿날 아침 여자가 깨어났다. 여자는 말을 할 수는 없었지만 미소를 지으며 남자를 쳐다보고 있었다. 남자는 매우 기뻐하는 모습을 보이더니 이내 아래층으로 달려가 사탕을 잔뜩 사서는 의사의 진료실, 간호사실은 물론이고 나와 다른 병상의 산시성 할머니에게까지 나눠주었다.

여자는 기력이 완전히 돌아온 듯했고 산소마스크를 벗은 첫날부터 집에 가자고 성화를 부렸다. 남자는 어쩔 수 없어 아이를 달래 듯 여자에게 여러 가지 읽을거리를 가져다주거나 따끈따끈한 소식을 들려주며 무료한 시간을 잊게 해주었다.

모든 것이 원래 모습을 되찾은 뒤 매일 밤 남자는 다시 복도의 공중전화를 붙들고 아들에게 잔소리를 해대기 시작했다. 목소리는 평소처럼 화통을 삶아 먹은 듯했고 통화내용도 늘 그렇듯이 사소한 일들이었다. 천편일률적인 대화 내용은 내가 거의 외울 정도였다.

어느 날 저녁, 내가 물 마시는 곳에서 나올 때 남자는 공중전화 수화기에 대고 큰 소리로 말하고 있었다. "소는 하루에 두 번 꼴을 주면 돼. 겨울에는 일도 안 하니 배가 좀 고파도 괜찮다. 돼지한테 먹이는 잘 주고 있지? 통통하게 살이 오르면 연말에 좋은 값에 팔 수 있을 거야. 네 엄마는 회복이 빨라. 의사 말이 며칠 더 있으면 퇴원할 수 있대."

남자가 신나게 떠들고 있을 때 옆에서 보고 있던 나는 말문이 막혔다. 놀랍게도 공중전화에 전화카드가 꽂혀 있지 않았던 것이다.

수화기를 내려놓을 때 남자는 고개를 들어 내 놀란 표정을 보았다.

내가 공중전화를 가리키자 남자는 공중전화에 전화카드 꽂는 걸 깜박했음을 깨달았다.

"쉬……." 남자는 검지를 입술에 대며 내게 조용히 하라는 뜻을 전했다.

"형님, 이젠 형님네 소와 돼지는 걱정하지 않아도 돼요?" 나는 의아하다는 표정으로 그를 바라보며 조용히 물어보았다.

"소와 돼지는 수술비 마련하려고 진작에 처남한테 부탁해서 팔아버렸어." 남자는 작은 소리로 대답하면서 멋쩍은

세상에는 가장 값진 사랑이 있다. 그것은 장밋빛 낭만과
영원히 변치 않겠다는 사랑의 맹세가 없어도 촘촘한 세월
이 몸에 딱 맞는 옷을 만들어 놓은 것처럼 마음으로 통하
고 한없이 따뜻한 사랑이다.

표정을 지으며 손가락으로 병실 문을 가리켰다.

순간 나는 깨달았다. 남자는 아들에게 전화를 걸었던 것이 아니라 병상에 있는 아내에게 전화를 걸었던 것이다.

그때 나는 남자와 여자, 그리고 부부의 사랑에 감동해 가슴이 마구 뛰었다.

세상에는 사람을 감동시키는 진정한 사랑이 있다. 장밋빛 낭만과 영원히 변치 않겠다는 사랑의 맹세가 없어도 그들의 사랑은 촘촘한 세월이 몸에 딱 맞는 옷을 만들어 놓은 것처럼 마음으로 통하고 따뜻하며 생사를 함께하는 경지에 다다랐다. 그 섬세하고 깊은 사랑은 평범함과 소박함 속에서도 세상에서 가장 아름다운 사랑의 모습을 보여주고 있다.

세상에서 가장 슬픈 비밀

—

아랫동네의 판잣집에는 아버지와 아들 둘이 살았다. 판잣집은 임시건물이어서 언제 헐릴지 알 수 없었다. 창문과 문은 제대로 닫히지 않을 뿐만 아니라 방도 극히 낡았고 침대 없이 바닥에 두 개의 요만 깔려 있었다. 집에 돌아올 때마다 나는 판잣집을 지나와야 했는데 아버지와 아들 때문에 더 눈여겨보게 되었다. 낮에 두 사람은 폐지를 주우러 돌아다녔고 해가 져서야 집으로 돌아왔다. 아버지는 마흔 살 정도로 보였고 아들은 열 살 남짓인 것 같았다. 더 가슴 아픈 점은 두 사람 모두 장애를 가지고 있어 걸을 때 절뚝거렸다. 아버지는 곱사등이로 키가 160센티미터 정도였고 아들은 잘생겼는데 다리가 불편했다.

나는 두 사람이 식사하는 모습을 본 적이 있다. 큰 그릇을 들고 형편없는 음식을 먹고 있었는데 아마도 다른 사람이 남긴 음식 같았다.

그들은 절뚝절뚝 걸으며 폐지를 주우러 다녔는데 한 사

람이 앞서고 다른 사람이 뒤를 따랐다. 그들에게는 폐지를 실어 나르는 낡은 삼륜 자전거 한 대가 있었다. 이사 왔을 때 나는 책과 신문, 오래된 가구, 그리고 작은 침대 등 쓸모없는 물건을 그들에게 주면서 말했다. "돈은 필요 없어요. 제가 드리는 거예요."

그들은 무척 감동을 받은 듯했다. 그렇게 우리는 서로 알게 되었다.

남자의 성은 바이로, 안후이 성에서 왔는데 가난했던 탓에 부인은 집을 나갔다고 한다. 남자는 아들을 데리고 북쪽 지방으로 와서 폐지 줍는 것으로 생계를 유지하고 있었다.

나중에 나는 이웃들에게 버리는 물건이 있으면 그들에게 주라고 당부하면서 그들에게 물건을 직접 가져다주면 더 좋다고도 덧붙였다.

남자는 돈을 무척 아껴서 일 년 내내 남루한 차림이었고 작년에 아들에게 새로운 옷을 한 벌 사 주었을 뿐이다. 판잣집에서 새해를 맞이할 때 어떤 사람이 그들에게 만두를 가져다주었다. 나도 회사에서 받은 고기를 선물했다. 그들은 감격에 겨워 이렇게 말했다. "이곳 사람들은 정말 좋으신 분들이네요."

남자는 말주변이 없어 말을 길게 하려고 하지 않았다. 한번은 이웃사람이 나에게 바이 씨에게 여자가 생긴 것 같다고 말했다.

　나중에 나는 그 여자를 본 적이 있다. 아이가 있는 여자로 자기 집이 있어서 남자와 함께 살려고 했다. 그러나 바이 씨는 원하지 않았다.

　나는 바이 씨가 원하지 않는 이유가 궁금해 그에게 물어보았다. 남자는 담배를 꺼내 연이어 피기 시작했다. 그가 말했다.

　"제가 감히 결혼할 처지가 되나요. 우선 그 사람에게 누가 될까 걱정되고 둘째로는 제가 돈을 모아야 해서요. 아들의 다리가 안 좋아 수술을 받아야 하는데 1800만 원이 넘게 든답니다. 의사가 빨리 수술할수록 좋다고 했지요. 전 아들이 절뚝거리며 걷게 하고 싶지 않아요. 전 결혼할 수 없어요. 결혼하면 부담이 더 커지니까요."

　그리고 나서 나는 오랫동안 바이 씨를 보지 못해 혹시 다른 곳으로 이사 간 건 아닐까 하고 생각했다. 판잣집이 헐렸기 때문이다. 부모는 자식을 위해 무슨 짓이든 할 수 있다고 하지만 그 많은 돈을 어느 세월에 모은단 말인가!

　더 시간이 흐르고 나서 나는 그와 관련된 이야기를 듣게 되었다. 그 이야기를 듣고 나는 눈물을 흘리지 않을 수 없었다.

　이야기를 전한 친구가 일하는 곳에서 사고가 일어났다

고 한다. 건설현장에서 일하는 그 친구는 한 사람을 고용해 일을 시켰는데 며칠 지나지 않아 높은 곳에서 그가 떨어졌다고 했다. 회사가 그를 치료해주려 하자 그가 말했다. "저는 치료받을 필요가 없어요. 마흔이 넘었으니까요. 대신 보상금으로 제 아들을 수술해주세요."

회사 관계자는 그의 말을 이해할 수 없어 보상금을 지불하려고 하지 않았다.

그러자 남자가 울면서 애원했다. "부탁입니다. 아들을 수술해주세요. 저는 일부러…… 그런 겁니다. 사고가 나면 보상금을 받을 수 있을 것 같아서요. 여러분이 우리 아들에게 수술을 시켜주었으면 합니다. 아들놈은 저와 함께 힘들게 살았어요. 한 가지 더 말씀드리자면 내 아들은…… 주워온 자식입니다. 저는 아이를 낳을 수가 없어요……."

사람들은 그의 말을 듣고 몹시 놀랐다.

내 친구는 눈물을 흘리면서 회사 사람들에게 그의 아들에게 수술을 해주고 남자도 치료해주어야 한다고 간절히 호소했다.

결국 아들은 수술을 받고 더 이상 절뚝거리지 않고 걸을 수 있게 되었다. 하지만 남자는 여전히 절뚝거리며 걸었고 아들과 함께 폐지를 주우며 생계를 유지했다.

명절 때마다 아버지와 아들은 건설회사의 사장에게 옥

수수와 고구마를 보냈다. 두 사람은 은혜를 아는 사람들이었다. 사장은 그들을 자주 만났지만 그 비밀이 머릿속에서 떠나지 않았다.

남자는 일찍이 이렇게 말했다. "이 사실을 아들이 알게 하고 싶지는 않아요. 아들은 제가 세상에서 가장 좋은 아빠라고 말하거든요."

세상에는 여러 가지 비밀이 있다. 그중에서 가장 슬픈 비밀은 바이 씨가 온갖 사랑을 쏟아붓는 아이는 그가 친아버지가 아니라는 사실을 모른다는 것이다.

진정한 사랑은 아마 이와 같은 사랑일 것이다. 그 어떤 대가도 바라지 않고 사랑하는 것. 내 마음을 다해, 내 생명을 다해, 내가 가지고 있는 모든 것을 다해 사랑하는 것.

엄마, 사랑을 보여주세요!

———

내 기억 속에는 대부분 따뜻한 추억이 저장되어 있다. 아름다운 그 추억들을 나는 잊을 수가 없다. 마치 향기로운 꽃향기처럼 냄새를 맡으면 추억들은 암호처럼 내 안으로 들어와 시간이 지나도 새로운 느낌을 준다. 추억 속의 아름다운 기억은 꽃향기처럼 내 삶 전체에 감돈다.

타이베이사범학교 예술과에 입학했을 때 나는 집이 무척 그리웠고 엄마 생각도 많이 났다.

평소 엄마는 나와 말을 많이 하는 편이 아니었고 특별히 친밀한 행동도 하지 않아 나는 줄곧 엄마가 나를 그다지 좋아하지 않는다는 생각에 일부러 엄마 속을 썩인 적이 많았다. 하지만 처음 집을 떠나는 열네 살의 아이가 밤에 기숙사에서 이불을 뒤집어쓰고 눈물을 흘릴 때 부르는 이름은 바로 엄마였다.

그래서 그해 가을의 엄마 생일에는 특별히 신경을 써서 카드에 글을 적어 보냈다. 카드에는 여러 말을 써 넣었을 뿐 아니라 그림도 잔뜩 그려 넣었다. 나는 엄마가 우산이고, 콩꼬투리이고 우리는 우산 아래 아이들이고, 콩꼬투리 속의 콩들이라고 했다. 또한 내가 엄마를 얼마나 그리워하고 사랑하는지 그리고 필요로하는지도 썼다.

그러나 카드를 보낸 후에는 그것을 까맣게 잊어버렸다. 집에 돌아갈 때마다 엄마가 여전히 편애를 한다고 느껴 엄마에게 계속 대들며 엄마를 화나게 했다.

한참이 지나 내게 아이가 생긴 후에야 나는 엄마의 마음을 진정으로 이해할 수 있었다. 그리고 비로소 진심으로 엄마를 존경하게 되었다.

십수 년 동안 아빠는 해외에서 학생들을 가르쳤기 때문에 여름방학이 되어야만 가끔 집으로 올 수 있었다. 엄마는 여동생과 남동생이 대학 공부를 마칠 때를 기다렸다. 남동생이 병역을 마치고 해외로 유학을 떠나자 엄마는 드디어 아빠가 있는 독일로 가서 살기로 결심했다. 출국 전에 엄마는 내게 검은색의 작은 상자를 주면서 안에 중요한 가족들의 문서가 들어 있으니 잘 보관하라고 당부했다.

그 후로 검은색 상자는 줄곧 내 다락방에 방치되어 있었다. 나는 손댈 생각도 하지 않고 있다가 어느 날 예전 호적 자료가 필요해 상자를 열어 보았다.

그 순간 나는 놀라고 말았다. 안에는 정말 가족 모두의

자료가 들어 있었다. 외할아버지가 젊었을 때 회의하던 모습이 담긴 사진과 메모, 조부모의 필적과 그들이 썼던 스카프, 아빠의 강연기록, 신혼시절 부모님이 함께 찍은 사진, 친구들이 선물한 서화 등이 있었다. 종이는 모두 누렇게 색이 바랬지만 장엄함과 친근함이 가득 담겨 있었다.

그러던 중 나는 커다란 카드를 발견했다. 빨간색 볼펜으로 쓴 서툰 글씨, 아무렇게나 그린 그림들이 담겨 있었다. 보통 도화지를 네 번 접어 조잡하기 짝이 없는 카드를 엄마는 소중하게 간직하고 있었다. 그것도 가장 깊숙한 곳에 중요한 서류들과 함께 그렇게 오랜 세월을 간직한 것이다.

카드에 써 있는 입에 발린 말들을 나는 잊은 지 오래고 일상적으로 하던 말도 아니었다. 그러나 순간 오래전에 이런 카드를 하나 만들었던 기억이 문득 떠올랐다. 어른이 된 후에는 종종 만들어져 있는 카드나 심지어 향기 나는 카드를 골라 외국의 어느 골목에서 서둘러 사인을 한 후 급하게 엄마에게 부치기도 했다. 어떤 때는 생일이 한참 지난 후에 엄마가 내 카드를 받은 적도 있다.

그래서 엄마는 이 보잘것없는 생일축하카드를 소중히 간직하고 계셨으리라. 그렇게 기나긴 세월 동안 내가 엄마에게 직접 만들어 보낸 것은 이것뿐이기 때문이다. 나는 언제나 엄마에게 더 많은 사랑과 관심을 달라고 요구하면서 그 증거를 보여달라고 했었다. 그 증거들로 엄마가 나를 사랑하고 있음을 확인하고 싶었던 것이다.

그렇다면 나는 무엇을 했을까? 나는 열네 살 때 입에 발린 말 몇 마디를 적은 카드 한 장 쓴 게 전부다.

엄마는 그럼에도 내 말을 전적으로 믿었고 카드를 소중하게 간직했다. 어쩌면 이 카드는 엄마가 내게서 얻을 수 있었던 유일한 사랑의 증거였을 것이다.

순간 나는 엄마들의 사랑이 얼마나 크고 위대한지 깊이 깨닫게 되었다.

아들의 미래를 바꾼
엄마의 칭찬

———

처음으로 학부모 간담회에 간 날 유치원 교사가 그녀에게 말했다. "자제분이 과잉행동장애라서 의자에 3분 이상 앉아 있질 못합니다. 병원에 한번 데리고 가 보시는 게 좋겠어요."

집으로 오는 길에 아들이 엄마에게 선생님이 무슨 말을 했냐고 묻자 엄마는 코끝이 시큰해지면서 눈물이 날 뻔했다. 반 전체 30명의 학생 중에서 그녀의 아들은 성적이 가장 형편없었고 선생님의 평가도 좋지 않았다. 하지만 엄마는 자신의 아들에게 말했다.

"선생님은 널 칭찬해주셨어. 네가 원래는 의자에 1분 이상 앉아 있질 못했는데 이제는 3분이나 앉아 있을 수 있다고 하시더구나. 다른 엄마들도 날 무척 부러워했어. 반 전체 학생 중에서 너만 나아졌다고 말이야."

그날 밤 그녀의 아들은 처음으로 밥을 두 그릇이나 먹었다. 게다가 엄마가 떠먹여 줄 필요도 없었다.

아들이 초등학교에 들어갔다. 학부모 간담회에서 선생님이 말했다. "이번 수학시험에서 반 전체 50명 중에서 아드님은 40등입니다. 솔직히 전 아드님의 지능에 약간 문제가 있는 것이 아닌지 의심스럽습니다. 병원에 데리고 가셔서 검사를 좀 받아보시는 게 어떻겠습니까?"

집으로 돌아오는 길에 그녀는 눈물을 흘렸다. 하지만 집에 돌아와서는 식탁 앞에 앉아 아들에게 이렇게 말했다.

"선생님은 널 무척 믿음직스럽게 생각하셔. 네가 절대 멍청하지 않으니까 조금만 노력하면 네 짝꿍보다 훨씬 앞설 거라고 하시더라. 네 짝꿍은 이번에 21등이었대."

엄마가 그렇게 말하자 침울해하던 아들의 표정이 금세 환해졌고 근심이 가득했던 얼굴은 편안해 보였다. 엄마는 아들의 고분고분한 태도에 무척 놀랐고 아들이 많이 성장했다고 느꼈다. 이튿날 아들은 평소보다 훨씬 일찍 등교했다.

아들이 중학교에 다닐 때도 엄마는 학부모 간담회에 참석했다. 그녀는 아들의 자리에 앉아 선생님이 아들의 이름을 부르는 것을 기다렸다. 학부모 간담회에 참석했을 때마다 아들은 가장 열등한 학생 중에 예외 없이 끼어 있었기 때문이다. 하지만 이번에는 학부모 간담회가 끝날 때까지 아들의 이름이 불리지 않았다.

엄마는 평소와 달라 조금은 낯선 느낌이 들어 선생님과 작별 인사를 나누기 전에 선생님에게 물었다. 선생님은 그녀에게 말했다. "아드님의 지금 성적으로는 명문 고등학교에 들어가기에는 조금 아슬아슬한 편입니다."

엄마는 놀라움과 기쁨이 교차하는 마음으로 교문으로 향했고, 그곳에서 아들이 기다리고 있는 것을 보았다. 집으로 가면서 엄마는 말로는 표현할 수 없는 벅찬 감정을 느꼈다. 그녀는 아들에게 말했다.

"담임선생님이 널 무척 흡족해하셔. 선생님은 네가 좀 더 노력하면 명문 고등학교에 들어갈 수 있을 거라고 하셨어."

세월이 흘러 아들은 어느덧 고등학교를 졸업했다. 대학 합격통지서를 발부할 때쯤 아들에게 학교에 오라는 전화가 걸려왔다. 그녀는 자신의 아들이 명문대인 칭화대학교에 합격할 거라는 예감이 들었다. 응시 원서를 낼 때 그녀가 아들에게 그 대학에 합격할 것을 믿는다고 말했기 때문이다.

학교에서 돌아온 아들은 '칭화대학교 신입생 모집 사무실'이라는 글자가 선명하게 인쇄된 특급우편물을 엄마에게 건넸다. 아들은 갑자기 자기 방으로 뛰어들어가더니 엉엉 울면서 말했다. "엄마, 전 제가 절대 똑똑한 아이가 아니라는 걸 알아요. 하지만 이 세상에서 엄마만이 날 칭찬해 주었어요."

순간 만감이 교차하던 엄마는 십수 년 동안 마음속으로만 흘리던 눈물을 손에 들고 있던 합격통지봉투 위로 쏟아냈다.

만약 이런 아이를 가진 부모라면 이 엄마처럼 평정심을 유지할 수 있을까? 또한 아이를 칭찬하고 격려해 줄 수 있을까?

대다수의 부모가 그렇게 할 수 없을 것이다. 그들은 아이에게 거는 기대가 크고 자신들이 실현하지 못한 꿈을 아이가 대신 이루어주기를 바라기 때문이다. 그들은 담담하게 아이의 마음을 이해하지 못하고 늘 비난과 질책으로 아이를 훈육하려고만 한다. 그러나 그 결과 아이는 부모의 잔소리에 기가 죽거나 점점 뒤떨어져 오히려 역효과만 나게 된다.

'싹수가 노란' 아이를 대할 때는 평정심을 유지하며 아이의 마음을 헤아리고 이해해야 한다. 그렇게 해야 진정으로 원하는 아이의 미래를 만들 수 있다.

엄마의 빈자리를
가득 메워준 사람

—

우리의 삶에서 없어서는 안 되는 것 중의 하나는 어머니의 사랑이다. 하지만 불행히도 어머니를 일찍 잃어 어머니의 사랑이 없는 그늘 속에서 사는 사람들도 있다. 사람들은 그런 아이들을 동정한다. 특히 계모를 둔 아이들은 구박이나 학대를 받을 거라 생각한다. 계모를 믿을 수 있다고 생각하는 사람은 극소수이고, 아이들은 특히 더 그렇다. 하지만 계모라고 해서 모두 우리가 상상하는 것처럼 그렇게 나쁜 사람은 아니다. 친엄마 같은 계모도 있어 그 사랑은 우리를 감동시키기도 한다.

다음의 이야기를 통해 당신은 사랑의 의미를 더 깊이 되새기게 될 것이다.

일찍이 내가 이 세상에서 가장 증오하는 사람은 바로 그녀, 린리링이었다.

1992년 내가 아홉 살 되던 해의 추석의 일이었다. 엄마는 그때 생의 마지막 월병을 먹었고 그날 밤 평온하게 세상을 떠나버렸다. 이로써 엄마의 남자—나의 아버지—가 사랑하는 여자인 린리링과 맺어지게 도와주었다.

일 년 후, 아빠는 그녀와 결혼했다. 결혼식이 있던 날 그녀는 큰 곤욕을 치렀다. 교환한 치파오에 문제가 생겨 등 부분의 중간에 실밥이 알 수 없는 이유로 터져버린 것이다. 게다가 여벌로 준비한 이브닝드레스도 가슴 부분에 커다란 구멍이 뻥 뚫려 있었다. 그녀는 옷을 갈아입다가 거의 울음을 터트릴 뻔했다. 나는 호텔 문 뒤에 숨어 내가 만들어놓은 걸작이 너무나 만족스러워 웃음을 터뜨렸다.

그날 저녁 나는 아빠한테 매를 맞았고 새엄마는 침실에 틀어박혀 아무 말도 하지 않았다. 나와 새엄마의 전쟁은 그때부터 시작되었다. 새엄마는 유감스러운 결혼식을 경험해야 했고, 나는 육체적인 고통을 겪어야 했다. 그러므로 이 전쟁에서 승자는 없었다.

나로 인해 새엄마의 삶은 무척 번거로워졌다. 나는 새엄마가 힘들게 닦아 놓은 바닥에 더러운 발자국을 남겨놓았고, 새로 산 침대시트에 가위로 여러 개의 구멍을 만들어놓기도 했다. 또한 새엄마의 새 옷은 언제나 아무런 이유도 없이 실밥이 터지곤 했다. 새엄마는 이런 상황을 접하면 대부분 침묵으로 일관했지만 가끔은 화를 참지 못해 아빠에게 일러바치기도 했다. 그럴 때면 나는 육체적인 고통을 맛봐야 했다. 맞을 때마다 나는 일부러 울고불고 난리를 떨었고 실제보다 더 아픈 척해서 이웃사람들이 새엄마를 바라보는 시선이 곱지 않도록 만들었다. 때로 아빠의 손이 매울 때도 있었는데 새엄마가 와서 부추겼기 때문이다. 새엄마의 눈빛에는 쌤통이라는 마음이 담겨 있는 듯했다. 어쨌든 나는 새엄마를 증오하는 마음을 조금도 숨기지 않았다.

학교에서 학기말 학부모 간담회를 열었을 때 나는 새엄마에게 참석해달라고 간곡히 부탁했다. 새엄마는 뜻밖이라고 생각하면서도 흔쾌히 승낙했다. 심지어 옷장에서 옷을 고르고 화장까지 하더니 나에게 예쁘냐고 묻기까지 했다. 나는 새엄마에게 조금 타이트해 보이는 옷을 골라 주고 예쁘다고 말해주었다. 새엄마는 조금 망설였지만 그래도 그 옷을 입고 약간은 긴장한 모습으로 나와 함께 학교에 갔다.

학교 성적만큼은 내 자랑거리였기 때문에 교장선생님은 새엄마에게 자녀교육의 비결을 들려달라고 부탁했다. 새엄마가 넓은 강단에 올라 입을 떼지도 않았을 때 나와 친구들은 새엄마에게 야유를 퍼부어댔고 새엄마를 "첩"이라고 불렀다. 그리고 새엄마는 결코 내 엄마가 될 수 없다고 하며 강단에서 내려오게 했다. 이로 인해 학교 전체가 새엄마가 누구인지 알게 되었고 새엄마는 울면서 도망치다시피 자리를 떴다. 그녀의 뒷모습은 처량하기 그지없었다.

나는 사고를 크게 쳤음을 스스로 깨닫고 새엄마가 틀림없이 아빠에게 일러바칠 거라고 생각했다. 나는 새엄마가 나를 얼마나 미워할지 몰라서 감히 집으로 돌아가지 못하고 밤새 거리를 배회했다. 하지만 새벽에 나는 새엄마가 교문 앞에서 나를 애타게 기다리고 있는 모습을 보았다. 그녀의 얼굴은 무척 지치고 피곤해 보였다. 밤새도록 나를 찾았던 것이다.

마음은 조금 누그러졌지만 그렇다고 이 일이 새엄마를 미워하는 내 마음을 바꿔놓은 것은 아니었다. 그녀의 너그러운 척하는 모습이 싫었고, 아빠에게 애교스럽게 말하는 게 싫었다. 또 내 숙제노트를 보는 게 싫었고, 새엄마가 산 옷도 싫었다.

그해 나는 열 살이었는데 내 삶은 단순하지만 남들과 다른 점이 있었다. 학교에 가는 것 이외에 내 목표는 새엄마를 상대하는 것에 맞춰져 있었다.

새엄마가 임신하자 아빠는 내게 비위를 맞춘답시고 남동생이 좋은지 여동생이 좋은지를 물었다. 나는 문을 쾅 하고 닫고 방에 틀어박힌 채 아무 말도 하지 않았다. 그날 밤 나는 엄마의 사진을 끌어안고 밤늦게까지 울다가 잠이 들었는데 어렴풋이 새엄마가 침대 옆에 앉아 사진을 들고 한참을 들여다보는 것이 보였다. 그러고 나서 나갈 때는 내게 이불을 덮어주었다.

이튿날에는 처음으로 우리 두 사람이 얼굴을 맞대고 얘기할 기회가 생겼다. 새엄마는 학교가 끝나는 시간에 맞춰 기다렸다가 나를 강제로 근처 카페로 끌고 갔다. 새엄마는 이런저런 이야기를 많이 했다. 우선 우리 엄마의 죽음을 자기도 유감스럽게 생각한다고 말하면서 내가 얼마나 자기를 미워하는지, 자기가 아이를 낳는 것도 얼마나 싫어하는지 잘 안다고 말했다. 새엄마는 이 아이를 간절히 원하지만 그렇다고 내가 자기를 미워하는 것도 원하지 않는다고 덧붙였다.

나는 아이스크림에 머리를 파묻고 맛있게 먹으며 속으로 이런저런 계산을 해보며 새엄마가 하는 말을 들었다. 그러고 나서는 입가를 닦고 말없이 자리를 떴다.

새엄마는 한참 뒤에 집으로 돌아왔다. 피곤해 보이는 얼굴에는 약간 체념한 듯한 표정이 섞여 있었다. 하지만 억지로 미소를 짓고서 부엌으로 들어가 밥을 지었다. 나는 고개를 냉큼 돌렸지만 새엄마의 미소 때문인지 마음이 조금 아팠다. 마음속 방어선이 뒤로 한참 후퇴한 것 같아 마음이 약한 나 스스로가 못나게 느껴졌다.

새엄마가 임신하자 주변의 반응은 매우 뜨거웠다. 아빠가 다시 장기간 출장을 떠나게 되자 새엄마의 친정엄마가 전화를 걸어 새엄마를 돌봐주겠다고 했다. 나는 새엄마가 내가 친정엄마와 함께 생활하는 데 익숙하지 않고 시험이 코앞이어서 괜찮다고 대답하는 말을 들었다. 순간 나는 새엄마와 생활한 지도 3년이 되었고 천 일이 넘는 시간 동안 삼시 세끼, 깨끗한 옷을 모두 새엄마가 챙겨주었다는 사실을 깨달았다. 심지어 지난달 초경 때 생리대를 챙겨준 사람도 바로 새엄마였다. 이 모든 것이 엄마라야 해줄 수 있는 것들이었지만 나는 새엄마에게 고맙다는 말을 하고 싶지 않았다. 새엄마가 어떻게 내 엄마를 대신할 수 있겠는가!

중간고사 하루 전날은 날씨가 무척 더웠는데 도시의 절반 가까이 정전되는 사태가 벌어졌다. 아빠는 집에 없었고 새엄마는 바닥을 닦고 또 닦았다. 나는 땀을 줄줄 흘렸다. 결국 새엄마는 나를 데리고 시내를 반쯤 돌아 가격은 비싸지만 에어컨이 설치된 호텔을 찾았다. 이틀 동안 새엄마는 밤에 잠을 잘 이루지 못했다. 나 역시 오만 가지 생각이 떠올라 잠을 잘 자지 못했다. 지난 몇 년 동안 있었던 일들을 떠올려 보고서야 새엄마가 나를 얼마나 넓은 아량으로 포용해주었는지를 깨닫게 되었다. 그런 포용력이 사랑이 아니면 또 무엇이란 말인가?

새엄마는 사내아이를 낳았다. 나는 아빠와 함께 새엄마를 보러 병원에 갔다. 병실을 들어서자 새엄마 옆에 있던 발그레한 얼굴의 갓난아기가 나를 향해 웃음 짓고 있는 것이 보였다. 아기의 미소는 정말 순결함 그 자체였다. 나는 무심결에 아기를 어르며 누나라고 부르라고 말했다. 새엄마는 고개를 돌리며 눈물을 흘렸다.

나는 명문 중학교에 순조롭게 합격했다. 입학할 무렵, 아빠는 새엄마가 아직 몸을 풀고 있어 나를 돌봐줄 수 없으니 학교 기숙사에 들어가라고 말했다. 학교에 도착해 아직 입학수속을 다 마치지 않았는데 새엄마가 두툼한 모자를 쓰고 허겁지겁 학교로 달려왔다. 그녀는 내 짐을 차에 옮겨 싣고는 내 손을 잡아끌고 집으로 향했다. 돌아오는 길에 우리는 아무 말도 하지 않았다. 다만 새엄마가 차에 탈 때 한마디를 했다. "내가 예전에 말했듯이 네 동생이 생겼다고 너에 대해 달라지는 건 없어."

나는 새엄마가 지켜보는 가운데 하루하루 성장했고 남동생도 조금씩 커갔다. 남동생이 나를 누나라고 부를 때는 그보다 귀여울 수가 없었고 언제나 나를 잘 따랐다. 남동생은 내게 이 세상에서 가장 가까운 사람은 누나라고 엄마가 말했다고 했다. 그 말에 나는 늘 감동을 받았다. 남동생과 나는 이 세상에서 한 남자의 피를 이어받은 혈육이고 새엄마는 우리가 서로 가까워지길 간절히 바란 것이다.

새엄마는 나이를 먹으며 음식솜씨가 더 좋아졌고 성격도 점차 온화해졌다. 하지만 얼굴에는 주름살이 생기기 시작했고 자기를 꾸미는 것에 소홀해졌으며 오직 나와 남동생한테만 신경을 썼다. 내게 남자친구가 생기자 새엄마는 이것저것 물어보았다. 새엄마는 남동생의 학교성적 탓에 웃고 울기를 반복했다. 우리의 희로애락은 새엄마의 기운을 북돋워주었고 새엄마는 그것이 자신의 전부라고 생각했다. 나도 사는 게 원래 이래야 한다고 생각했다. 적어도 어느 날 시장을 돌아다니다 길에서 아빠의 뒷모습과 아빠 옆에 있던 그 여자를 보기 전까지는 그랬다.

나는 허둥지둥 집으로 돌아왔다. 새엄마는 심상치 않은 내 모습을 한눈에 알아보고 급히 무슨 일이냐고 캐물었다. 나는 눈물 어린 눈으로 부당한 대우를 받고 있는 새엄마를 뚫어지게 쳐다보았다. 새엄마는 손을 비비며 불안한 마음에 남자친구와 싸웠는지, 일이 순조롭게 풀리지 않는 것인지 등등 내가 짜증을 낼 때까지 계속 꼬치꼬치 캐물었다. 급기야 나는 좀 꾸미며 살라고, 다른 여자처럼 예쁘게 하고 다니라고 큰 소리로 새엄마를 나무랐다.

새엄마는 멍하니 서서 한참 동안 아무 말도 하지 않았다. 그날 밤 아빠는 집에 돌아오지 않았다. 새엄마 방에는 밤새도록 불이 켜져 있었다. 한밤중에 나는 마음이 놓이지 않아 새엄마가 뭘 하고 있는지 가 보았다. 그녀는 바닥에 앉아 사진을 보고 있었는데 결혼 전에 찍은 것으로, 햇빛보다 더 찬란한 여자가 젊음을 뽐내며 사진 속에서 웃고 있었다. 새엄마는 세상일이란 돌고 도는 법이어서 자신이 다른 사람에게 상처를 주었으니 하늘이 자기를 깨우쳐 주려고 하나 보다고 말했다. 새엄마는 현명한 여자였다.

나는 밤새도록 새엄마와 함께 있었다. 사실 나는 친엄마가 자살한 이유가 심각한 우울증 때문이라는 걸 예전부터 알고 있었다. 그런데 그때 새엄마가 우리 아빠를 알게 되었고, 서로 좋아했다고 해도 모호한 상태였을 뿐이다. 하지만 나는 처음부터 끝까지 아무 말도 하지 않았다. 내가 말하지 않으면 새엄마가 평생 미안해하며 살 거라 생각했기 때문이다.

그날 밤 나는 내가 알고 있는 사실을 말했지만 새엄마는 고개를 저었고 여전히 마음이 편치 않은 듯했다.

이른 아침 날이 밝자마자 나는 새엄마를 끌고 쇼핑에 나섰고 나간 김에 새엄마가 화장도 하고 머리도 자르고 눈썹도 다듬게 했다. 그러자 새엄마는 다시금 젊은 시절로 돌아간 듯했다. 새엄마는 아무 말 없이 조용히 내가 하자는 대로 따랐다.

가는 상점마다 사람들은 새엄마에게 내가 딸이냐고 물었다. 새엄마에게는 그 순간이 유일하게 기분이 좋아지는 때였다. 새엄마는 그때마다 미소를 지으며 고개를 끄덕였고 무척 자랑스러워했다. 내가 새엄마에게 진홍색 치파오를 골라주자 새엄마는 너무 야하다고 했지만 나는 새엄마를 탈의실로 끌고가 한번 입어보라고 했다. 그러고 나서 맞는 사이즈를 고르게 하고는 값을 치렀다. 그러면서 어렸을 때 새엄마에게 신세를 졌으니 이제 보답하는 것이라고 말하자 새엄마는 미소를 지으며 눈물을 흘렸다. 결혼식 때의 일과 우리의 대립이 마치 어제 일처럼 느껴졌지만 세월은 엄연히 십수 년이 흘렀다.

새엄마는 그날 밤 방에서 앞으로 살아갈 날을 생각하자니 두렵기만 하다고 말했다. 나는 사실 나 또한 그러하다고 대답했다.

우리는 햇빛 아래에서 손을 잡고 옛일을 떠올렸다. 새엄마도 그때는 한 엄마의 아이였고 결혼한 적이 없었으며 자기만의 가정을 꾸려 본 적이 없었는데 복수심으로 가득 찬 나를 만나게 된 것이다. 그녀도 사실은 나만큼 당혹스러웠을 것이다. 다행히 오랜 세월이 흘렀고 우리는 그 세월들을 용케 헤쳐나왔다.

남동생의 공부는 내가 바통을 넘겨받고 새엄마가 아빠

와 둘이서 전국 방방곡곡을 둘러볼 수 있도록 단체여행을 예약해두었다. 그리고 계속해서 새엄마가 아빠와 더 많은 시간을 함께하도록 했다. 나는 아빠가 그 여자를 만나러 가면 길에서 '우연히' 아빠와 마주쳤고 신바람이 나서 아빠와 함께 집으로 돌아왔다.

2008년 5월 내 결혼식에서 새엄마는 정중앙에 앉았다. 그녀의 얼굴에는 웃음이 떠나지를 않았다. 사회자가 새엄마에게 몇 마디 해달라고 부탁하자 새엄마는 내 손을 잡더니 신랑 손바닥 위에 놓고 나와 신랑의 손을 꼭 잡더니 목이 메여 한마디도 하지 못했다. 하지만 나는 새엄마의 부부 생활이 걱정되어 눈물이 범벅이 되었다.

시간이란 참으로 이상한 것이다. 아홉 살이었을 때 나는 이 세상에서 새엄마를 제일 미워하는 사람이었고 새엄마와 맞서는 데만 온통 신경이 가 있었다. 스물다섯 살, 한 남자의 아내가 되었을 때 나는 이 세상에서 새엄마가 행복해지길 가장 바라는 사람으로 변해 있었다.

신혼 첫날밤 나는 아빠에게 문자를 보냈다. "아빠, 새엄마한테 잘해주셔야 해요. 지금까지 새엄마는 저와 동생을 위해 청춘을 다 바쳤어요." 한참 후에 아빠한테서 답신이 왔다. "고맙다, 이 녀석아. 일찍부터 네 마음을 잘 알고 있었단다."

아빠는 좋은 남자다. 나아갈 때와 물러설 때를 안다. 새 엄마도 젊은 시절의 마음을 되찾고 요가와 사교춤을 배우고 집을 더욱 아늑하게 꾸몄다. 마침내 다시 집으로 돌아왔을 때 나는 아빠의 휴대전화에서 그 여자가 보낸 문자메시지를 보았다. 그녀는 새로운 것도 옛날 습관을 이길 수는 없는 법이라고 하며 떠난다고 했다.

십수 년이 지난 지금 새엄마에 대한 내 감정을 확실히 알 수는 없다. 어쩌면 새엄마에게 너무 익숙해진 것인지도 모른다. 하지만 내 삶에서 한 여인이 엄마 대신 나를 사랑해 주었다. 게다가 더할 나위 없이 믿고 의지할 수 있는 존재였다. 그 익숙함이 내 인생의 은혜가 아니고 무엇이겠는가. 그녀는 하늘이 나를 사랑하라고 보내 준 사람이다.

오랑우탄의 마지막 부탁

—

깊은 산속에 한 사냥꾼이 어머니와 살았다. 언제부턴가 사냥꾼의 어머니는 괴이한 병에 걸려 하루 종일 미친 사람처럼 헛소리를 해대기 시작했다. 용하다는 약은 모두 써 보았지만 어떤 것도 효과가 없었다. 사냥꾼은 한 노인에게 어머니의 증상을 살펴보게 했다. 노인은 어머니가 귀신에 씌었으니 오랑우탄의 피로 악귀를 물리쳐야 한다고 말했다.

사냥꾼은 노인의 치료법이 효험이 있을 리 없다고 생각했으나 연로하신 어머니를 위해서라면 무엇이든 해 보아야 했다. 사냥꾼은 두말없이 사냥총을 메고 오랑우탄을 잡으러 깊은 숲속으로 들어갔다.

오랑우탄 수컷은 술을 좋아하고 오랑우탄 암컷은 꽃을 좋아한다는 속설이 있었다. 그래서 사냥꾼은 그것을 이용해 오랑우탄을 유인하기로 했다. 사냥꾼이 숲으로 들어간 지 삼 일이 지났다. 하지만 교활한 오랑우탄들은 사냥꾼이 술과 꽃을 이용해 정성껏 만들어놓은 함정을 알아차리고 한 마리도 걸려들지 않았다. 거의 체념하려는 순간 사냥꾼은 젖을 먹이는 늙은 어미 오랑우탄을 발견했다.

어미 오랑우탄은 너무 늙어서 반응이 둔했고 행동도 굼떴다. 사냥꾼이 어미 오랑우탄의 뒤로 숨어 등을 겨누고 총을 쏘려는 찰나에 땅에 떨어진 나뭇가지를 부주의해서 밟고 말았다. 그래서 어미 오랑우탄은 요행히 사냥꾼의 총을 피해 살아남을 수 있었다. 그래도 어미 오랑우탄은 다른 오랑우탄과 달리 민첩하게 움직이지 못하고 짧은 거리를 뛰어 위기를 모면한 후 바위에서 잠시 쉬며 한숨을 돌렸다.

게다가 어미 오랑우탄은 아직 갓난아기에 불과한 새끼 오랑우탄을 지켜야만 했다. 늙어빠진 어미 오랑우탄에게는 아주 어린 새끼 오랑우탄이 있었다. 새끼 오랑우탄은 사냥꾼의 추적과 어미의 도망이 무엇을 의미하는지도 몰랐다. 어미 오랑우탄이 황급히 도망칠 때 새끼 오랑우탄은 어미의 등에 올라 사방을 살피거나 두 손으로 목을 껴안고 그네를 타는 것처럼 어미의 가슴 앞을 왔다 갔다 했다.

사냥꾼은 마지막 승부를 걸겠다는 심정으로 어미 오랑우탄을 쫓았다. 해가 질 무렵이 되자 소나무 숲에 땅거미가 내려앉았다. 그때 기진맥진해진 어미 오랑우탄에게는 더 이상 도망갈 힘이 남아 있지 않았다. 어미는 새끼를 안고 힘겹게 키 작은 소나무 위로 기어올라가 비교적 튼튼한 나뭇가지 위에서 사냥꾼이 쫓아오는 방향을 향해 앉았다.

사냥꾼은 좀처럼 얻기 어려운 기회라 생각하고 주저 없이 총을 들었다. 하지만 방아쇠를 당기려는 순간 사냥꾼은 어미 오랑우탄이 사람처럼 자신을 향해 손을 흔드는 것을 보았다. 마치 부탁이니 잠시 기다려 달라고 말하는 듯했다.

사냥꾼은 순간 마음이 흔들렸고 머뭇거리며 사냥총을 내려놓았다. 그 뒤 그는 희한한 광경을 목격하게 되었다. 죽음에 처한 어미는 마지막 순간에 새끼에게 젖을 먹이려고 했다. 어미 오랑우탄이 그처럼 대담해진 것도 새끼에게 젖을 먹이기 위해서였다. 어미는 새끼의 머리를 자기 가슴에 억지로 가져가 한쪽에 젖을 물려 먹인 다음 다른 쪽 젖도 물려 다 먹게 했다. 마치 새끼가 평생 먹을 젖을 몇 분 내에 모두 먹게 하려는 듯했다.

시간은 계속 흘러갔고 사냥꾼은 바위처럼 굳은 자세로 조용히 모든 광경을 지켜보았다.

마침내 젖을 다 먹인 어미는 새끼를 받쳐들더니 마지막으로 한 번 쳐다본 다음 못내 높은 곳의 나뭇가지에 올려놓고는 나무줄기를 따라 내려와 나무에 기댄 채 바닥의 풀 위에 앉아 죽음에 초연한 양 사냥꾼을 쳐다보았다.

사냥꾼은 무언가를 기다리는 것처럼 계속 조용히 자기 자리를 지키며 꼼짝도 하지 않았다.

어미 오랑우탄은 기다리고 또 기다렸다. 그러나 사냥꾼이 자기에게 총을 겨누지 않자 이내 다시 고개를 들어 나무 위의 새끼를 한 번 올려다보았다. 그때 새끼 오랑우탄은 천진난만한 눈으로 나무 아래에서 벌어지는 일을 신기한 듯이 쳐다보고 있었다.

이런 상황을 지켜보면서 어미는 다시 사냥꾼을 향해 손을 흔들었다. 그러고 나서 주변에 있던 넙적한 풀잎을 뜯어 능숙하게 작은 그릇 모양을 만들더니 한 손으로 가슴 앞에 받치고 다른 한 손으로는 남은 젖을 다시 한 방울 한 방울 그릇 모양의 풀잎에 짜 담았다. 그것이 다 차자 늙은 오랑우탄은 관목 숲에서 기다란 가시를 꺾어 와서 힘껏 나무껍질을 뚫었고 그 특별한 '그릇'을 나무줄기에 반듯하게 꽂아놓았다.

한 번 또 한 번 그렇게 반복하니 어느새 매끈한 소나무에 기이한 모양의 풀잎이 가득 꽂혔다. 모든 풀잎에는 죽음을 앞둔 어미가 새끼에게 마지막으로 남긴 젖이 정성스럽게 담겨 있었다.

이 모든 일을 마치자 어미 오랑우탄은 다시 나무 밑으로 돌아와 기대앉았고 대담하게 사냥꾼에게 손을 저어 보였다. "이제 준비 됐으니 어서 쏴!"라고 말하는 것 같았다.

이때 어둠이 사방에 깔렸고 사냥꾼의 눈에서 흐르는 눈

물이 반짝였다.

풀잎에는 죽음을 앞둔 어미가 새끼에게 마지막으로 남긴 '근심'이 담겨 있었던 것이다.

모성애가 어찌 인간에게만 있겠는가. 어미 오랑우탄의 모성애는 그 무엇보다 밝게 빛났다. 동물 간의 사랑도 인간과 다를 바가 없다. 자식을 아끼는 마음과 모성애는 인간과 동물을 구분하지 않는다. 오랑우탄의 자식에 대한 사랑은 우리에게 한없는 감동을 선사한다.

미래보다 소중한
현재의 삶

—

방송국이 주최한 토크쇼 프로그램이 있었다. 초대 손님은 네 명이었는데 모두 멋진 중년 남성이었다. 그 도시에서 다양한 분야에 종사하는 그들은 자신의 분야에서 선구자 역할을 하는 유명인사들이었다. 모든 것을 소유하고 자기 분야에서 성공한 사람들이었으며 대다수 남성들이 부러워하면서 목표로 삼는 롤모델이었다.

하지만 그들에게는 또 다른 공통점이 있었다. 모두 낙후된 지역에서 극도의 가난 속에서 성장했다는 점이었다. 그들은 어렸을 때부터 가정형편이 어려워 먹고 입는 것이 풍족하지 못했지만 전적으로 부모의 절약하는 습관 덕에 공부하고 학교에 다니며 자신의 운명을 개척해 오늘날의 성공을 거둘 수 있었다.

토크쇼는 '학습과 운명'을 주제로 진행되었다. 네 남성의 이야기는 각기 달랐지만 사람들의 생각을 벗어난 새로운 내용은 없었다. 프로그램은 잔잔하고 화기애애한 분위기 속에서 후반부에 접어들고 있었다.

이윽고 관중이 질문하는 순서가 이어졌다. 한 기자가 처음으로 질문할 기회를 잡았다. 그는 이렇게 물었다. "만일 부모님이 학교에 보내주시지 않았다면 지금 어떤 모습일 것 같습니까?"

첫 번째 남성이 말했다. "부모님이 학교에 보내 주시지 않았다면 분명 제가 이 자리에 있지 못했겠지요. 얼마 전에 고향에 다녀온 적이 있습니다. 고향에는 저와 함께 자랐지만 학교에 다닐 기회가 없었던 남자아이가 많았습니다. 지금 그들 대다수는 집에서 자그마한 논밭을 일구며 살고 있지요. 산에는 물이 부족하기 때문에 물을 길어와 밥을 지어야 하고 물을 끌어와 논밭에 뿌려야 합니다. 그게 그들 삶의 전부죠."

두 번째 남성이 말했다. "부모님이 학교에 보내주시지 않았다면 여러분은 시내 어딘가의 건설현장에서 저를 볼 수 있었을지도 모르겠네요. 제가 고등학교에 다닐 때는 집에서 학비를 대주지 못해 아르바이트를 하는 학생이 많았습니다. 솔직히 저도 그때 몰래 공사장에서 일한 적이 있습니다. 어머니가 그때 친척이나 친구에게 돈을 빌리지 않았다면 지금의 제가 있을 수 없었을 겁니다."

세 번째 남성이 말했다. "우리 마을은 현재 향 전체에서도 유명한 양계특화마을로 바뀌었습니다. 학교에 다닐 기회가 없었던 아이들은 지금 집에서 닭을 기르고 있습니다. 만약 부모님이 학교에 보내주시지 않았다면 사람들의 식탁 위에 올라오는 치킨이나 닭요리에 쓰이는 닭은 제가 기르고 있었을지도 모르겠네요."

관중석에서 웃음소리가 울려퍼졌다. 분위기는 무겁지 않으면서도 활기찼다. 모든 것이 프로그램의 처음 의도대로 흘러가고 있었다.

관중의 시선이 마지막 네 번째 남성에게 쏠렸다. 사람들은 그도 역시 앞의 세 사람과 비슷한 이야기를 할 것으로 기대했다.

네 번째 남성은 잠시 침묵하다가 갑자기 심각한 어조로 입을 열었다. 아픈 기억들이 되살아나는 듯했다.

"제가 고등학교에 다닐 때 제 고향에서는 가뭄이 심해 농작물을 거의 수확할 수 없었습니다. 농사를 지어 입에 풀칠하는 마을 사람들에게 이보다 더 큰 재앙은 없었지요. 그때 마을에서는 세 사람만이 읍내에서 학교에 다니고 있었는데 다른 두 사람은 학비를 내지 못해 학교에서 퇴학당했습니다. 저도 학교를 그만둘까 생각했는데 아버지께서 허락하시지 않았습니다. 심지어 아버지는 그 일 때문에 제 따귀를 때리기도 하셨지요.

어떻게 학비를 마련하셨는지는 모르지만 부모님은 제가 고등학교를 마칠 수 있도록 뒷바라지를 해주셨고 대학까지 마칠 수 있게 해주셨습니다. 대학을 졸업하면 돈을 벌어 가족을 부양할 작정이었지만 대학을 졸업하던 해에 부모님 두 분 모두 병으로 쓰러지셨습니다. 지금이라면 두 분의 병은 충분히 치료가 가능한 것이었습니다.

하지만 그때는 집안 형편이 몹시 어려웠고 팔 수 있는 물건은 모두 팔아버렸고 게다가 빚도 있는 상황이었습니다. 부모님은 돈을 아끼기 위해 입원하는 걸 꺼리셨고 심지어 약을 사는 것도 아까워하셨습니다. 그런 상태로 일 년도 되지 않아 두 분은 차례로 세상을 떠나셨습니다.

지금도 조용한 밤만 되면 늘 그 생각이 머릿속을 떠나질 않습니다. 만약 부모님이 학교에 보내주시지 않았다면 저는 부모님을 떠나지 않았을 겁니다. 그러면 부모님 곁을 지켰을 테고 부모님의 부담을 덜어 드리기 위해 돈을 벌고 부모님을 봉양하며 효도를 다했을 겁니다. 그랬다면 부모님도 그렇게 일찍 돌아가시지는 않았을 겁니다. '자식이 효도하고자 하나 부모는 기다려주지 않는다' 라는 말이 있지요. 그 말을 떠올릴 때마다 저는 제가 불효막심한 놈이라는 생각이 듭니다."

스튜디오에는 한동안 정적이 흘렀다. 줄곧 막힘없이 프

로그램을 진행하던 사회자도 일순간 말문이 막혀 말을 잇지 못했다.

잠시 후 누가 시작했는지 모르게 박수가 터져나왔다. 끊임없이 박수소리가 울려퍼지는 가운데 남몰래 눈물을 훔치는 관중이 많았다.

무거운 감정일수록, 마음속에서 지울 수 없는 감정일수록, 우리의 심금을 울리는 감정일수록 우리는 더 잘 깨닫게된다. 만약의 일들이 많이 일어나지만 후회하고 싶지 않다면 우리가 할 수 있는 일은 현실을 제대로 인식하고 그런 일들이 다시 일어나지 않도록 노력하는 것이다.

제3장

그대가 있어 내 삶이
환하게 빛납니다

행복을 놓쳐버린 여자

—

여자가 생일을 맞았다. 생일파티에서 남자는 여자에게 귀여운 곰인형을 선물했다. 그것은 그녀가 받은 각종 생일선물 중에서 특별할 게 없는 선물이었다.

여자는 약간 화가 났다. 아니 분노에 가까웠다. 남자친구가 그렇게 쩨쩨하게 나올 줄은 생각지도 못했기 때문이다. 친구들도 많이 왔는데 내심 부끄럽기까지 했다.

작년 생일에 남자는 값비싼 은장도를 선물하면서 만약 어느 날 자신이 배신한다면 그 칼로 가슴을 베라고 말했다.

올해 두 사람은 줄곧 자신들의 미래에 대해 이야기를 나누었고, 남자는 여자의 생일날 평생 잊을 수 없는 선물을 주겠다고 약속해왔다. 그런데 결과는 사람들이 예상한 것과는 완전히 달랐고, 여자에게는 특히 더 그랬다. 화가 잔뜩 난 여자의 시선에도 아랑곳하지 않고 남자는 얄밉게 웃기만 했기에 그 선물은 정말 여자가 평생 잊을 수 없는 물건이 되어버렸다.

여자는 파티에서 술을 많이 마셨고 남자는 옆에서 말없이 콜라를 마시기만 했다.

파티가 끝나고 그들은 집으로 돌아가려고 순환도로를 탔다. 그때까지도 단단히 화가 나 있던 여자는 불만이 잔뜩 쌓여 있었다. 자동차 뒷좌석에는 값비싼 선물들이 가득 놓여 있었고 남자가 선물한 곰인형도 있었다. 여자는 남자가 자기를 사랑하지 않고 둘의 사랑을 소중히 생각하지 않는다고 불평했다. 남자는 조용히 운전만 할 뿐 아무 말도 하지 않았고 가끔씩 미소를 지어 보였다.

술기운이 올라온 여자가 결국 토하고 말았다. 남자가 도로변에 차를 세우자 여자는 성질을 부리며 남자 때문에 생일을 완전히 망쳤다며 질책했고 감정이 상한 일에 대해 징징거리기 시작했다. 남자는 여전히 아무 말도 없이 한 손으로 티슈를 들었고 다른 한 손에는 생수를 들었다. 여자가 갑자기 대로 한가운데로 달려가자 남자는 그녀를 붙잡지 못했다. 두 사람이 도로에서 그렇게 실랑이를 벌이고 있을 때 갑자기 빠르게 달리던 자동차 한 대가 그들을 향해 질주했다. 남자는 반사적으로 손에 들고 있던 물건을 내동댕이치고 여자를 밀쳤다. 여자는 머리를 땅바닥에 심하게 부딪쳤고 의식을 회복했을 때는 머리에 붕대를 감은 채 병원 침대에 누워 있었다.

그들을 향해 달려오던 자동차의 운전자가 음주운전을 한 것으로 밝혀졌다.

남자는 차에 부딪혀 15미터를 날아갔고 구급차가 도착했을 때 입에서 피를 뿜으면서도 구급대원에게 "나는 상관하지 말고 내 여자친구가 어떤지 봐주세요"라고 말했다.

병원에 도착했을 때 남자는 이미 이 세상 사람이 아니었다. 남자가 마지막으로 남긴 말이 곰인형이었기 때문에 구급대원은 남자의 부탁대로 곰인형을 구급차에 함께 실었다. 남자가 이 세상에서 마지막으로 가는 길에는 곰인형이 함께했다.

남자의 사망소식을 듣고 여자는 눈물을 멈출 수 없었다. 울다가 여러 차례 기절하기도 했다. 배려심 많은 간호사가 곰인형을 여자의 베개 옆에 놓아 주었다.

기절했다가 깨어났을 때 여자는 곰인형을 보았다. 남자의 피가 묻어 있는 곰인형에는 남자의 체온이 느껴지는 듯했다. 여자는 곰인형을 꼭 끌어안고 살며시 쓰다듬었다. 그런데 그 순간 곰인형의 주머니에서 무언가 딱딱한 물건이 만져졌다. 여자가 꺼내보니 반지함이었는데 그 안에는 아름다운 다이아몬드 반지가 들어 있었다. 여자는 반지를 보고 완전히 무너져 버렸다. 그녀는 머리를 감싼 붕대를 잡아 뜯으며 목 놓아 울부짖었다. 하지만 어떻게 해도 떠나간 남자친구는 돌아오지 않았다.

여자는 영안실로 달려갔다. 그때 남자의 시신은 핏자국을 완전히 닦아 냈기 때문에 아주 깨끗했다. 남자는 평안하게 누워 있었고, 입가에는 여전히 얄미운 미소를 머금고 있었다. 여자가 손으로 남자의 머리를 쓰다듬을 때 눈에서 눈물이 주르륵 흘러내렸다. 여자는 소리 내어 울고 싶지 않았다. 남자는 여자가 우는 걸 좋아하지 않았기 때문이다.

여자는 이튿날 퇴원해 둘이 좋아했던 해안가의 집으로 갔다. 방문을 열다가 여자는 깜짝 놀랐다. 방 안은 온통 장미꽃으로 가득했고, 탁자 위에는 커다란 케이크가 놓여 있고 그 옆에는 보온 도시락과 카드가 있었다.

도시락을 여니 여자가 제일 좋아하는 국이 있었다.

카드에는 이렇게 쓰여 있었다.

"나와 결혼해 줘. 평생 후회하지 않고 따스함을 느끼게 해 줄게. 평생 행복하게 해주고 항상 네 곁에 있을게. 매일 아침 깨워주고 네가 좋아하는 아침을 해줄게. 너를 매일 아침 회사에 데려다주고 항상 네 생각을 하고 수시로 전화하고 문자를 보낼게. 네가 한시라도 외로움을 느끼지 않게 해주고 저녁에는 퇴근할 때 마중나가고 저녁밥도 지어 놓을게. 네가 내 품에 안겨 잠이 든 후에 조용히 잠들게. 우리 집의 대소사는 네가 처리하고 집안일은 내가 도맡아 할게.

내가 힘이 세니까. 접대가 있으면 11시 전에 돌아오고 출장을 가게 되면 너를 위해 며칠 동안 먹을 음식도 준비해 놓을게. 물론 네가 좋아하는 군것질거리도. 사실 사랑은 아주 단순한 두 사람의 행복이야. 우리의 행복은 이제 막 시작일 뿐이야. 난……."

여자는 더 이상 카드를 읽어 내려갈 수 없었다. 여자는 방 안이 온통 둘의 웃음소리와 사랑의 밀어로 가득 찬 듯했고 지난 추억이 마음 깊은 곳에서 용솟음쳐 올라오는 듯했다. 여자는 깊이 후회하며 스스로를 탓하고 원망했다.

예전의 행복은 그 순간 예리한 칼날이 되었고 예전의 웃음은 그 순간 회색빛으로 변했다.

남자를 화장하는 날, 여자는 그곳에 가지 않았다.

여자는 혼자서 둘이 좋아했던 집에 있었다. 둘이 시간 가는 줄 몰랐던 침대에 누워 여행 갔을 때 찍은 동영상을 보며 작년 생일에 남자가 선물한 은장도로 자신의 손목을 그었다.

침대 머리맡에는 카드 한 장이 놓여 있었다.

"사랑하는 자기야, 내가 왔어. 당신이 없는 시간은 무척 견디기가 힘들어. 모든 게 내 잘못이야. 당신이 떠나간 후로 나는 우리가 함께했던 시간을 떠올리며 당신의 체온과 냄새와 웃음, 그리고 당신이 지어준 밥을 그리워하고 있어.

당신은 거짓말쟁이야. 평생 날 지켜준다고 했잖아. 당신 없이 혼자 자려니 너무 춥고 당신이 해준 밥이 없어 너무 배가 고파. 그리고 당신이 곁에 없으니 너무 외로워. 천천히 가줄래? 내가 따라갈 수 있도록. 당신이 약속을 지키진 않았지만 나는 그래도 당신을 사랑해. 나쁜 사람, 내가 가고 있으니 천천히 가. 앞에서 기다려, 내가 갈 테니……."

사람들은 종종 너무 경솔하게 행동한다. 왜 좀 더 일찍 상대의 행동을 이해해주지 못할까? 왜 좀 더 냉정하게 판단하지 못하는 것일까? 만약 차분하게 생각하고 판단했다면 남자의 속임수를 알아챌 수 있었을 것이고, 남자의 마음을 헤아렸다면 그의 배려를 이해할 수 있었을 것이다. 그랬다면 비극이 일어나지 않았을지도 모른다.

우리는 때로 경솔하고 침착하지 못해 돌이킬 수 없는 길로 들어서게 되는 것이다.

유효 기간이 없는 사랑

—

몇 년 전 갑작스럽게 뇌출혈로 고생하다 회복된 아버지는 완전 딴사람이 되었다. 행동도 굼뜨고 손발도 마음대로 움직일 수 없었으며 성격도 점점 어린아이처럼 바뀌었다. 식사 시간도 일정하지 않아 방금 식사를 끝냈는데 다시 밥을 달라고 할 때도 많았다. 그때마다 어머니는 참을성 있게 조금 이따가 다시 먹자고 권했지만 아버지는 자기 고집대로 했다. 게다가 낮 12시가 되면 꼭 낮잠을 자야 한다고 우겼다. 집에 무슨 일이 있든 아버지의 낮잠 시간이 지체되는 건 있을 수 없는 일이었다. 만약 늦어지게 되면 몹시 화를 내고 심지어 물건을 던졌다. 한번은 오빠의 세 살 난 아들이 장난을 치는 바람에 잠에서 깨자 아버지는 손자를 테라스로 끌고 가 가두어버렸다.

아버지는 군인 출신으로 반평생을 군대에서 보낸 탓에 성질이 사납고 고집이 셌다. 그런 남자이다보니 여자를 대할 때 잔정도 부족했다. 아버지와 어머니의 결혼은 구시대의 산물이었다. 사랑은 없었고 열정은 더더욱 없었으며 단지 사회구성원으로서 우리를 낳은 것뿐이다.

옛날 여성인 어머니는 그런 결혼에서 현모양처의 역할을 맡았다. 오랜 세월 아버지의 더러운 성질에 아무런 원망을 품지 않았고 시종일관 아버지를 보살폈다. 젊었을 때 어머니는 남편을 아버지처럼 떠받들었고, 늙고 병들었을 때는 자식처럼 돌보았다. 오랜 세월이 흐른 후 나도 내 가정을 꾸미고 보니 어머니가 부당한 대우를 받고 있음을 깨닫게 되었다. 어머니처럼 훌륭한 여성이 평생 동안 남자의 사랑과 보살핌을 받지 못했던 것이다.

어머니와 단둘이서 그런 이야기를 할 때마다 어머니는 웃으면서 "그래, 좋은 건 아니지"라고 말했다.

아주 간단한 대답에서 어머니의 마음속에 자리잡고 있는 한과 체념을 느낄 수 있었다. 더욱이 중병에 걸린 후 아이처럼 어리광을 피우는 아버지를 보면서 나는 어머니 대신 억울함을 토로했다. 위풍당당한 모습은 아버지한테서 일찌감치 사라졌지만 성질은 여전히 죽지 않았음에도 참고 사는 어머니를 나는 도통 이해할 수가 없었다.

한번은 주말에 이모가 아이를 데리고 먼 타지에서 우리집에 놀러왔다. 어머니는 다음 날 이모와 아이를 데리고 소림사에 놀러갈 계획이었다.

이튿날 이른 아침, 어머니는 일어나자마자 밀가루를 반죽하고 아버지가 좋아하는 양고기 소를 만들었다. 그리고 내게 11시에 만두를 빚은 다음 쪄서 아버지에게 드리고 절대로 12시에 낮잠 자는 것을 방해하지 말라고 신신당부했다. 어머니는 점심쯤에 돌아올 거라면서 남은 만두 재료는 돌아와서 빚을 거라고 했다.

아버지의 성질과 누구도 방해할 수 없는 낮잠에 대해 잘 알고 있던 나는 어머니와 철석같이 약속했다. 그러자 어머니는 아버지의 아침 식사를 차려놓고 집을 나섰다.

아버지가 아침을 드실 수 있도록 나는 옆에서 시중을 들었다. 식사를 마치고 아버지는 소파에 앉아 신문을 읽었다. 신문 읽기는 아버지의 일상 중 하나였는데 아버지는 그때만큼은 텔레비전 켜는 걸 용납하지 않았다. 그래서 나도 아예 옆에 앉아 책을 읽었다.

잠시 후 아버지가 갑자기 고개를 들더니 내게 만두를 빚으라고 말했다. 시계를 보니 9시가 조금 넘은 시간이어서 나는 너무 이르니 조금만 기다리라고 말했다.

아버지는 정색하며 배가 고프니 당장 먹어야겠다고 고집을 피웠다. 나는 할 수 없이 부엌으로 들어가서 오전 9시 30분에 점심을 준비했다.

단숨에 수십 개의 만두를 빚은 나는 아버지에게 지금 삶아도 되는지 물었다. 아버지는 고개를 저으며 조금 이따가 삶으라고 하면서 지금 배가 몹시 고파 많이 먹고 싶으니 만두를 더 만들라고 말했다.

노인네의 말투는 점점 어린아이를 닮아갔고 속으로 무슨 생각을 하는지 도무지 짐작할 수가 없었다. 내가 빚어놓은 만두는 아버지가 세끼를 먹고도 남을 정도였는데 아직도 양이 적다니 한마디로 기가 막혔다. 그러나 나는 아버지와 다투고 싶지 않았다. 아버지는 사고가 흐려졌기 때문에 성질을 부리지 않게 달래려면 계속 만두를 빚을 수밖에 없었다. 만두를 빚고 또 만두피를 밀면서 나는 어머니가 오랜 세월 어떻게 참고 살아왔는지 모르겠다는 생각만 들었다. 11시 반까지 만두를 빚다보니 밀가루 반죽과 소를 모두 써버렸다. 그때 아버지는 느린 걸음으로 부엌문 앞에 오더니 배가 고파 죽겠으니 이제 만두를 삶으라고 했다.

십여 분 후 만두를 냄비에서 꺼냈더니 배가 고프다고 소리치던 아버지는 만두를 열 개 정도만 드시더니 배가 부르다고 했다. 아버지는 만두를 드실 때 자꾸 고개를 들어 문밖을 쳐다보았다. 시계를 보니 12시였다. 노인네가 낮잠을 잘 시간이었다. 그래서 나는 아버지가 곧 낮잠을 잘 거라 여기고 아버지가 낮잠을 자면 상을 치울 생각이었다. 하지만 아버지는 침실에 들어갈 생각은 않고 걸상을 문 앞으로 옮겨와 앉았다.

나는 궁금해서 아버지에게 물었다. "왜 안 주무세요? 왜 거기 앉아 계세요?"

아버지는 나를 힐끔 쳐다보더니 아무 말도 하지 않은 채 고집스럽게 문밖만 바라보았다.

나는 다시 목청을 높였다. "아버지, 주무실 시간이에요."

아버지가 대답했다. "아니, 안 잘 거야. 자고 싶지 않아."

"안 주무실 거면 방으로 들어가 앉으세요. 문 앞에 앉지 마시구요."

나는 아버지를 잡아끌었다. 아버지는 내 손을 밀치며 큰 소리로 어머니를 기다려야 한다고 말했다. 말을 마치고 아버지는 입을 삐쭉거린 다음 등을 벽에 기댄 채 실눈을 뜨고 앉아계셨다.

어머니는 오후 2시 반이 다 되어서야 돌아왔다. 낮잠 자는 것을 이 세상에서 가장 중요하게 생각하던 아버지는 그 자리에서 3시간 가까이 앉아계셨다. 내가 낮잠을 주무시라고 말만 하면 어린애처럼 성질을 부려 아예 아버지를 내버려두었다. 그런데 어머니가 문을 열고 들어오는 모습을 보자 아버지는 이제 왔냐고 하면서 낮잠 자러 들어가겠다고 어머니에게 말했다. 그러더니 느릿느릿 침실로 들어갔다.

멍하니 서서 이 광경을 지켜보고 있던 나는 그 순간 한

가지 사실을 깨달았다. 아버지는 어머니를 기다리고 있었던 것이다. 아버지가 그렇게 서둘러 만두를 빚으라고 했던 것은 한참을 나갔다가 돌아오는 어머니를 수고스럽게 하지 않기 위해서였다. 사고력이 예전만 못한 아버지의 오늘 행동은 예상을 완전히 벗어난 것이었다. 여태껏 나는 아버지가 어머니에게 받기만 하고 주지는 않는 분이라고 여겼다. 그런데 이제 보니 내 생각은 틀렸던 것이다. 오랜 결혼 생활 동안 두 분의 사랑은 본능으로 바뀌어 있었다.

어머니의 얼굴에 나타난 사랑과 안도의 미소를 보면서 처음부터 사랑이 있었음을, 지금의 나는 느낄 수 없는 사랑이 있었음을 발견했다. 어쩌면 10년 혹은 20년 후에는 나도 아버지와 어머니의 사랑을 이해할 수 있을지 모르겠다. 진심을 고백하거나 낭만적인 분위기를 연출한 적은 없지만 오랜 세월 속에서 본능이 되어버린 사랑을 말이다.

사람들은 사랑은 순간이며 유통기한이 존재한다고 말한다. 하지만 우리가 생각하지 못한 것이 있다. 두 분의 사랑은 시간이 갈수록 농도가 짙어졌고 본능처럼 바뀌어 흡사 숨을 쉬는 것과 같다는 것을 말이다. 세상에는 분명 유통기한이 없는, 시간이 가며 무르익는 사랑이 존재한다. 우리 삶에 그런 사랑이 존재한다면 그것이 바로 행복 아니겠는가.

마음속에 새겨진 그의 체온

—

다섯 살 때 그녀는 빈민가의 골목에서 몇몇 아이들에게 둘러싸였다. 아이들에게 도시락과 수정 머리핀을 빼앗기자 그녀는 놀라고 무서워 큰 소리로 울었다. 그때 남자아이가 달려와 나쁜 녀석들을 쫓아버렸고 그녀의 손을 잡고 집까지 바래다주었다. 그때 그녀는 남자아이에게 이름을 물어보지 못했지만 손의 따스함만은 기억했다.

여섯 살 때 그녀는 새로운 학교로 전학했다. 그녀의 드레스와 다른 학생들의 소박한 옷들은 비교가 되었고 그곳 분위기와 어울리지 않아 그녀는 고개를 숙인 채 아무 말도 하지 않았다. 반장이 이 모습을 보고 그녀에게 다가가 손을 잡았다. 그때 그녀는 인상 깊게 남아 있는 옅은 푸른색의 눈동자를 보았다. 그녀는 소년의 손에서 느껴지는 체온을 기억했다.

그녀는 열두 살이 되어 초등학교를 졸업하고 사립 중학교에 입학했다. 그때 그녀는 소년이 손을 잡아주지 않는 시간이 익숙하지 않음을 알게 되었다.

열네 살 때 소녀는 모퉁이에서 소년이 농구하는 모습을 지켜보다가 들킨 적이 있다. 소년은 기쁘기도 하고 우습기도 해서 그녀를 끌고와 제일 앞자리에 앉혔다. 소녀는 소년의 손이 커졌고 힘도 세졌지만 따스함만은 여전하다고 생각했다.

열여섯 살 때 소녀는 소년에게 키스해 달라고 졸랐다. 소년은 주저하면서 자기 집은 가난해서 소녀의 상대로는 어울리지 않는다고 말했다. 소녀는 소년이 더 이상 말을 하지 못하도록 까치발을 하고 먼저 소년에게 키스했다. 그날 밤 소년은 숲으로 달려가 아름다운 야생 장미를 한 아름 꺾어 소녀에게 선물했다. 소녀의 집 뒷마당 철제 난간을 사이에 두고 소녀는 상처투성이가 된 소년의 손에 뺨을 가져갔다. 그때 소녀는 행복이 이런 것이구나 하고 생각했다.

열아홉 살 때 그녀는 다른 지역에 있는 대학교에 입학했다. 어느 추운 날 새벽, 소녀는 텅 빈 플랫폼에 서서 짙은 안개에 휩싸인 철로를 바라보았다. 소년은 여비를 충분히 모았고 머나먼 고향에서 소녀를 보러 오고 있었다. 기차가 채 멈추기도 전에 소년은 플랫폼에 뛰어내렸다. 소녀의 뺨이 빨갛게 얼어 있는 모습을 보자마자 소년은 자신의 외투 안으로 소녀를 끌어당겼다.

만 스물네 살이 되었을 때 여자의 아버지가 남자를 불러 딸의 행복을 이유로 헤어질 것을 요구했다. 이별을 예감했던 남자는 떠나기 전에 여자의 창문 아래에 밤새도록 서 있었다. 이튿날 새벽 여자가 창문을 열었을 때 그녀는 마당의 벽 난간마다 시든 장미가 꽂혀 있고 땅에는 떨어진 꽃잎이 어지럽게 흩어져 있는 모습을 발견했다.

스물다섯 살 때 그녀는 결혼했고 남편을 따라 해외로 이민을 떠났다.

그녀는 평생 풍족하고 안정적인 삶을 살았다.

그녀가 일흔다섯 살이었을 때 남편은 세상을 떠났다. 아들은 사업에 성공해 어머니에게 귀국해 함께 살자고 고집을 부렸다. 그렇게 그녀는 다시 고향으로 돌아왔다. 하지만 뜻하지 않게 불행이 찾아온 것은 3개월 후였다. 새벽에 깨어난 그녀는 더 이상 고향의 아름다운 풍경을 볼 수 없었다. 아들은 급히 현지에서 가장 뛰어난 의사를 불러 어머니를 진찰하도록 부탁했다. 백발이 성성한 의사는 방으로 들어서다가 깜짝 놀라 멈칫했다.

늙은 의사는 떨리는 몸을 이끌고 그녀에게 다가가면서 50년 전으로 돌아간 듯한 느낌을 받았다. 그는 휠체어 손잡이에 올려져 있는 뼈만 앙상히 남은 그녀의 손을 잡았다. 그때 그녀의 얼굴의 주름살이 순간 굳어졌다가 다시 펴졌다. 그녀는 자신처럼 쭈글쭈글해진 그의 손을 쓰다듬다가 자기 뺨에 대보며 작은 소리로 말했다. "그래, 바로 이 체온이었지."

비록 그녀의 눈은 고쳐질 수 없었지만 남자는 그녀를 기꺼이 아내로 맞이했다.

바로 그 체온, 바로 그 남자였다. 세상을 돌고 돌아도 잊을 수 없었던 마음속에 간직했던 따스함이었다. 세상이 아무리 변해도 두 사람의 사랑을 변하게 할 수는 없었다. 오랜 세월이 흘러도 그 따스함은 처음부터 마음 가장 깊은 곳에 아로새겨져 있었다.

진정한 사랑은 늙지 않는다

세상에서 가장 큰 행복은 사랑하는 사람과 함께 늙어가는 것이 아닐까? 우리의 육체는 시간이 흐름에 따라 늙어가지만 사랑은 시간을 거슬러 더욱 아름다워질 수 있다.

평생 군인으로 살았던 남자는 피비린내 나는 전장을 무수히 누볐고 무공훈장을 받고 명예롭게 전역했다.

일찍이 진저우 전투에서 여자는 남자의 목숨을 구해준 적이 있었다. 남자는 여자를 잊지 않았고 나중에 그녀와 결혼했다.

각지를 떠돌아다녀도 여자는 언제나 묵묵히 남자를 따랐고, 수많은 고생과 인생의 부침을 그와 함께했다. 남자는 말했다. "당신이 없었으면 여기까지 올 수 없었을 거야." 남자는 항상 여자에게 미안한 마음을 갖고 있었다. 그는 반평생을 몸과 마음은 물론 사랑마저 군대에 바쳤기에 여자에게 너무나 큰 빚을 졌기 때문이다. 퇴역한 지금, 남자는 간부휴양소에 묵으며 여자가 편안하고 안락함을 마음껏 누리도록 해주고 싶었다. 남자는 여자에게 말했다. "여보, 그동안 당신이 내 발을 씻겨주었으니 이제부터는 내가 당신 발을 씻겨주겠소." 여자는 웃었다.

그러나 두 사람의 행복은 오래가지 못했다. 여자는 건망증이 심해지기 시작했다. 물을 끓이고 가스 밸브 잠그는 것을 잊었고 집문 열쇠를 잃어버리기도 했다. 음식을 만들 때는 소금 넣는 걸 깜박하거나 넣었는데 또 넣는 경우도 많았다. 처음에는 나이를 먹어 그러려니 하고 두 사람은 대수롭지 않게 여겼다. 간호사가 간부휴양소 뒷마당에서 돌걸상에 엎드려 엉엉 울고 있는 여자를 찾기 전까지는 그랬다. 여자는 집으로 오는 길을 잃어버렸던 것이다.

"알츠하이머병 초기인 것 같습니다." 남자의 머릿속에 의사의 말이 울려퍼졌다. "대뇌 퇴화로 인해 일어나는 질병인데 환자의 기억과 성격에 심각한 영향을 줍니다. 아직까지 이렇다 할 약이나 치료법이 없어요. 병세가 악화되면 과거 기억과 알던 사람을 서서히 잊게 될 겁니다. 심지어……."

전쟁터에서 빗발치는 총탄에도 의연하게 맞섰고, 문화대혁명 때 혁명파의 잔악무도함도 낙관적으로 받아들였으며, 세상의 온갖 시련도 이겨냈던 남자는 삶과 죽음, 고해와 같은 인생에 대해 잘 알고 어떤 것도 자신을 놀라게 하거나 흔들어 놓을 수 없다고 생각했었다. 하지만 지금은 갑자기 자신이 늙고 힘없는 존재처럼 느껴졌다. 위풍당당하고 명망이 높았던 노군인은 젊은 의료진과 오랜 세월 함께한 늙은 전우들 앞에서 어린애처럼 울었다.

"당신은 누구신가요? 누군데 저한테 잘해줘요?" 여자는 가끔 이렇게 남자에게 묻기도 했다. 그럴 때면 남자는 웃으면서 여자의 머리를 빗겨 주고, 얼굴과 발을 씻겨 주었다. "여보, 난 당신 오빠야."

오래전 여자는 남자를 전쟁터에서 구해주었고 두 사람 사이에는 사랑이 싹텄다. 그때 여자는 얼굴을 붉히며 남자를 오빠라고 불렀고 이후로 오랫동안 그를 그렇게 불렀다. 남자는 그 호칭에 익숙해졌다. 부대에서 집으로 돌아와 여자가 오빠라고 부르는 소리를 들으면 전쟁에서 크게 이긴 것처럼 마음이 편안하고 즐거워졌다. 하지만 이제 여자는 남자가 누구인지 잊었고, 그가 '오빠'라는 사실도 잊었다.

남자는 생전 처음으로 승부를 가늠하기 어려운 처절한 전투와 마주했으며 보이지 않는 적을 상대한다고 생각했다. 설사 백만 대군을 거느렸다 해도, 머릿속에는 수만 가지 전술을 갖고 있다 해도 질병 앞에서는 남자도 속수무책일 수밖에 없었다. 질병은 무시무시한 강도처럼 한 사람의 감정과 영혼 그리고 기억을 앗아갔다. 50년 동안 서로를 의지하며 살아온 노부부는 이제 낯선 사람이 되었다. 군인 가족이 헤어졌다 다시 만나고, 만났다 다시 헤어지는 일은 흔한 일이어서 남자와 여자는 달을 쳐다보며 서로를 그리워하는 생활이 익숙해져 있었다. 하지만 지금은 두 사람이 매일 얼굴을 맞대고 함께 살면서도 가정의 따스함과 서로의 마음을 느낄 수 없었다. 여자는 이따금 기분이 우울할 때면 이유도 없이 눈물을 흘렸고 울면서 남자에게 물었다. "여기가 어디예요? 집에 가고 싶은데……." 그러면 남자가 할 수 있는 유일한 위로는 여자를 꼭 껴안고 가볍게 토닥여주는 것뿐이었다.

그렇게 무수한 날들이 지난 어느 날 간부휴양소 사람들은 귀밑머리가 희끗희끗한 노부부가 서로 손을 꼭 잡고 햇빛이 내려쬐는 오솔길을 걷는 모습을 보았다. 저녁놀이 질 무렵 노부부는 정향나무 숲의 돌의자에 기대앉았다. 편안하게 할아버지의 품에 기댄 할머니의 얼굴에는 때때로 소녀처럼 발그레한 홍조가 피어올랐다. 남자는 마음이 묘했다. 병이 여자를 자신에게서 점점 멀어지게 만들 거라 생각했지만 현실은 정반대였다. 남자는 여자를 처음 만났을 때의 설레임을 다시금 느끼게 되었다. 지금의 두 사람은 이제 막 시작한 연인처럼 모든 것이 처음부터 다시 시작이었다.

우리의 육체는 시간이 흐름에 따라 늙어가지만
사랑은 시간을 거슬러 더욱 아름다워질 수 있다.

남자에게 마침내 오랜 세월 여자에게 빚진 사랑에 보답할 수 있는 기회가 생겼다. 정중하게 자기 이름을 소개하는 것부터 시작하면 되는 것이다. 남자는 여자에게 젊었을 때 있었던 일을 들려주었고, 여자는 호기심에 가득 찬 눈을 반짝이며 남자의 말에 귀를 기울였다.

남자는 세월을 돌고 돌아 다시 예전으로 돌아간 듯한 느낌이었다. 다시 질풍노도의 기세로 전쟁터로 나가 죽음도 불사하는 연대장이 되었고, 여자는 윤기 흐르는 검은머리를 양쪽으로 땋고 노래를 부르며 길을 걷는 야전병원의 간호사가 되었다. 남자는 길가의 데이지꽃을 꺾어 여자에게 주었다. 여자는 기뻐하면서도 당혹스러워하며 그것을 받았다. 남자는 활력 넘치는 젊은이에서 다시 쇠약한 노인으로 돌아왔을 때 꽃향기가 그윽하게 퍼지고 달빛이 비추는 가운데 젊은 청년처럼 서툴게 여자에게 키스했다. 여자는 부끄러운 듯 볼이 불그레해졌다.

그해 가을은 무척 짧았다. 첫눈이 흩날리는 날 두 사람은 간부휴양소에서 병실로 거처를 옮겼다. 남자는 기다란 복도를 사이에 둔 여자의 병실을 멀리서 바라보았다. 그때 남자는 이미 다리가 말을 잘 듣지 않았지만 매일 지팡이를 짚고 여자를 보러 갔다. 남자는 살짝 떠는 손으로 창턱 위의 말라가는 꽃을 꺼낸 다음 이른 아침 산책할 때 이곳저곳에서 꺾어온 야생화를 하나하나 꽃병에 꽂았다. 여자는 낮 시간의 대부분을 깊은 잠에 빠져 있었다. 하지만 매일 이른 아침 남자가 오는 시간에 맞춰 눈을 떴다. 여자는 낯설고 친근한 눈빛으로 남자가 꽃을 빼낸 다음 다시 꽃을 꽂고 정리하는 모습을 조용히 지켜보았다. 남자는 지팡이를 침대 옆에 놓고 여자 곁에 앉아 손을 살포시 쥐고는 잔소리를 늘어놓았다. 여자는 손바닥으로 전해지는 남자의 온기를 느끼며 편안히 눈을 감은 채 다시금 깊은 잠에 빠졌다.

어느 날 병실 친구가 이슬이 내린 오솔길 옆에서 기절한 남자를 발견했다. 그의 손에는 갓 피어난 황금빛 데이지꽃들이 꼭 쥐어져 있었다.

병상에 누운 남자는 기나긴 꿈을 꾸었다. 칠흑 같은 꿈속에서 아내가 부르는 소리를 듣고 사력을 다해 눈을 떠보니 눈부신 햇살과 방 안 가득 온화한 시선이 느껴졌다. 젊은 간호사가 남자에게 며칠 동안 혼수상태에 빠졌었고 여자가 보러 왔었다는 말을 전했다. 병상에 오랫동안 누워 있던 여자가 일어나 걸을 줄은 아무도 예상하지 못했다. 하지만 그 일이 있은 후 여자는 더 깊은 잠에 빠져들었다. 여보라고 낮게 외치는 남자의 절규에 방에 있던 모든 사람이 눈물을 흘렸다.

그날 밤 달빛이 환하게 밝았다. 아무도 남자가 반신불수

의 몸을 이끌고 벽을 더듬으며 한 걸음 한 걸음 숨을 헐떡
이면서 긴 복도를 걸어간 것을 알지 못했다. 그날 밤 병실
에서 일어났던 일 또한 알지 못했다. 남자가 여자의 손을
살며시 쥐었을 때 환한 달빛 아래에서 여자는 눈을 떴다.
여자의 눈은 크고 맑았으며 손은 따스했다. 그녀는 천천히
그의 손을 꼬옥 쥐었다. 남자는 여자의 목소리를 들었다.
"오빠…… 보고 싶었어……."

이른 아침, 사람들은 병실에서 노부부를 발견했다. 두
사람은 행복한 미소를 띠고 서로에게 기댄 채 두 손을 꼭
잡고 있었다. 그들은 달콤하고 매우 깊게 잠들어 있었다.

진정한 사랑은 늙지 않는다. 시간이 아무리 흘러도 언제나
이른 아침 이슬을 머금은 꽃처럼 신선하고 아름답다. 노부
부는 그것을 우리에게 보여주었다.

죽어서도 사랑을 전하다

—

머나먼 바다에 멋지게 생겼지만 외로운 큰 물고기가 살았다. 물고기에게는 친구가 없었고 함께 장난칠 상대도 없었고 자기의 보금자리도 없었다. 매일 외롭게 깊고 차가운 바다 밑을 헤엄쳐 다닐 뿐이었고 늘 수많은 해초에 둘러싸여 있었다. 큰 물고기는 해초 사이를 이리저리 지나다니며 자신이 내뱉는 물거품 한 방울 한 방울의 적막한 소리를 들으며 지냈다.

그러던 어느 날 큰 물고기는 차가움과 갑갑함을 도저히 견딜 수 없어 위로 헤엄쳐 올라갔다. 위로 갈수록 물의 온도는 따뜻해졌지만 마음속에서는 여전히 외로움의 절규가 들렸다. 큰 물고기는 물 위로 고개를 내밀어 따뜻한 태양과 아름다운 세상을 보고 솔솔 부는 바닷바람을 느꼈다. 그런데 가까이 파도가 이는 곳에 앉아 있는 빨간색의 작은 물고기가 보였다. 평안히 바위 위에 앉아 파도에 따라 이리저리 움직이는 작은 물고기의 모습이 마치 요람에 앉아 있는 것

처럼 아주 즐거워 보였다. 작은 물고기도 큰 물고기를 보고
는 친절하게 인사했다. "할아버지, 안녕하세요?"

큰 물고기는 깜짝 놀랐다. 자신이 그렇게 늙어 보이는
지, 작은 물고기가 왜 자신을 할아버지라고 부르는지 알 수
가 없었다. 큰 물고기는 화를 내며 말했다. "버르장머리 없
는 녀석 같으니, 아직 한참 젊은데 어째서 날 할아버지라고
부르는 거지?"

작은 물고기는 자신이 실수한 척 가장하며 다시 인사했
다. "안녕하세요, 어르신."

큰 물고기는 더욱 화가 나 이를 꽉 깨물었다. 작은 물고
기는 키득키득 웃으며 말했다. "또 불평하면 영감탱이라고
부를 거야. 어디 해 봐."

큰 물고기는 화를 내봤자 소용없다는 걸 알고 그저 웃었
다. 그리고 속으로 재미있는 물고기라고 생각했다.

작은 물고기는 철사로 짠 공을 꺼낸 다음 바닷물을 퍼
물거울을 만들었다. 그러고 나서 큰 물고기에게 건네며 말
했다. "직접 보라고. 아주 외롭고 늙은 자기 모습을."

큰 물고기는 자신의 모습을 거울에 비춰 보고 정말 깜짝
놀랐다. 영락없이 외롭고 초라한 물고기가 보이는 것이었다.

작은 물고기는 거울을 거두며 말했다. "항상 밑에만 있어
서 그래. 나처럼 자주 올라와 햇볕을 쪼이도록 해. 일광욕

이라면 내가 경험이 많으니 모르는 게 있으면 물어보고."

큰 물고기는 일광욕에 무슨 특별한 게 있다는 말은 들어본 적이 없기에 작은 물고기의 말에 호기심이 생겼다. 큰 물고기가 말했다. "그럼 말해 봐."

작은 물고기는 웃더니 이렇게 대답했다. "말하자면 사실 간단해. 해가 떴을 때 나와서 쬐기만 하면 되는 거지."

큰 물고기는 웃었다. 햇볕에 맛을 들인 작은 물고기가 무척 흥미로웠다. 그렇게 큰 물고기와 작은 물고기는 친구가 되었다. 둘은 언제나 입씨름을 하고 수다를 떨었다.

큰 물고기는 무뚝뚝했고 작은 물고기는 살뜰했고, 큰 물고기는 고집이 세고 작은 물고기는 부드러웠으며, 큰 물고기는 침울했고 작은 물고기는 밝았다. 큰 물고기는 거칠었고 작은 물고기는 온화했다. 큰 물고기는 침착했고, 작은 물고기는 장난꾸러기였다. 겉으로 보이는 모습이 그랬다. 이렇게 두 물고기가 완전히 다르다보니 함께 지내며 자주 말다툼을 하곤 했다.

어떤 때는 밤 2시까지 다투기도 했다. 작은 물고기는 잘 삐쳤고 큰 물고기는 작은 물고기를 잘 다독일 줄 몰랐다. 큰 물고기가 꼬리지느러미를 힘껏 쳐 깊은 바닷속으로 들어가버리면 작은 물고기는 파도에 앉아 달을 보고 울었다. 눈물은 한 방울 한 방울 바닷속으로 떨어졌지만 바다는 너무 커서 작은 눈물방울은 티도 나지 않았다. 작은 물고기는 생각해 보다가 눈물을 그쳤다. 달래줄 사람이 없다면 스스로 달래면 그만이라고 생각했다. 작은 물고기는 스스로에게 위로의 말을 건네며 웃었지만 얼굴에는 여전히 눈물이 반짝였다. 사실 큰 물고기도 그렇게 모질지는 않았다. 큰 물고기는 멀리서 작은 물고기를 지켜보고 있었다. 작은 물고기가 스스로를 달래는 모습을 보며 큰 물고기는 몹시 미안한 마음이 들었다.

이튿날이 되면 큰 물고기는 아무것도 보지 않은 척하면서 다시 작은 물고기를 찾아와 함께 놀았다. 작은 물고기는 자신을 잘 달래는 재주가 있어 자고 일어나면 큰 물고기에 대한 원망을 씻은 듯이 잊었고 큰 물고기를 보면 다시 표정이 밝아졌다. 시간은 그렇게 천천히 흘러갔다. 둘은 서로 달랐지만 그것이 서로를 생각하는 마음에 걸림돌이 되지는 않았다.

큰 물고기는 작은 물고기와 함께 있는 것을 좋아하긴 했지만 차가운 온도를 좋아하는 물고기였다. 큰 물고기의 집은 결국 바다 밑이었다. 바다 밑은 돌은 차갑고, 풀은 마구잡이로 자라 있고, 적막했다. 그러나 큰 물고기에게는 그 모든 것이 비할 데 없는 진실한 세계였다. 파도 위의 작은 물고기는 재미있고 따뜻하지만 큰 물고기에게는 따뜻하면 따뜻할수록 비현실적이고 멀게만 느껴졌다.

바다에 사는 그 어떤 물고기도 다른 물고기를 자기 습성에 맞추게 할 수는 없다. 바꾸고 싶지 않은 게 아니라 바꿀 수가 없는 것이다. 따뜻한 것이 차갑게 변하든 차가운 것이 따뜻하게 변하든, 바다 위의 것이 바다 밑으로 가든 바다 밑의 것이 바다 위로 가서 살든 그 결과는 하나다. 적응하지 못해 죽는 것이다. 바다 위로 자주 올라왔던 큰 물고기는 몸에 불편을 느끼기 시작했다. 비늘이 벗겨지고 방어막 역할을 하던 표면이 물러졌다. 이것은 큰 물고기에게는 심각한 현상이었다. 마지막으로 큰 물고기는 작은 물고기에게 더 이상 만나러 올 수 없다고 말했다. 파도 위의 작은 물고기는 고개를 끄덕였다. 무척 고분고분했고 말다툼도 없었다. 작은 물고기도 그 이유를 잘 알고 있었기 때문이다.

둘은 마지막으로 함께 일광욕을 했다. 바다 위에서 미풍이 가볍게 불어왔다. 큰 물고기는 피부에 고통을 느꼈고 작은 물고기는 그것을 보며 마음이 아팠다. 작은 물고기의 눈물이 다시 한 방울 한 방울 바다에 떨어졌다.

작은 물고기는 큰 물고기를 보며 말했다. "큰 물고기야, 너와 또 말씨름을 하고 싶어. 그러고 나서 네 나쁜 모습을 기억할 거야. 그럼 네가 잘해준 게 그립지 않을 거고 네가 보고 싶지도 않겠지."

큰 물고기가 작은 물고기에게 천천히 말했다. "넌 이 세상에서 가장 꼴도 보기 싫은 아주 아주 나쁜 녀석이야."

그리고 나서 큰 물고기는 천천히 깊은 바다로 내려갔고 눈을 감았다. 어둠속에서 작은 물고기의 목소리는 들리지 않았고 거친 바닷바람 소리만 어슴푸레하게 전해졌다.

큰 물고기는 결국 바다 밑으로 돌아왔고 여러 해가 지났다. 큰 물고기는 더 이상 위로 올라가지 않았지만 가끔씩 작은 물고기를 생각했다. 작은 물고기가 어떻게 지내는지, 즐겁게 함께 놀아줄 친구를 찾았는지, 자신을 가끔 생각하는지 궁금했다. 그래서 밀려왔다 밀려가는 조수(潮水)에게 작은 물고기의 소식을 알아봐 달라고 부탁한 적도 있었지만 돌아오는 대답은 언제나 파도 위의 작은 물고기를 본 적이 없다는 것이었다.

시간이 흐른 어느 날, 큰 물고기는 바다 밑을 헤엄치다가 갑자기 위로 올라가 둘러보고 싶다는 생각이 간절했다. 그래서 위로 헤엄쳐 올라가던 중 이상한 물건을 발견했다. 뒤집힌 작은 물고기의 뼈였다. 그것은 확실히 오래되어 보였고, 뼈는 바닷물에 씻겨 우윳빛으로 변해 있었다. 그런데 이상한 것은 머리를 아래로 향하고 있었다. 마치 죽더라도 바다 밑으로 헤엄쳐 가겠다는 모양새였다. 큰 물고기가 가까이 다가가다가 순간 멈추었다. 재로 변한다 해도 큰 물고기는 작은 물고기를 알아볼 수 있었다. 그것은 바로 파도 위의 작은 물고기였다.

작은 물고기는 큰 물고기를 만나러 아래로 내려왔다. 하지만 작은 물고기는 너무 작았고 차가운 물에 적응할 수 없었다. 그래도 작은 물고기는 마음속 소망을 간직한 채 바다에 뒤집힌 흔적을 남겨 놓았고, 끝까지 헤엄치겠다는 의지를 보여주었으며, 사랑의 마음을 전했다.

큰 물고기는 세상에서 가장 소중한 보물을 껴안은 듯 작은 물고기 뼈를 소중히 안고 천천히 아래로 아래로 헤엄쳤다.

사랑을 위해 용감하게 앞으로 나아가 보라. 자신의 본성을 거스르고 생명을 위협한다 해도. 사랑 앞에서는 그 어떤 것도 장애물이 될 수 없고 누구도 막을 수 없다. 작은 물고기와 같은 용기가 당신에게는 있는가?

류뤄잉(劉若英)은 이렇게 노래했다. "당신도 나처럼 미칠 수 있나요? 미쳐야 사랑은 순수하고 영원할 수 있답니다."

제4장

평범한 일상 속에 숨어 있는

삶의 찬란한 아름다움

백합꽃의 자아(自我)

—

외진 산골짜기에 높이가 수백 미터에 달하는 낭떠러지가 있었다. 언제부터인가 낭떠러지 주변에는 작은 백합이 자라기 시작했다. 백합이 처음 탄생했을 때는 잡초와 별반 다르지 않았다. 하지만 백합은 자신이 평범한 들풀이 아니라는 사실을 잘 알고 있었다.

백합의 마음 깊은 곳에는 이런 생각이 자리하고 있었다. "나는 백합이야. 그냥 들풀이 아니라고. 내가 백합이라는 걸 증명할 방법은 아름다운 꽃을 피우는 것밖엔 없어."

그래서 백합은 수분을 빨아들이고 햇빛을 받아 뿌리를 땅속 깊이 뻗으며 당당해지려고 노력했다. 어느 봄날의 이른 아침, 백합의 머리 부분에 첫 번째 꽃봉오리가 맺혔다.

백합은 속으로 무척 기뻐했다. 그러나 주위의 잡초들은 거들떠보지도 않았고 은근히 백합을 비웃었다.

"저 녀석은 풀이 분명한데 자기가 꽃이라고 우기면서 정말 자기가 꽃이라고 생각해. 머리 위에 생긴 건 꽃봉오리가 아니라 그냥 종기인데 말이야."

공개적인 장소에서 잡초들은 대놓고 백합을 놀렸다. "꿈깨. 네가 정말 꽃을 피워도 이 황량한 곳에서는 네 가치는 우리와 다르지 않아."

가끔씩 날아오는 벌과 나비, 새들도 백합에게 꽃을 피우기 위해 그렇게 노력할 필요가 없다고 조언했다. "이 절벽에서는 말이야, 네가 아무리 아름다운 꽃을 피운다 해도 감상해줄 사람이 없잖아!"

백합이 말했다. "난 꽃을 피울 거야. 내 안에 예쁜 꽃이 있다는 걸 아니까. 꽃으로서의 숭고한 사명을 다하기 위해서라도 꽃을 피울 거야. 꽃으로 내 존재를 증명하는 걸 원해. 너희가 나를 어떻게 보든 난 꽃을 피울 거야."

들풀과 벌, 나비의 멸시에도 백합은 내면의 힘을 분출하려 노력했다. 어느 날 백합은 마침내 꽃을 피웠다. 영혼을 담은 하얀색과 아름다운 자태는 낭떠러지에서 가장 아름다운 풍경이 되었다. 이때만큼은 들풀과 벌, 나비도 백합을 비웃지 못했다.

백합꽃은 한 송이 한 송이 활짝 피어났고, 꽃잎에는 매일 영롱한 이슬방울이 맺혔다. 들풀들은 지난밤에 내린 이슬이라고 생각했다. 그것이 지극히 깊은 희열이 만드는 눈물방울이라는 사실은 백합만 알고 있었다.

매년 봄이 되면 백합은 열심히 꽃을 피우고 씨앗을 만들었다. 바람을 타고 산골짜기, 초원, 낭떠러지 주변에 떨어진 백합의 씨앗은 곳곳에서 다시 새하얀 백합으로 피어났다.

수십 년 후 멀리 떨어진 곳, 도시, 농촌 등에 사는 사람들이 백합을 구경하기 위해 먼 거리를 마다하지 않고 찾아왔다. 수많은 아이들이 무릎을 꿇고 백합꽃 향기를 맡았고, 많은 연인들이 그 앞에서 서로 포옹한 채 결혼을 약속했으며, 수많은 사람이 이제껏 보지 못한 아름다운 경치에 감탄했다. 아름다운 경치는 그들 마음속에 순수함과 따스함을 불러일으켰다. 사람들은 그곳을 '백합계곡'이라고 불렀다.

산 전체를 가득 메운 백합꽃들은 첫 번째 백합꽃의 교훈을 잊지 않았다.

"우리는 모든 것을 바쳐 꽃을 피우고 꽃으로 자기 존재를 증명해야만 해."

우리도 누구나 내면에 자신만의 백합꽃을 간직하고 있다. 우리의 노력 여하에 따라 그 백합꽃은 활짝 피어날 것이다.

유종의 미

—

비 내리는 저녁, 장사가 신통치 않은지 안경점은 무척이나 한적했다. 판매원 몇몇이 계산대 옆에 모여 수다를 떨고 있었다. 내가 들어서자 한 중년의 여성 판매원이 서둘러 일어나 친절하게 인사했다. 내가 원하는 재질과 스타일을 설명하자 판매원은 그것에 최대한 부합하는 몇 개의 안경을 골라주었다. 모두 써 보았지만 내가 정말 원하는 스타일의 안경은 없었다. 그래서 판매원은 다시 진열대 안을 샅샅이 뒤져 30여 개를 잔뜩 펼쳐놓고는 각각의 특징을 자세히 설명해주었다. 심지어 그것이 왜 내게 적합한지에 대한 자기 나름의 견해까지 말해주었다.

그중 몇 개를 처음 써 보았을 때는 그다지 마음에 들지 않았지만 판매원의 친절한 설명을 듣고 나니 점점 괜찮다는 느낌이 들었다. 판매원은 안경을 써 보라고 적극적으로 권했지만 공격적이지는 않았고 꼭 사야만 한다는 부담감도 주지 않았다. 기분 좋게 안경을 고른 나는 수월하게 구매 결정을 내릴 수 있었다. 하지만 가격을 흥정하려고 하자 판매원은 원칙을 고수했다.

"그 가격이 정말 드릴 수 있는 최저가예요." 판매원은 이 것저것 할인해 계산한 전자계산기를 가리키며 침착하게 말했다. 판매원은 당혹스런 모습도 보이지 않았고 "아니면 말고요!"라는 표정도 드러내지 않은 채 조용히 내 결정을 기다렸다. "선생님, 그러시면 나중에 다시 오셔서 결정하 세요."

시간을 보니 가게가 문을 닫을 시간이었다. 판매원은 한 시간 넘게 나를 응대했고 게다가 판매원이 제시한 가격도 생각해둔 선과 비슷해서 나는 더 이상 고집을 피우지 않고 판매원이 제시한 가격으로 그 안경을 맞추기로 결정했다.

"내일 찾으러 오세요. 저녁쯤에는 가져가실 수 있을 거 예요. 제가 있을게요." 판매원은 내게 거듭 당부했다. 그러 나 나는 일이 바빠서 다음 날 안경을 찾으러 갈 시간이 없 었다. 셋째 날 안경점에 갔을 때는 나를 상대했던 판매원이 보이지 않았다.

"그분은 회사에서 해고됐어요. 어제가 마지막으로 근무 하는 날이었지요. 게다가 고객님께서는 그분의 마지막 고 객이시고요. 우리 회사에서 십여 년을 일하셨는데 마지막 으로 고객님에게 서비스할 수 있어서 즐거워하셨어요." 나를 상대하는 남자가 설명했다.

사실을 알고 나는 내심 놀라면서도 미안한 마음이 들었다. 그 판매원은 분명 어제 안경을 찾아가 달라고 몇 번을 부탁했었는데 내가 약속을 지키지 못한 것이다.

"그분은 잠시 쉬시는 건가요?" 나는 호기심에 물었다. "아니요. 회사에서는 일찌감치 감원리스트를 발표했어요. 그분도 마음의 준비를 하고 있었고요." 남자 판매원은 렌즈를 끼운 안경을 꺼내 써 보라고 권하며 그 판매원이 회사를 그만둔 경위를 설명했다. "선생님, 안심하세요. 그분은 업무 인수인계를 모두 하셨어요."

카드로 결제하고 안경을 받은 후 "하루 중 노릇 하면 하루만 종을 친다(하루하루 적당히 살아가다)"라는 속담이 생각났다. 그날 나는 판매원이 안경점에서 마지막으로 친 종소리를 들은 것이다. 집으로 돌아오면서 나는 이틀 전 판매원의 서비스 태도를 곰곰이 생각해 보았다. '마지막 순간까지 자신의 직장에서 최선을 다한' 그 정신은 매우 감동적이었다.

자신의 일터에서 마지막 날 울린 종은 세월의 복도에 메아리가 되어 울려퍼진다. 예전에 나도 그 판매원과 비슷한 운명에 처했던 적이 있다. 군에 복무했다가 제대하는 날 나는 부대원을 이끌고 5000미터 달리기를 했고 서둘러 점호를 끝낸 다음 군복을 벗고 고향으로 돌아갔다. 그때까지만 해도 젊었던 나는 특별히 도덕적인 철학이 있었던 것은 아니었다. 업무 인수인계가 끝나지 않은 상태에서 후임 장교도 오지 않아 어쩔 수 없이 끝까지 내 임무를 수행해야 했을 뿐이다. 다른 연대의 퇴역예정 장교는 제대 3개월 전부터 '밥벌레'가 되어 편하게 지낼 생각만 했다. 하지만 나는 부대를 지휘하느라 눈코 뜰 새 없이 바빠 스트레스가 이만저만이 아니었다.

정식으로 사회에 진출해서도 마찬가지였다. 직장을 옮길 때마다 나는 이직 전날까지 유난히 바빴고 마지막 근무하는 날도 야근을 한 적이 부지기수였다. 새로운 일을 시작한 후에도 예전 직장에서 하던 일을 마무리하거나 인수인계를 해주는 경우도 많았다. 안경점에서 십수 년을 일하다가 해고된 판매원을 떠올리며 내가 걸어온 길을 보는 듯했다. '마지막 순간까지 최선을 다하자'라는 도덕적 신념을 지닌 것은 아니었지만 무척 감회가 새로웠고 내 자신에게 박수를 보내고 싶었다.

어쨌든 그중 대다수의 경우는 내가 자발적으로 한 것이 아니라 상황이 상황인지라 마지막까지 최선을 다하게 된 것이었지만 시간이 지난 후에 나는 '스스로에게 부끄럽지 않다'는 편안함을 느꼈다. 그러한 편안함 덕에 나는 예전에 함께 일했던 상사를 만나도 떳떳할 수 있었다.

하지만 안경점에서 십수 년을 일하고 해고된 중년 여성에게 나는 경의를 표한다. 그 판매원은 자기 밥그릇이 날아갔음에도 원망하지 않았고 막막한 앞날에 기가 죽지도 않고 마지막 순간까지 즐겁게 일했다. 그 판매원의 긍정적이고 진취적인 정신은 우리가 배울 가치가 있을 뿐만 아니라 그녀의 앞날에도 새로운 장을 펼쳐줄 것이라 믿는다.

마음속에 나 있는 희망의 창

—

남자는 원래 가이드를 꿈꿨지만 삶이 마음과 같지 않아 우편집배원이 되었다.

몇 년 후 그는 자기 일에 몹시 싫증을 느꼈다. 매일 자전거로 늘 같은 도시와 농촌의 길을 분주하게 오가야 했기 때문이다. 똑같은 하루가 반복되자 남자는 새로울 것 없는 삶이 정말 끔찍하다고 생각했다. 가이드들이 대형 관광버스를 타고 관광지로 향하는 모습을 볼 때면 특히 더 미칠 것만 같았다. 그러던 어느 날 남자는 마지막 편지를 배달하고 상사에게 사직서를 내기로 결심했다.

그날은 날씨가 맑았다. 도시에서 일찍 편지 배달을 마친 남자는 서둘러 시골로 향했다. 교외를 지나가던 중 그는 도로가에 푸른색 벽돌과 흰 벽으로 된 기와집을 우연히 보게 되었다. 기와집은 화려하진 않았지만 창문이 아주 큰 것이 특이했다. 창문 너머로 창가에 기댄 여자가 보였다. 여자는 미인이었고 눈은 봄이슬을 머금은 듯했고 게다가 웃는 얼

모든 사람의 마음속에는 희망의 창이 존재한다. 그 창문은
우리로 하여금 삶의 아름다움을 발견하게 하고 삶에 대한
희망을 느끼게 해준다.

굴로 남자를 바라보았다. 남자는 자기가 평생 보아왔던 여자 중에서 가장 우아한 여자라고 생각했다.

그 순간 남자는 넋을 잃었고 속으로 이런 외진 변두리에 그토록 아름다운 여자가 숨어 있다는 사실에 놀랐다. 그리고 평소 지나다니면서도 왜 자신이 몰라봤는지 자신의 눈을 의심했다. 하지만 남자가 다시 고개를 돌려 봤을 때도 풍경은 달라지지 않았다. 푸른 벽돌, 하얀 벽, 웃음을 지어 보이며 손을 흔드는 미인의 모습은 남자의 고정된 시선에서 어렴풋해지더니 순간 다시 미인의 웃는 얼굴이 뚜렷하게 보였다. 남자는 그제야 자기 눈을 믿었다. 여자는 동화 속 주인공이 아니라 현실이었다.

마치 귀신에 홀린 듯 남자는 사직서를 찢어버리고는 다시는 그만둘 마음을 먹지 않겠다고 맹세했다. 그 후로 남자는 단조롭기 짝이 없는 우편집배원 생활이 더 이상 지겹지 않았다. 우편물을 신속하고 정확하게 배달하자 남자는 여러 번 상사의 칭찬을 들었고, 그럴수록 일에 대한 의욕도 점점 강해졌다.

남자가 변한 이유를 주위 사람들은 알지 못했다. 남자만의 비밀이었기 때문이다. 남자가 신속하게 우편물을 배달하는 이유는 푸른 벽돌과 하얀 벽으로 된 집으로 가서 희망으로 넘치는 미인의 웃는 모습을 단 몇 초라도 보기 위해서였다.

남자는 미인이 어떤 사람일지 여러 번 추측해 보았지만 그럴 때마다 스스로가 우스웠다. 자신은 이미 아내와 아들이 있는데 다른 여자에게 마음이 가 있다는 것에 대해 죄책감도 느껴졌다. 그렇게 생각하면서도 남자는 다시 창문의 여자를 떠올리며 생각했다. '왜 그 집으로 배달되는 편지는 없는 걸까? 만약 그녀에게 배달될 편지가 있다면 그녀 곁에 가까이 다가갈 수 있을 텐데. 그녀는 분명 매력적인 몸매를 가졌을 테고, 은방울 같은 웃음소리를 내겠지.' 이제 남자의 꿈은 더 이상 가이드가 아니라 우편집배원으로 바뀌었다. 창가의 미인에게 편지를 전해줄 수 있는 우편집배원으로.

하지만 운명은 그때부터 남자에게 장난을 치기 시작했다. 적극적으로 일하고 업무성과도 뛰어나자 상사는 남자를 우편물 분류원으로 선발했다. 평소 같으면 힘들게 돌아다니며 우편물을 배달하는 수고에서 벗어날 수 있으니 당연히 좋아했겠지만 남자는 전혀 기분이 좋지 않았다. 분류원이 되면 미인을 볼 수 없게 되기 때문이다. 게다가 그는 아직 미인과 말 한 마디 나누어 보지도 못한 상태였다.

그날 남자는 현장을 체험한다는 핑계를 대고 친한 우편집배원 대신 편지를 배달했다. 이번 일은 평소와 달랐다.

여러 편지 중에 그 창가의 미인에게 보내는 편지가 한 통 들어 있었기 때문이다. 편지는 다른 사람이 아닌, 바로 남자가 보내는 것이었다. 남자는 이틀 밤낮을 씨름하면서 그녀에게 보내는 편지를 썼다. 편지에는 별다른 내용은 없었고 감사하다는 인사말이 전부였다. 남자는 햇살처럼 웃는 미인의 모습이 자신의 삶을 송두리째 바꾸어 놓았다며 고맙다는 말을 전했다. 물론 여자의 아름다움을 찬미하는 말도 들어 있었다. 남자는 자신이 알고 있는 모든 미사여구를 그 편지에 담았다.

그날 남자는 평소보다 두 배 빠른 속도로 달려 여자의 집에 도착했다. 남자의 눈에 익숙한 풍경이 들어왔다. 창가에서 여자는 여전히 웃고 있었다. 남자는 자전거를 세우고 지체 없이 그 집 문을 두드렸다. 끼익 하고 문이 열렸다. 문을 연 사람은 노부인이었다. 노부인은 잔뜩 흥분하면서 남자를 들어오게 하고는 집 안쪽을 향해 소리쳤다. "얘야, 정말 편지가 왔구나!"

"아이 좋아라!" 남자는 또렷하게 들리는 여자의 목소리를 들었고, 그것은 마음속으로 오랫동안 생각해온 것처럼 은방울 같은 목소리였다. 그 순간 남자는 온몸이 짜릿함을 느꼈다. 하지만 목소리를 따라 시선을 옮기던 남자의 몸은 얼음처럼 굳어졌다. 애써 찾아 헤맸고 자신의 인생을 바꾸어놓았으며 오매불망 그리던 여인은 놀랍게도 두 다리가 없는 장애인이었다. 여자는 창가 앞 의자에 반쯤 기대고 있었다. 양쪽의 빈 바지통은 의자 밑에서 펄럭거리고 있었다.

남자는 깊은 실망감을 안고 편지만 전하고 바로 자리를 떴다. 며칠 후 남자도 한 통의 편지를 받았다. 여자에게서 온 것이었다. 편지 내용은 이러했다.

'존경하는 선생님, 편지 주셔서 감사합니다. 선생님의 편지를 받고 저는 제 존재가 아직도 크게 의미가 있다는 사실을 알게 되었습니다. 선생님은 제가 선생님께 힘이 되어 주었고, 선생님의 삶을 바꾸어 놓았다고 말씀하셨습니다. 사실 제가 선생님께 감사드려야 마땅합니다.

제 남편은 건장하고 멋진 남자였고 전철원으로 일했습니다. 우리 둘은 행복하게 살며 종종 철로 위를 산책하기도 했는데…… 그러다가 불의의 사고로 그만 남편은 목숨을 잃었고 저는 두 다리를 잃었습니다. 그때 남편을 따라 죽고 싶었지만 남편은 죽기 전에 도시 변두리에 집을 한 채 지어 놓았는데 그것은 자신의 평생 꿈이라고 하면서 제게 편지를 하겠다고 했습니다. 우편집배원 편에 자기 영혼을 보내 겠다면서요.

저는 남편 영혼이 걱정하지 않게 늘 준비하고 있었습니다. 제일 예쁜 옷을 입고 화장을 하고 만나는 사람마다 미소를 지어 보였습니다. 특히 선생님 같은 우편집배원을 보면 저는 기분이 더 좋았습니다. 그래서 어떤 의미에서는 선생님 같으신 분들이 제가 호흡할 수 있는 공기를 주시고, 살아갈 용기를 주셨다고 할 수 있지요. 선생님이 와 주셔서 감사했습니다. 저는 앞으로 더 긍정적으로 살아갈 수 있을 것 같아요……'

남자는 여기까지 읽다가 눈물이 앞을 가려 계속 편지를 읽어 내려갈 수가 없었다. 남자는 만족스러운 웃음을 지었다. 남자의 웃는 모습은 창가의 여자가 지었던 미소와 무척 닮아 있었다.

모든 사람의 삶에는 편지가 전해지는 길이 있고, 여자가 기댔던 것과 같은 창문이 나 있다. 그 창문은 우리로 하여금 세상의 아름다움을 발견하고 사랑을 느끼게 해준다.

우둔했지만 큰 지혜를 얻은 스님

내 친구 중에 라오장이라는 친구가 있는데 그는 다른 사람들과 좀 다른 구석이 많다.

예를 들면 그의 집에 식사하러 갔을 때였다. "내가 요즘 다이어트 중이니까 예의 차리지 말고 대충 요리 몇 개만 해두면 돼"라고 말했다. 그 친구의 집에 가서 식탁을 보면 정말로 요리가 네 개, 딱 네 사람이 먹을 만큼이 준비되어 있다.

만약 그 후에 "놀러 갈 테니 맛있는 거 좀 많이 해놔"라고 말했다고 하자. 그럼 라오장은 틀림없이 상다리가 휘어져라 음식을 차려놓을 것이다. 우리가 집으로 돌아간 후에 라오장 부부는 사흘이고 나흘이고 남은 음식을 먹어야 할 것이다.

라오장의 아내인 제수씨가 내게 들려준 이야기가 하나 있다. 한번은 라오장이 친구와 8시에 광장서점 앞에서 만나기로 하고 약속장소에 나가 기다렸다. 9시가 되었는데도 약속한 친구는 오지 않았다. 라오장은 그래도 계속 친구를 기다렸다. 아내는 남편에게 전화를 걸어 친구가 오지 않을 거라고 말했다. 라오장은 친구가 오지 않으면 전화를 할 텐데 전화가 안 오는 걸로 봐서 꼭 올 거라고 말했다.

라오장은 오전 내내 기다렸지만 친구는 올 기미가 보이지 않았다. 저녁이 다 되어 라오장의 친구는 전화로 변명을 늘어놓았다. 낮에 바빠 깜박했다면서 내일 같은 시간, 같은 장소에서 만나자고 했다.

라오장은 원망하지도, 화를 내지도 않았고 다음 날 다시 약속장소에 나갔다.

제수씨는 이야기하면서 남편이 너무 고지식하다며 불평했다. 제수씨의 말을 듣고 나는 웃으며 말했다. "라오장이 이제 보니 '쇄랍승'이로군요."

쇄랍승은 근대 중국 불교계의 한 보잘것없는 승려의 별명인데 그 스님의 본명이나 법명은 나도 알지 못한다.

쇄랍승은 절에서 불상 앞에 향을 피우고 초를 밝히는 일을 맡아 처리하는 승려였다. 쇄랍승은 어릴 때부터 우둔하고 고지식해 사람들이 시키는 대로 했다. 의복과 일용품, 서적을 햇빛에 말리기에 딱 좋은 때인 어느 '음력 유월 초엿새'에 사원의 승려들이 쇄랍승을 놀려주려고 말했다. "우린 모두 물건들을 꺼내서 햇볕에 말릴 거야. 넌 네가 맡고 있는 초를 꺼내서 말리면 돼."

"정말이요?" 쇄랍승이 물었다.

"당연하지."

쇄랍승은 신나게 향초들을 하나하나 이글거리는 햇빛 아래에 널어놓았다.

그러나 초가 어떻게 강렬하게 내리쬐는 햇볕을 감당할 수 있겠는가. 해가 지기도 전에 모든 초는 형체를 알아볼 수 없을 정도로 녹아내려 있었다. 주지스님은 쇄랍승을 불러 초가 어쩌다 그렇게 된 것이냐고 물었다.

쇄랍승은 "물건을 말리는[晒, 쇄] 날인 '음력 유월 초엿새'를 맞아 사형들이 초[蠟, 랍]를 말려야 한다기에 그리한 것입니다"라고 당당하게 말했다. 쇄랍승이라는 별명은 이렇게 해서 얻은 것이다.

내가 이야기를 끝내지도 않았는데 제수씨는 고개를 끄덕이며 말했다. "비슷해요. 우리 남편이 딱 쇄랍승 같아요."

제수씨가 물었다. "그 쇄랍승은 그 후에 어떻게 됐어요?"

사원에 있던 사람들은 쇄랍승이 남이 한 말은 무엇이든 다 믿는 것을 보고는 다시 놀려줄 속셈으로 이렇게 말했다. "네가 이해력이 뛰어나 이곳에서는 더 이상 가르칠 게 없어. 디시엔(諦閑)이라는 고승이 계시다고 하니 가서 그분을 스승으로 모시도록 해라."

쇄랍승은 그 말을 믿었다. 그는 디시엔 스님이 머무는 절로 찾아가 지객스님에게 말했다. "사람들이 제가 이해력이 뛰어나 디시엔 스님만이 절 가르칠 수 있다고 합니다. 노스님을 뵙고 싶습니다."

그 말을 듣고 지객스님은 쇄랍승이 우둔한 자임을 알아챘다. 평소 똑똑한 사람이든 우둔한 사람이든 동등하게 대하라는 디시엔 스님의 분부가 있었기에 망정이지 아니었으면 당장 쇄랍승을 쫓아냈을 것이다. 사원의 사람들은 어쩔 수 없이 쇄랍승을 머물게 하고 사원의 부엌에서 채소 다듬는 일을 하게 했다.

디시엔 스님은 쇄랍승에 대한 이야기를 모두 듣고 그가 과대망상에 빠지거나 자만심이 강해 찾아온 게 아니라 다른 사람의 말을 곧이곧대로 믿었기 때문임을 알았다. 노스님은 시간이 날 때마다 쇄랍승에게 불경을 가르쳤다.

쇄랍승은 우둔해 불경 한 구절을 외우는 데도 사나흘이 걸렸지만 끝까지 포기하지 않았다. 불경 한 구절에 사나흘이 걸리니 불경 한 권을 다 익히는 데는 일 년이 걸렸다. 하지만 쇄랍승은 괴로워하거나 자괴감에 빠지지 않았다. 그는 듣고 기억하고 깨우치며 한 걸음 한 걸음 천천히 나아갔고 급히 서두르거나 조급해하지 않았다.

그렇게 십수 년의 시간이 흘렀고, 쇄랍승은 어느 정도

배움에 성취를 이루었다. 디시엔 스님이 바쁠 때 쇄랍승이 노스님 대신 불경을 가르치기도 했다. 쇄랍승은 다른 불경을 가르치는 스님들과 달랐다. 다른 스님들은 강의를 끝내고 쉬었지만 쇄랍승은 불경을 가르친 다음 가사를 벗고 원래 입던 옷으로 갈아입은 다음 채소를 다듬었다.

주위 사람들이 말했다. "스님, 이제 불경을 가르치는 지위에 오르셨으니 채소 다듬는 건 그만하셔도 되지 않겠습니까?"

쇄랍승은 "불경도 가르치고 채소도 다듬어야 한답니다"라고 대답하고 어떤 불평도 하지 않았다.

그 후 어느 날 한 사람이 불경을 가르치는 강단에서 쇄랍승이 조용히 귀적한 것을 발견했다. 얼굴은 잠을 자는 듯했다. 불안하거나 고통스러운 모습은 전혀 찾아볼 수 없었다.

이야기를 끝내자 제수씨는 한참 동안 침묵을 지키며 생각에 잠겼다. 제수씨도 나처럼 쇄랍승에게 감동을 받은 듯했다.

현대를 살아가는 우리는 쇄랍승처럼 성실하고 의심하지 않고 속이지 않으며 평정심을 유지하는 사람을 찾아보기 힘들다. 나는 쇄랍승이 완벽한 삶의 경지에 도달했다고 생각한다.

수완이 좋은 사람은 항상 그럴싸한 것들을 더 많이 얻을 수 있다. 사람들이 좋아하고 부러워하는 것이라면 더욱 금상첨화다. 그것이 세상이 점점 물질만능이 되어 가는 이유 중 하나이기도 하다.

반대로 우둔한 사람은 꾀를 부리지 못해 불이익을 당한다. 인간관계에서도 늘 '을'의 위치에 서 있다.

하지만 우둔한 사람은 세상과 주위의 모든 것에 대해 의심하지 않고 믿고 따른다. 음흉함과 딴마음을 품지 않는다.

바로 쇄랍승이 그러했다. 그는 우둔했지만 오히려 큰 지혜를 얻은 사람이었다.

콩과 땅콩을 비교할 수는 없다

—

우리는 살면서 누구나 실패를 경험하게 되지만 가끔 억울한 마음이 들기도 하고 화가 치밀어 오르기도 한다. 자기 능력이 부족해서가 아니라 상대의 배경 때문에 자기가 실패한 것이라 느끼기 때문이다. 특히 젊은이들은 그런 이유로 자신이 실패를 당하면 참지 못한다. 일단 불만이 생길 뿐 아니라 심지어 복수심마저 생겨난다. 하지만 세상사는 우리 힘으로 어찌할 수 없는 일들도 있다. 우리가 기꺼이 받아들이든 그렇지 못하든 현실은 늘 부조리하고 냉혹하다. 그래서 마음을 내려놓고 현실을 받아들이는 자세가 때로는 필요하다. 다음 이야기에서 늙은 농부가 전하는 세상의 이치는 우리가 세상을 살아가는 데 도움이 될 것이다.

그해 중요한 직위를 맡을 사람을 선발하는 경쟁에서 나는 삼류대학 졸업생에게 밀리고 말았다. 새로 배치된 졸업생은 각 방면에서 능력이 출중한 것도 아니었다. 내가 패배의

쓴잔을 마신 이유는 단 하나였다. 그녀의 아버지가 부시장이기 때문이다.

그 사실을 나는 받아들이기가 힘들었다. 집으로 돌아온 나는 화가 치밀어 아버지에게 그 일을 털어놓았다. 내 말이 끝나자 아버지는 일어나 문 뒤에 있는 호미를 집어 들고 말씀하셨다. "어서 나와. 김매러 콩밭에 가자."

아버지는 마을 남쪽 언덕 위의 황무지를 개간하고 콩을 심었다. 언덕 아래에도 밭이 있었다. 그곳은 마을 동쪽에 사는 장씨 아저씨가 경작하는 땅콩밭이었다. 언덕 아래는 땅이 비옥했기 때문에 땅콩은 무성하게 잘 자랐다.

나는 아버지 뒤에서 열심히 호미질을 했고 얼마 지나지 않아 김매기를 마쳤다. 아버지는 밭이랑의 나무 그늘 아래에 서서 언덕 아래를 가리키며 내게 물었다. "저건 뭐냐?"

"땅콩밭이요."

"이건 뭐냐?" 아버지는 언덕 위를 가리키며 물었다.

"콩밭이요." 나는 어리둥절한 표정으로 아버지를 바라보았다.

"어느 게 더 잘 자라냐?"

나는 언덕 위와 아래를 번갈아 살피며 말했다. "당연히 땅콩이 더 잘 자라죠!"

아버지는 호미 손잡이를 세차게 땅바닥에 내동댕이치며

말했다. "잘 자란다 아니다라고 말할 수 없어! 콩은 콩이고 땅콩은 땅콩이야. 어떤 게 더 잘 자란다 아니다라고 비교할 순 없는 거란 말이다!"

내가 무슨 말인지 이해하지 못하는 표정을 짓자 아버지가 다시 말했다. "우리집 콩밭에서는 땅콩이 자랄 수 없겠지?"

"당연하죠."

"장씨 아저씨네 땅콩밭에서는 콩이 자라지 않겠지?"

"그야 물론이죠."

"맞아! 농사를 지을 때는 함부로 비교해서는 안 돼. 남이 땅콩을 어떻게 키우든 상관하지 말고 넌 네 콩만 잘 키우면 되는 거야!"

아버지 얼굴에 깊게 팬 주름 사이로 흘러내리는 땀방울을 바라보면서 나는 깊은 생각에 빠졌다. 우리 각자는 자기만의 위치와 역할이 있다. 맹목적으로 남과 비교하면 자아와 개성을 잃을 수도 있고 결국에는 쓸데없는 고민거리만 더 늘어날 수도 있다.

아버지는 현명한 분이셨다. 세상의 복잡다단함과 삶의 지혜를 터득하셨고 이를 현장에서 생생하게 가르쳐주신 것이다.

대나무라고 모두 피리가 되는 것은 아니다

—

린쯔의 어린 시절 어느 여름의 일이었다. 린쯔의 집에서 목수를 부른 적이 있었다. 피리를 잘 불었던 목수는 린쯔의 집에서 보름 동안 일했다. 목수는 린쯔에게 피리 부는 법을 가르쳐주었지만 자기 피리를 린쯔에게 선물로 주는 것은 꺼렸다. 친척이 물려준 피리였기 때문이다.

하는 수 없이 린쯔는 산으로 가서 대나무를 베었고 목수에게 가져다주며 피리를 만들어 달라고 부탁했다. 목수는 쓴웃음을 지으며 말했다. "대나무라고 모두 피리가 될 수 있는 건 아니란다."

린쯔는 목수가 거짓말을 하고 있다고 생각했다. 그가 가져다준 대나무는 굵기가 적당하고 두께가 일정했으며 마디가 뚜렷하지 않고 표면에 윤기가 흘렀다. 그는 자신이 고르고 골라 좋아 보이는 대나무를 가져다준 것인데 무슨 근거로 피리를 만들 수 없다는 건지 이해할 수 없었다. 린쯔는 목수의 피리를 살펴보았지만 특별히 다른 점은 발견하지 못했다. 그래서 목수가 어린아이의 부탁이라고 무시하는 거라고 생각했다.

오랜 세월이 흐른 뒤 어느 날 린쯔는 길에서 우연히 피리를 파는 행상과 마주쳤다. 행상의 자루 안에는 피리가 가득 들어 있었는데 행상이 움직일 때마다 자루 안의 피리가 서로 부딪히면서 대나무 특유의 소리를 냈다. 린쯔는 행상에게 피리 하나를 골라 달라고 부탁했다.

린쯔의 이웃집에는 은퇴한 음악 선생님이 살고 있어 린쯔는 피리를 가져다 그에게 보여주며 어떤지 봐달라고 부탁했다. 전직 음악 선생님은 자세히 살펴보더니 썩 쓸모 있는 피리는 아니고 아이들 장난감용으로는 그럭저럭 쓸 만하다고 말했다. "이건 피리라기보다는 대나무에 구멍을 뚫어놓은 것이라고 봐야지."

그는 또 이렇게 덧붙였다. "대나무라고 모두 피리가 될 수 있는 건 아니라네."

전직 음악 선생님은 과거 목수와 똑같은 말을 했다.

린쯔는 피리를 받아들고 이리저리 살펴보았지만 어디에 문제가 있는지 알 수가 없었다. 전직 음악 선생님은 그 피리가 올해 생산된 대나무로 만든 것이어서 피리를 불면 오래 버티지 못할 거라고 설명해주었다. 그 말을 듣고 린쯔는 더욱 이해할 수가 없었다. '올해 생산된 대나무가 뭐 어때서? 꼭 오래된 것이라야만 재료로 쓸 수 있단 말인가? 어떤 물건이든 새것이 더 좋은 거 아닌가?

음악 선생님은 린쯔가 이해하지 못하는 것을 알아채고 이어서 설명했다.

"자네가 잘 몰라서 그래. 피리를 만들 때 쓰는 대나무는 겨울을 거친 것이어야만 하네. 대나무는 봄에서 여름까지는 너무 제멋대로 자라기 때문에 추운 겨울이 되어 매일 모진 바람과 서리를 맞고 나서야 속이 꽉 차고 단단해지거든. 그러면 자네가 왼쪽으로 불든 오른쪽으로 불든, 아니면 약하게 불든 세게 불든 모양이 변하지 않고 정확한 음을 낸다네. 일년생 대나무는 눈과 서리를 겪어 보지 않아 겉으로는 멀쩡해 보여도 피리로 만들기는 좋지 않아. 음색이 떨어지는 건 물론 쉽게 갈라지기도 하지. 게다가 벌레들도 이런 대나무를 무척 좋아한다네."

린쯔는 음악 선생님의 말을 듣고 큰 깨달음을 얻었다. 예전에 자기 집에서 일했던 목수도 같은 경험을 했지만 그 이치를 제대로 설명해 주지 못했던 것이다. 어린아이의 말이라고 무시했던 것은 아니었다.

대나무라고 모두 피리가 될 수 있는 것은 아니다. 모든 대나무가 엄동설한이나 비바람, 서리 등을 겪은 것은 아니기 때문이다. 더욱이 모진 고난을 겪은 대나무라고 모두 재질이 단단해지고 품질이 좋아지는 것도 아니다. 그러나 그러한 고난을 견디고 탈바꿈해 품격이 높아지는 대나무는 오랜 생명력과 영원한 아름다움을 갖게 되는 것이다.

아름다운 마음만이
우리의 삶을 아름답게 만든다

———

두 사람이 있었다. 한 사람은 매우 부유했고 다른 사람은 몹시 가난했다.

부자는 그 도시에서 유명한 부동산재벌이었고 최고급 자동차를 몰았다. 아름다운 아내와 사랑스러운 자식이 있었고 사진 찍기를 좋아해 값비싼 클래식 사진장비를 갖고 있었으며 중국 최고의 명문대 칭화대학교에서 MBA과정도 마쳤다. 같은 도시에 사는 가난뱅이는 인력거를 몰았다. 매일 시장 주변을 배회하며 사람을 태우거나 물건을 날라주는 등의 일을 해 푼돈을 벌었다. 도시의 변두리에 자리한 가난뱅이의 집은 곧 철거 예정인 판잣집이었다. 게다가 아내는 반신불수가 된 상태였다.

두 사람은 확연히 다른 삶을 살았지만 삶에 대한 태도는 똑같았다.

부유한 남자는 돈이 많지만 낭만적인 사람이었다. 그는 돈은 능력을 보여주고 생활의 편의를 위한 것일 뿐 그

외에 큰 가치가 없다는 철학을 갖고 있었다. 부자는 가정 형편이 어려운 아동을 위한 희망초등학교를 여러 곳에 세웠고 아내와 함께 유럽여행을 다녔다. 다른 부자들과 달리 그는 일에 치여 살지 않았다.

부자가 칭화대학교 대학원에 다닐 때 교수가 수업시간에 학생들 중에서 누가 자기 회사를 가장 잘 경영하는지 알아보겠다면서 실험을 한 적이 있다. 교수는 학생들에게 휴대전화를 켠 채 앞에 꺼내놓으라고 말했다. 대학원생들은 대부분 사장이어서 당연히 일정이 빠듯했다. 학생들의 휴대전화가 계속 울려댔지만 부자의 휴대전화는 계속 침묵을 지켰다. 교수는 그 부자야말로 자신의 삶과 회사를 가장 잘 경영하는 사람이라고 말했다. 부자는 내려놓는 법을 터득했고 자신의 삶에 개인적인 공간을 마련할 줄도 알았다.

부자는 웃으며 말했다. "저는 부사장에게 당부했습니다. 회사에서 두 가지 큰일이 생겼을 때만 전화하라고요. 하나는 회사에 불이 났을 때, 다른 하나는 큰 사고가 생겨 사람이 죽었을 때입니다. 다른 일은 부사장이 알아서 처리하라고 했습니다. 과거 10년 동안 부사장은 회사 경영에서 충분히 실력을 쌓았거든요."

부자는 휴대전화를 미친 듯이 받던 때는 이미 지나갔다

고 덧붙였다.

친구와 커피를 마시면서 부자는 친구에게 자신의 은퇴 계획을 들려주었다. "5년만 더 일하고 마흔다섯 살이 되면 은퇴할 생각이야. 은퇴해서 각지를 여행하면서 사진을 찍고 자비로 책을 내고 친구들에게 다 돌릴 거야. 다른 일은 안 하고 내가 좋아하는 것만 하는 거지. 그게 내 젊은 시절의 꿈이었거든."

부자는 아내와 함께 산에 집을 짓고 살 계획이다. 부자가 말했다. "어렸을 때 나는 산에 신선이 산다고 생각했어요. 이번에는 내가 신선이 되어 보려고요. 돈은 얼마를 벌어야 많이 벌었다고 할 수 있을까요?"

부자는 자신이 번 돈에 만족했다. 부자는 홍콩의 최대 갑부 리자청을 좋게 보지 않았다. 부자가 말했다.

"리자청은 실패한 사람이에요. 일흔을 훌쩍 넘긴 나이에도 아직 현장에서 뛰고 있잖아요. 그것은 곧 일을 이어받을 사람이 없다는 거죠. 리자청 회장은 권력을 내려놓아야 해요. 그래야 더 성공한 리자청이 될 수 있을 거예요."

부자는 그런 경지에 올라 있었다. 이는 분명 쉽지 않은 일이다.

하지만 가난뱅이의 행복도 부자와 비교해 결코 뒤지지 않았다. 비록 버는 돈은 지극히 적지만 집에 돌아오면 아내와 행복한 시간을 보냈다.

아내는 중국 전통극 노래를 잘 불렀기 때문에 가난뱅이는 전통악기 얼후의 연주법을 배웠다. 식사를 마치고 남편이 얼후를 연주하면 아내는 전통극 한 곡조를 거하게 뽑는다. 둘은 그 가운데서 큰 행복감을 느꼈다. 가난뱅이도 만족할 줄 알았다. 비록 너무 가난해서 밥을 먹는 것도 아까워 일 년 내내 싸구려 국수를 먹기는 하지만 아내의 따뜻한 사랑이 있고, 좋아하는 경극 노래를 함께 즐길 수 있어 자신의 삶에 만족했다. 가난뱅이에게는 삶의 지혜가 있었다. 그는 부자도 나름대로의 고충과 고민이 많다는 것을 잘 알기에 돈 많은 사람을 맹목적으로 부러워하지 않았다.

가난뱅이의 아내는 베이징에 가 본 적이 없어 가난뱅이는 삼륜자전거에 아내를 태우고 베이징으로 갔다. 둘은 가는 내내 노래를 불렀다. 한 방송국에서 두 사람을 취재했는데 두 사람을 유랑화물차라고 묘사했다. 가난뱅이는 웃으며 그저 재미삼아 하는 거라고 말했다.

부자와 가난뱅이의 즐거움에는 무슨 차이가 있을까? 돈의 액수로 따진다면 차이가 무척 크다. 부자는 돈으로 행복해질 수 있는 것들을 많이 살 수 있을 테지만 가난뱅이는 그럴 수 없다. 그러나 정신적인 면에서 본다면 두 사람은 거

의 비슷하다. 두 사람이 느끼는 행복감은 누가 많고 누가
적다고 말할 수 없다.

만약 당신이 스스로 행복하다고 느낀다면 돈이 많고 적
은 것은 아무 문제가 되지 않는다. 아름다운 마음으로 살아
야 삶이 아름다워지기 때문이다.

기쁨과 설렘을 선사한 대가로 받은 아이리스상

—

평범하게 살면서 매일 즐거운 마음으로 정원을 가꾸며 아름다운 꽃들과 함께 햇빛을 향유하는 사람이 있다. 이렇게 충분히 만족스럽게 사는데 누군가 상까지 준다면 어떤 기분일까? 하지만 이런 일이 실제로 해외의 작은 마을에서 일어났다. 이 상은 꽃을 매우 좋아하고 삶을 뜨겁게 사랑하는 사람, 진정한 삶을 아는 사람, 자신이 상을 받을 정도로 행복한 사람이라는 사실을 모르는 사람에게 수여된다. 다음은 그 상을 받은 주인공의 이야기다.

우편함에 커다란 편지봉투가 놓여 있었다. 보들보들한 구름무늬 종이에 부드러운 꽃모양 글씨체로 글씨가 쓰여 있었는데 햇빛 아래에서 자세히 보니 레이저 인쇄가 아니라 잉크로 쓴 편지였다. 순간 알 수 없는 감동이 밀려와 봉투를 뜯어 자세히 읽었다.

"세상에는 에미상, 오스카상, 퓰리처상, 노벨상이 있습니다. 그 상들 모두 월계관이고 명예롭기 그지없는 상입니다. 수상자는 인류에게 아름다움, 이상과 새로운 희망을 선사합니다. 미국 아이리스협회가 수여하는 이 상도 마찬가지로 월계관이고 매우 명예로우며 수상자는 인류에게 아름다움, 이상과 새로운 희망을 전해줍니다. 이 상은 '그린 핑거(Green Finger)'를 드립니다. 근 2년 동안의 관찰을 통해 우리는 당신을 찾아냈고 당신에게 세상에서 가장 아름다운 아이리스를 키울 권리를 부여합니다. 그것은 가장 우수한 품종입니다. 당신이 사는 버지니아 주 비엔나에서 절대 두 번째로 이 상을 받는 사람은 없을 것입니다……."

"와우" 하는 감탄사가 옆에서 들렸다. 개를 산책시키러 나온 노인이 서서 웃고 있었다. 그의 옆에는 스코틀랜드산 개가 친근한 표정으로 나를 보고 있었다. "아이리스상인가요?"

"제 생각에는 원예회사의 마케팅광고인 것 같아요. 그 회사 사람들이 자기 회사의 아이리스 품종을 사라는 거겠죠." 나는 미소를 지으며 대답했다.

"장장 50년 전에 내 여자친구 어머니가 그 상을 받은 적이 있지요. 여자친구 가족은 로드아일랜드 주에 살았는데 집 주변이 매우 아름다웠답니다. 당신은 제가 운 좋게도 두 번째로 만난 수상자예요." 노인은 모자를 벗어 고개를 숙이고 인사를 건넸다.

나는 무척 놀랐다. "그 사람들이 어떻게 저를 선정했을까요?"

노인이 말했다. "전 이 동네 반대편 끝에 사는데 여기까지 산책을 나오지요. 가까운 거리는 아니지만 지난 1년 동안 당신 집이 젊어지고, 정원이 다시 살아나고, 잔디밭이 마침내 푸르게 되는 모습을 쭉 지켜봤답니다. 아이리스협회의 사람도 틀림없이 모두 봤을 거예요."

"집을 세 준 3년 동안 돌보는 사람이 없어 정원은 황폐해졌어요." 나는 부끄러워하며 말했다.

"당신이 정원을 다시 살려냈답니다." 노인이 그 점을 상기시켜 주었다. "여기 튤립들은 아주 멋져요. 저 목란은 또 얼마나 예쁘게 피었습니까. 이 거리 전체에서 처음으로 활짝 핀 목란이지요. 산수유도 봉오리가 터질 것 같아요. 작은 장미정원을 한번 봐요. 이른 봄에 당신이 심은 건 어린 묘목에 불과했는데 이제는 푸른 잎이 달렸고 올 여름에는 또 얼마나 아름다운 모습으로 변하겠어요?"

나는 대답했다. "빨간색, 분홍색, 오렌지색, 하얀색과 옅은 박하색, 다섯 가지 품종을 심었어요."

노인의 웃는 모습은 진실되고 행복해 보였다. "아, 저것 좀 보세요. 저건 '블러디 메리(Bloody Mary, 피의 메리)' 죠? 벌써 꽃을 피웠네요. 빨간색이 묻어날 것만 같아요."

나는 대답했다. "작년에는 어린 모종이라 푸른 잎만 달렸었는데 올해는 일찌감치 꽃을 피웠어요."

노인이 목소리를 높여 물었다. "당신이 어떻게 가꾸었기에 길고긴 엄동설한을 저 꽃들이 버틸 수 있었던 거죠?"

"동네에서 소나무 가지치기를 해서 아무 데서나 톱밥을 구할 수 있었어요. 톱밥을 모아 꽃의 뿌리에 덮어주면 보온효과도 있고 영양도 공급되지요. 게다가 산도가 높아서 꽃이 좋아하지요." 나는 대답했다. "폐기물을 활용한 것뿐입니다."

"매일 산책하면서 이 골목 저 골목을 돌아다니다 보면 잘 가꾼 정원들이 많아요. 그런 정원들은 거의 조경회사의 작품으로 장인의 손길이 닿아 있다는 걸 금방 알 수 있지요. 그러다 이곳에 오면 늘 정신이 맑아져요. 정원이 정말 아름답고 생동감이 넘치거든요."

"늦은 봄과 초여름에는 더 예뻐질 겁니다. 그때 놀러오셔서 감상하세요. 제가 네덜란드산 코끼리귀 무화과나무를 심었거든요. 단풍나무 아래에 이 나무가 있으면 한 폭의 그림처럼 아름다울 거예요." 나는 정중하게 초대의 말을 건넸다.

"친애하는 그린 핑거님, 우아한 아이리스를 열 그루나 스무 그루 심어 보세요. 그럼 제가 산책해야 할 이유가 또

생기지 않겠습니까." 노인이 모자를 받쳐들고 허리 굽혀 인사했다.

내가 매일 시간을 내어 정원을 가꾸는 일이 노인에게 큰 기쁨과 설렘을 주었다고 생각하니 왠지 뿌듯했다. 나는 아이리스협회가 수여하는 상을 받기로 마음먹었다.

정원을 매우 아름답게 가꾸는 사람이라면 누구나 아이리스상을 받을 수 있다. 심사위원들은 길을 지나는 행인처럼 무심코 지나가다가 정원을 살필 테지만 절대 당신에게는 정원이 심사대상에 올랐다는 말을 하지 않을 것이다. 이렇게 해서 어떤 사람이 벨을 누르더니 아이리스상의 상품과 트로피를 건네주었다. 아름다운 트로피를 받을 특별한 준비도 필요 없고 다른 사람을 맞이할 필요도 없다. 평범한 일상에서 묵묵히 자신의 일을 하고 있으면 어느 날 생각지도 못했던 좋은 일이 당신을 찾아올 것이다.

세상에는 로마만 있는 것이 아니다

———

어릴 적의 꿈이자 꼭 하고 싶은 일이 만약 자신의 적성과 전혀 맞지 않고 심지어 할 수 없는 일이라면 어떻겠는가? 아마도 세상이 끝난 것 같은 기분이 들고, 그 순간 꿈과 이상은 부서져 내릴 것이다. 만약 당신이 그런 일을 겪는다면 어떻게 하겠는가? 그에 대한 답을 다음의 이야기에서 얻을 수 있을 것이다.

맥로이 가렛은 열세 살 때 훌륭한 의사가 되는 것이 꿈이었다. 그해 크리스마스 날 양말을 침대 위에 걸어 놓았을 때 그녀는 사람의 뼈대 모형을 갖게 해달라고 소원을 빌었다. 나중에 아버지는 잘 처리된 사람의 뼈대를 가져왔다. 그녀는 늘 백골을 손에 쥐고 만져보며 연구했고 단 2주 만에 뼈대 모형을 분해한 다음 완벽하게 조립할 수 있게 되었다.

존스홉킨스 의대에 합격했을 때 그녀는 비록 실제 진료 경험은 없지만 질병에 대한 깊이 있는 연구에서만은 의대를 4년 동안 다닌 학생들과 비교해도 손색이 없었다. 존 스홉킨스 의대는 맥로이를 위해 특별한 결정을 내렸다. 신입생인 맥로이에게 교수들과 함께 연구과제를 수행하도록 하는 한편 의대의 부속병원에서 실제로 진찰을 경험하도록 허용한 것이다.

어느 날 병원에서 수술을 진행할 때의 일이다. 조수로 수술실에 들어간 맥로이는 자신이 피에 거부반응을 보인다는 사실을 처음 알았다. 집도의가 메스로 수술 부위를 절개하자 피가 솟구쳐 나왔다. 피를 본 맥로이는 온몸이 얼어붙더니 현기증을 느꼈고 집도의가 무어라 소리치는 것도 잘 듣지 못한 채 기절해버렸다.

난관에 부닥쳤지만 맥로이는 쉽게 물러설 수 없었다. 치욕을 말끔히 씻어내고 부족한 점을 보완하기 위해 그녀는 남몰래 실험실에서 청개구리나 기니피그를 해부했다. 선홍색 피를 보지 않으려고 선글라스를 끼고 긴장을 풀려고 시도해 보았지만 모든 노력은 실패로 돌아갔다. 그녀는 피 비린내만 맡으면 현기증을 느끼는 증상이 나타났다.

학교에서는 맥로이에게 피를 보지 않고 수술이 없는 내과로 전과할 것을 권했다. 하지만 내과에도 피를 토하는 증상을 보이는 질환이 있다는 점을 그들은 간과했다. 회진할 때 맥로이는 그런 환자를 보고 다시 기절하고 말았다. 이로

써 그녀는 더 이상 하고 싶은 일을 할 수 없게 되었다. 큰 좌절감에 빠진 맥로이는 학교에 휴학을 신청하고 집으로 돌아왔다. 그녀는 자기 방에서 멍하니 시간을 보냈고 심지어 자살을 생각하기도 했다. 맥로이를 아끼는 할머니는 몹시 걱정이 되어 그녀와 이야기를 나눠 보기로 했다.

그날 오후, 할머니는 자신이 아끼는 《내셔널 지오그래픽》에서 찾아낸 사진 뭉치를 들고 맥로이의 방으로 들어갔다. 할머니는 아름다운 경치를 담고 있는 사진을 하나하나 맥로이에게 보여주었다.

맥로이는 할머니가 왜 그것을 자신에게 보여주는지 알 수가 없었다. 할머니는 사진을 모두 보여주고 나서 맥로이의 금발머리를 쓰다듬으며 부드럽게 말했다.

"아가, 이 세상에는 '로마'만 있는 게 아니란다. 네가 원하기만 하면 그곳처럼 아름답고 심지어 더 아름다운 곳으로도 갈 수 있어."

맥로이는 갑자기 울음을 터뜨렸다. 이유야 어찌됐든 이젠 자신이 목표한 것은 물 건너 가버렸고 돌이킬 수 없게 되었다. 맥로이는 억지로 계속 해봐야 나쁜 결과만 자초할 거라는 점을 잘 알고 있었다. 방향이 틀렸을 때 가장 좋은 방법은 단호하게 그것을 포기하고 처음부터 다시 시작하는 것이다.

맥로이는 다른 대학에 새롭게 입학했다. 졸업 후에 그녀는 신문에서 세계적으로 유명한 바비인형에 관한 토론기사를 읽게 되었다. 바비인형의 팬들은 인형에 몇 가지 단점이 있다고 지적했다. 우선 인형 몸통이 너무 뻣뻣하고 움직일 수 있는 관절이 적으며 눈도 크지 않고 진짜 사람 같은 인형으로 바뀌기를 기대하는 바람과는 점점 거리가 멀어지다고 있다는 불만이었다.

맥로이는 인체를 구성하는 골격과 과거 자신이 축적한 의학 지식을 떠올렸다. 그녀는 순조롭게 믹스코(Mixko) 사에 입사했고 바비인형이 세계인형시장을 정복하는 과정에 일조를 했다. 인형 관절 고리를 발명한 것이다. 뿐만 아니라 맥로이는 바비인형의 이마를 넓히고 눈을 더 크게 해 바비인형을 실제 인체와 유사하게 만들었다.

맥로이는 예전에 고집을 피워 의학공부를 계속했다면 지금 어땠을지 생각해 보았다. 아무것도 이루지 못했거나 영원히 다다를 수 없는 로마만 헛되이 상상하고 있었을 것이다.

할머니의 말씀처럼 세상에 아름다운 도시가 로마만 있는 것이 아니고 우리 앞에 로마라는 목표만 있는 것은 더더욱 아니다.

제5장

세월과 함께
무르익은 사랑

사랑한다면 그 무엇이 필요하리!

—

현대의 부부들은 감정의 깊이가 옛사람들을 따라가지 못한다. 예전의 부부들은 숱한 고난 속에서도 백년해로하고 깊은 정을 쌓았다. 그러나 요즘은 이혼이 일반화되었고 쇼윈도 부부도 흔한 일이 되었다. 만약 우리가 옛사람들처럼 깊은 속정을 간직하고 살아간다면 행복은 멀지 않은 곳에 있을 것이다. 다음 이야기는 우리 삶에서 정작 소중한 것이 무엇인지를 한 번쯤 생각해 보게 한다.

이모부할아버지와 이모할머니는 두 분 모두 괴팍한 노인네였다. 부부 사이인데도 둘은 돈 계산이 철저했다. 이모할머니는 닭을 키웠는데 닭이 알을 낳으면 먹지 않고 큰 항아리에 모아놓았다. 이모부할아버지가 계란을 먹으려면 이모할머니에게 돈을 주고 사야 했다. 시가가 한 근에 몇 천 원이면 그 가격에 계란을 사야 했고 할인은 없었다. 이모부할아버지는 시원스럽게 돈을 낸 다음 국수를 삶고 계란을 풀어 넣고 황금빛 도는 참기름, 초록색 고수, 새하얀 계란 흰자위를 곁들여 맛나게 먹었다.

맛있는 냄새가 퍼지면 이모부할아버지가 이모할머니에게 묻는다. "당신도 먹을래?" 그러면 이모할머니는 눈을 흘기며 퉁명스럽게 "안 먹어!"라고 말하고 몸을 돌려 먹던 옥수수죽과 멀건 국을 계속 먹었다. 그림자처럼 비춰진 두 분의 모습은 꼭 거울 같았다. 이모할머니는 죽을 먹으며 손으로 허리춤에 달린 파란 천주머니를 만지작거렸다. 계란 판 돈을 그 안에 넣어둔 것이다.

이모부할아버지는 웃으며 속으로 자기가 무슨 가장이라도 된 양 여기는 아내를 바보라고 욕했다. 집에서 필요한 먹을 것과 입을 것, 기름이나 옷감 등등을 살 때 쓸 돈이 전부 그 천주머니에서 나왔다. 돈이 일단 그곳에 들어가면 소리 없이 사라져 버렸다. 이모할머니도 어떻게 없어지는지 잘 몰랐다.

이것이 30년 전의 모습이다. 40여 년 전 이모할머니는 붉은 꽃으로 장식한 가마(빌린 것이다)를 타고 이모부할아버지의 집에 시집왔다. 시골에서 소도시로 시집을 온 이유는 농사를 짓느라 고생하지 않아도 되었기 때문이다. 이모부할아버지는 손재주가 있어 쇠를 잘 다루었다. 당시 대장장이는 인기 있는 직업이어서 손재주가 좋은 사람은 지금의 간부와 맞먹었고 수입도 안정적이었다.

이모할머니는 후처였다. 전처는 아이 셋을 남기고 죽었는데 아이들은 연년생으로 당시 나이가 여덟 살, 일곱 살, 여섯 살이었다. 그들은 이모할머니가 처음 시집온 날 꼬질꼬질한 옷을 입은 채 벽에 기대 손가락을 빨고 있었다. 아이들은 이모할머니를 죽어도 엄마라고 부르지 않았다. 생각하던 것과 많이 달라 이모할머니는 몹시 놀랐지만 이미 후회해도 소용없었다. 중매쟁이가 이모부할아버지가 떵떵거리며 잘사는 집이라고 떠벌렸지만 실제 와보니 집은 쓰러지기 일보 직전의 허름한 집이었다.

후처가 된 것도 억울했지만 식구를 건사하는 건 더 힘든 일이었다. 우후죽순처럼 아이가 하나씩 태어나더니 여덟째까지 줄줄이 이어졌다. 하늘만큼 커다란 인내심도 결국 다 닳아버려 이모할머니는 결국 괴팍해지기 시작했다. 이모부할아버지도 덩달아 성격이 난폭해졌다.

이모부할아버지의 난폭한 성질을 동네에서 알 만한 사람은 다 알고 있었다. 대장장이는 성미도 불을 다루는 대장간 같았다. 자식 중에 이모부할아버지의 매질을 피해간 아이는 없었다. 이모부할아버지는 한번 성질이 나면 망치로 탕탕 쇠를 두드리듯이 아이들을 두들겨 팼다. 이모할머니라고 예외일 순 없었다. 이모할머니의 등은 늘 쇠를 두드릴 때 밑에 받치는 모루가 되기 일쑤였다.

여덟 명의 자식에게 옷을 해 입히고 밥을 먹이고 학교에 보내기 위해 이모할머니는 아끼는 게 습관이 되었고 절약할 수 있는 건 뭐든 절약했다. 계란을 팔아 돈을 버는 일도 이때의 산물이다.

가난과 씨름하고 남편과 아이들에게 시달린 이모할머니는 밤마다 소리 내어 울었다. 울음소리는 작게 시작해서 커졌고 미약하다가 날카로워졌다. 처음에는 울음소리가 들리다가 나중에는 퍽퍽 하는 소리가 들리는데, 이는 이모부 할아버지가 주먹질을 해대는 것이었다. 그와 동시에 이모부할아버지는 소리를 질렀다. "한밤중에 어디 초상이라도 났어!" 아이 몇몇도 일제히 큰 소리를 내고 좀 큰 아이는 문을 열고 길에 나가 사람을 불렀다. "우리 엄마 좀 구해 주세요. 엄마가 아빠한테 맞아 죽어요." 짜증이 난 이웃은 옷을 주섬주섬 입고 가서 싸움을 말렸지만 속으로는 그들 가족을 욕했다. '매일 부부싸움이나 해대서야, 원. 한밤중에 사람 잠도 못 자게 하네. 젠장!'

언젠가 나는 두 분 내외가 분명 오래가지 못할 것이고 곧 헤어질 거라는 생각을 하기도 했다. 하지만 뜻밖에도 두 분은 위태로운 결혼생활을 40년 넘게 지속했다. 40년 넘게 싸우는 소리를 듣다보니 동네 사람들은 두 내외가 조용하면 오히려 이상하게 생각했다.

그러나 싸움소리도 나지 않는 조용한 시절이 찾아왔다. 자식들이 모두 커서 결혼해 독립하자 노인 둘만 덩그러니 집에 남겨졌다. 이모부할아버지는 대장장이 일을 하지 않았고 이모할머니도 계란을 팔 필요가 없었다. 자식들 모두 효성이 지극해 용돈을 보내왔기 때문에 생활비가 넉넉했다. 시끄럽게 싸울 필요가 없어지니 집은 적막강산이 따로 없었다. 집이 점점 조용해지는가 싶더니 이모부할아버지는 과묵해졌다. 누구를 보게 되면 기분이 좋은 듯 히히 하고 웃을 뿐이었다. 셋째를 보면 넷째라고 불렀고 넷째를 보면 다섯째라고 불렀다.

여섯째가 갑작스럽게 병에 걸려 죽자 이모부할아버지도 울었다. "박복한 구이즈야……" 구이즈는 둘째인데, 이모부할아버지 옆에서 동생의 죽음을 슬퍼하며 울고 있었다. 가족들은 울다가 어안이 벙벙해져 눈을 멀뚱멀뚱 뜬 채 이모부할아버지를 쳐다보았다. 그러나 이모부할아버지는 아랑곳하지 않고 그 자리에서 몹시 비통하게 울었다.

셋째 자식이 이모부할아버지 앞으로 가서 물었다. "아버지, 내가 누군지 아시겠어요?" 이모부할아버지는 셋째를 한참 쳐다보다니 어리둥절한 표정을 지었다. 여섯째를 매장하고 자식들 몇몇이 이모부할아버지를 병원에 모시고

갔다. 검사 결과 이모부할아버지는 뇌위축증, 즉 노인성 치매에 걸린 것으로 판명되었다.

치매에 걸린 이모부할아버지는 하루 종일 멍하니 앉아만 있었다. 설날에도 무슨 계절인지 몰랐고 길을 오가는 사람들을 멍하니 지켜보다가 나중에는 아예 눈을 감고 만두 냄새에만 빠져들었다. 점차 이모부할아버지의 세계에는 단 한 사람, 샹(香)밖에는 아무도 없었다. 이모부할아버지는 어디를 가든 샹만 찾았다. "샹, 나 배고파.""샹, 나 화장실 갈래." 누구를 만나든 상관없이 샹만 불렀다. 이모부할아버지가 부르면 사람들 틈에서 한 사람이 나오거나 대답하는 소리가 들렸다. 그분이야말로 진정한 샹, 우리 이모할머니였다.

이모부할아버지는 점차 어린아이가 되어갔다. 이모할머니가 길을 나설 때마다 이모부할아버지는 그림자처럼 뒤를 따랐고, 이모할머니가 다른 사람과 수다를 떨 때도 이모부할아버지는 옆에 멍하니 서서 기다렸다. 심지어 화장실에 갈 때도 따라가서 이모할머니는 이모부할아버지를 밖으로 떼 내느라 애를 먹어야 했다. 이모부할아버지는 이모할머니를 보면 커다란 눈을 떼굴떼굴 굴리며 아이처럼 히히 하고 소리 내어 웃었다. 이모할머니도 아이가 되어버린 이모부할아버지를 따라다녔다.

추석에 나는 인사차 두 분을 뵈러 갔다. 사촌오빠와 사촌언니들이 모두 둘러앉아 만두를 빚고 있었다. 이모부할아버지는 한쪽에 멍하니 앉아 있었고 내가 인사를 드렸지만 거들떠보지도 않았다. 잠시 후 이모할머니가 이웃집에서 불러 나갔다. 이모부할아버지가 고개를 들어 둘러보고 이모할머니가 보이지 않자 불안한 마음에 소란을 피우며 주위를 이리저리 둘러보았다. 우리는 이모부할아버지를 달래면서 아랫목에 앉혔다.

　　만두를 다 쪘을 때도 이모할머니는 돌아오지 않았다. 모두 먼저 먹기로 했고 사촌큰언니가 내게도 한 그릇 덜어주었다. "기집애, 어서 먹으렴. 2년 동안이나 오지 않다니, 일이 그렇게 바빴어?" 나는 그렇다고 대답하면서 젓가락을 들었는데 이모부할아버지가 나를 뚫어져라 쳐다보고 있었다. 경계심이 가득한 눈빛이어서 나는 깜짝 놀라 급히 젓가락을 내려놓았다. 사촌오빠와 사촌언니들이 급히 이모부할아버지를 달랬다. "샤오펑이에요. 기억 안 나세요? 어렸을 때 매일 우리 집에 왔었잖아요."

　　이모부할아버지가 긴장을 푸는 모습을 보고 나서야 나는 만두를 먹을 수 있었다. 이모부할아버지도 재빨리 젓가락을 들고 만두를 먹었다. 노인이 그렇게 식사를 빨리할 줄은 미처 몰랐다. 잠깐 사이 이모부할아버지는 만두 두세 그

룻을 뚝딱 해치웠다. 고개를 들어 자세히 살펴보니 이모부 할아버지는 내 눈치를 보면서 속임수를 쓰고 있었다. 이모 부할아버지는 짙은 녹색의 구식 군복외투를 입고 있었는데 집 안에서도 도통 벗을 생각을 하지 않았다. 알고 보니 사람들 몰래 외투 주머니와 소매에 만두를 집어넣고 있었던 것이다. 하나를 집어넣으면 또 하나를 집었다.

나는 놀라서 이모부할아버지의 행동을 지켜보았다. 사촌큰언니도 알아채고 할아버지의 행동을 말리며 말했다. "아이구, 뭐하세요? 정말 더러워 죽겠어요!" 이모부할아버지는 힘이 무척 세서 사촌큰언니를 한쪽으로 세게 밀쳐냈다. 사촌오빠는 됐다고 말하면서 이모부할아버지의 일에 신경 쓰지 말라고 했다.

이모부할아버지가 소란을 피울 때 이모할머니가 돌아왔는데 방으로 들어오자마자 물었다. "영감, 식사는 하셨어요?" 이모부할아버지는 이모할머니를 보자 어린아이가 엄마를 만난 것처럼 반색하며 달려가 이모할머니를 끌고가 잡다한 일을 주절주절 떠들어댔다. 우리는 문틈으로 밖을 보았다. 이모부할아버지는 주머니와 소매 등에서 납작하게 눌려지거나 터져버린 만두를 꺼내 이모할머니의 입에 넣어주었다. "샹, 어서 먹어. 내가 샹 주려고 남겨둔 거야. 쟤네들이 다 먹어버리기 전에……."

이모할머니가 욕을 해댔다. "망할 놈의 영감탱이, 옷에 넣어 이렇게 더러워졌는데 누가 먹는다고. 그것 말고도 만두가 많은데."

그 순간 나는 왈칵 눈물을 쏟았다. 마침 그때는 내 결혼생활이 위기를 맞고 있을 때였다. 나는 결혼생활이 너무 지루하고 완벽하지 않다고 생각했다. 서로 상관없는 두 사람이 함께 살아간다는 게 무슨 의미가 있는지 알 수가 없었다. 나는 남편과 한 달 넘게 같은 침대를 쓰지 않았고 대화도 나누지 않았다. 우리 둘은 서로를 투명인간 취급했고 백년해로라는 말에도 의문을 가졌다. 그런데 지금 보니 백년해로는 늙은 후에도 걱정해주고 생각해주는 사람이 있는 것이다. 총기가 흐려질 때도 나를 잊지 않고 만두를 따로 숨겨두었다가 먹여주는 그런 사람 말이다.

지금 이모부할아버지는 이미 돌아가셨다. 임종 때 왕방울만 한 눈을 굴리시며 방 안의 사람들을 이리저리 둘러보았다. 이모할머니만 눈에 띄면 웃었는데 기분 좋은 웃음이었다. 이모할머니가 이모부할아버지에게 마지막으로 남은 기억이자 세상에서 가장 중요한 사랑이었을 거라고 나는 믿는다. 아이처럼 정신이 흐려졌지만 이모할머니에 대한 사랑만큼은 어디를 가든 이모부할아버지를 따라다녔다.

이모부할아버지가 돌아가신 날, 가족과 친척들은 마지

사랑이란 무엇인가?
밥 한 공기, 죽 한 그릇, 말다툼, 눈물, 화해,
그 사람과 함께한다면 그 모든 것이
행복인 것이 사랑이다.

막 효도를 하기 위해 회장터로 향했다. 현지 풍속에 따라 이모할머니는 회장터에 갈 수 없었다. 이모할머니는 의자에 앉아 사람들의 위로를 받으며 말했다. "영감이 갔으니 나도 이제 편히 살겠구나. 그 늙은이 때문에 내가 얼마나 고생을 했는지. 영감이 죽었으니 앞으로는 마음 놓고 이웃집에 놀러갈 수도 있고 친척집을 갈 수 있어……."

우리가 출발하려고 하자 이모할머니는 비틀거리다가 마당에 풀썩 주저앉더니 대성통곡했다. "영감탱이, 나를 이렇게 두고 가다니, 이 모진 사람아……."

흰 눈이 마당을 가득 채웠다.

사랑이란 무엇인가? 기꺼이 그 사람과 일생을 함께할 수 있다면 장미, 향수, 다이아몬드가 없어도 상관없다. 밥 한 공기, 죽 한 그릇, 말다툼, 눈물, 화해, 그 사람과 함께하는 모든 것이 사랑이다.

사랑의 완행버스

—

남자와 여자는 각각 다른 도시에서 일했다. 둘은 서로 사랑했기에 50킬로미터를 떨어져 있어도 마음만은 함께 있었다. 주말마다 남자는 여자가 있는 도시로 갔다. 그곳에는 그들의 아늑한 보금자리가 있었다.

여자는 유자를 좋아했다. 남자는 집에 올 때마다 여자에게 꿀유자 두 개를 가져다주었다. 남자가 일하는 곳에서는 꿀유자가 많이 생산되었다. 50킬로미터를 오려면 고속버스로 한 시간이면 충분했다.

고속버스에서 남자는 두꺼운 꿀유자의 겉껍질을 벗겨내 유자의 과육을 한 쪽씩 떼어낸 다음 비닐봉투에 담아 가져갔다. 저녁 식사를 마친 후 아담한 방에서 서로 기댄 채 남자는 얇은 유자의 속껍질을 벗겨내 유자 과육을 여자의 입에 넣어주었다. 둘의 사랑은 유자처럼 달콤했고 여자는 행복감에 젖어들었다. 때때로 여자는 자신들의 사랑이 50킬로미터의 거리 때문은 아닐까 하고 생각하기도 했다. '그

는 떨어져 있기 때문에 나를 더 아껴주는 건 아닐까?'

하지만 이후에 여자는 남자가 더 이상 자신의 감정에 신경을 쓰지 않는다는 걸 알았다. 사소한 문제가 여자 마음에 의심의 뿌리를 내리기 시작했다.

태양이 작열하는 여름이었다. 두 사람의 딸이 태어났다. 돌아갈 때 남자는 예전처럼 고속버스를 타지 않고 그보다 5분 일찍 출발하는 일반 미니버스를 선택했다. 낡은 버스는 국도를 이용했고 가격도 고속버스보다 그리 싸지 않았다. 하지만 남자는 미니버스를 타고 돌아갔다. 그런데 그 5분이 여자에게 상처를 주었다. 남자가 변했기 때문이다. '그렇게 서둘러 떠나려 하다니 5분도 더 있기 싫단 말이야?' 여자는 언젠가는 남자가 미니버스를 타고 떠났다가 다시는 돌아오지 않을지도 모른다고 생각했다.

어느 날 밤, 남자는 주저하며 여자에게 무언가 할 말이 있는 듯했다.

남자의 모습에 여자는 눈앞이 캄캄해졌다. 여자가 말했다. "무슨 말을 하려는지 아니까 망설이지 말고 말해."

"알고 있어?"

남자가 희색이 만연한 모습을 보이자 여자의 마음은 송곳에 찔린 것처럼 아렸다. '언젠가는 이런 날이 올 줄 알았어.' 여자는 최대한 평정심을 유지하려고 했지만 행동은 의지와는 반대였다.

"자기 왜 울어? 내가 여기로 옮겨 오는 게 싫어?" 남자는 손으로 여자의 눈물을 닦아주며 말했다.

"그럼 왜 매번 5분도 더 집에 머물기를 싫어했던 거야?" 한참 만에 여자는 마음속에 품고 있던 의혹을 털어놓았다.

남자는 껄껄 웃었다. "바보야, 고속버스는 출발하면 바로 고속도로를 탄다고. 미니버스는 느리게 가는데다 한 바퀴 빙 돌다가 우리 집도 지나간단 말이야. 미니버스에 타면 우리 집 테라스도 볼 수 있고 게다가 테라스에 널어놓은 우리 딸 기저귀와 아기옷도 볼 수 있다고!"

여자도 미니버스를 타 본 적이 있어 버스 안이 찜통처럼 답답하고 덥다는 걸 잘 알고 있었다. 여자는 눈시울을 붉혔고, 비로소 깨달았다. '아, 사랑이란 바로 이런 것이구나. 집으로 올 때 고속버스를 타는 건 한시라도 빨리 함께 있고 싶어서이고 돌아갈 때 완행버스를 타는 건 천천히 집에서 멀어지고 싶어서였어!'

행복한 고통

—

사랑이 있다면 고통도 행복이다. 아픔 속에서 굳어진 사랑은 치료하지 않고 내버려 두어도 좋다. 고통 속에서 과거의 달콤함을 음미할 수 있을 테니까. 다음은 한 행복한 노인의 이야기다. 노인은 사랑이 어떻게 시간을 초월했는지 천천히 들려주었다.

그날은 날씨도 약간 무더운 데다 내 기분도 영 좋지 않았다. 저녁 무렵 나는 혼자 공원으로 나갔다.

공원도 덥기는 마찬가지였다. 공원에서 그나마 바람이 잘 불고 시원한 곳은 가산 옆이었다. 그곳에는 긴 벤치가 하나 있는데 나는 거기에 앉는 것을 좋아했다. 나는 곧바로 그 벤치를 향해 내달렸다. 가까이 다가가 보니 벤치에는 이미 다른 사람이 앉아 있었다. 칠십이 넘어 보이는 노인이었는데 머리는 백발에 피부는 쭈글쭈글했다. 노인은 벤치에 옆으로 누워서 쪽잠을 자고 있었다.

노인이 잠들었다고 생각하고 조용히 의자의 다른 쪽 끝

에 앉았다. 하지만 내가 앉자마자 노인은 눈을 뜨더니 말했다. "오늘 날씨가 정말 덥네요."

나는 좀 미안한 마음이 들어 서둘러 말했다. "주무시는 데 깨운 건가요?" 노인은 껄껄 웃으며 말했다. "아니요. 잠든 게 아니라 눈만 감고 이런저런 생각을 좀 하고 있었어요."

노인은 사람을 붙잡고 말하는 것을 좋아하는 듯했고 자기가 먼저 이야기 화제를 꺼냈다. "날씨가 몹시 더우니 이렇게 일박하는 것도 나쁘지 않지. 내일은 비가 올 거야."

하지만 일기예보에서 내일 날씨가 맑을 거라고 한 것이 기억났다. 내가 일기예보에서 맑을 거라고 했다고 말하자 노인은 고개를 저으며 말했다. "내가 일기예보보다 정확해. 틀림없다니까. 여기가 바로 일기예보야." 노인은 오른쪽 무릎을 가리키며 말했다. "이틀 동안 여기가 아팠으니 날씨에 분명 변화가 있을 거야."

순간 어머니가 생각났다. 어머니는 젊었을 때 팔을 다친 적이 있었는데 연세가 드셨을 때 비가 오기 전날에는 늘 팔이 아프다고 해서 여러 병원을 찾아다니고 나서야 나으셨다. 나는 곧바로 노인에게 물었다. "어르신, 예전에 무릎을 다치신 적이 있으세요? 아는 병원이 있는데, 오래되고 잘 낫지 않는 병을 잘 고쳐요. 한번 가보시는 게 어떠세요?"

"고쳐서 뭐 하게?" 노인은 내키지 않는 듯했다.

"아프면 견디기 힘들잖아요."

노인은 웃으며 말했다. "안 아프면 적응이 안 돼. 가끔 아파야 그 사람 생각도 나고 좋아."

노인은 자기가 말한 그 사람은 자기 아내로 작년에 세상을 떠났는데 자기를 두고 떠난 지 꼬박 일 년하고도 7개월 반이 되었다고 알려주었다. 그리고 무릎의 상처는 아내를 알게 된 날 생긴 것이라고 덧붙였다.

"그때 나는 시골에서 교사로 일하고 있었지. 아내도 선 생님이었는데 다른 학교에서 가르쳤어." 노인은 눈을 지그시 감고 말했다. 완전히 추억 속으로 빠져든 듯했다.

"아내가 있던 학교에 시험감독관으로 가게 되었는데 길이 멀어 나는 자전거를 빌려서 타고 갔지. 그 학교 정문 앞에서 아내와 우연히 마주쳤는데 자전거 타는 게 서툴렀던 나는 곧장 아내 쪽으로 자전거를 몰게 되었고 아내는 피할틈도 없었지. 아내가 다칠까 봐 옆으로 쓰러졌는데 그때 무릎을 다치고 말았어. 병원에서 치료를 받고 있는데 아내가 나를 보러 왔고 우리는 서로 좋아하게 되었지." 거기까지말하고 노인은 가볍게 웃은 다음 이어서 말했다.

"나중에 문화대혁명이 일어나자 아내는 자본주의자로 몰렸어. 나는 출신성분이 좋았던 덕분에 연루되지는 않았어. 자아비판대회가 열렸을 때 아내는 단상으로 끌려가 자아비판을 해야 했는데 홍위병 몇 명이 아내를 때리려고 했어. 그때 우리는 이미 부부였는데 자기 아내가 폭력을 당하려 하는데 누가 참고 있겠나? 나는 곧장 단상 위로 올라가 몸으로 막으면서 홍위병들에게 말했어. '여자를 때려서 어쩔 셈이야? 때릴 거면 나를 때려. 이 여잔 내 아내야.' 홍위병들은 정말 몽둥이를 들고 와서는 내 말대로 나를 때렸어. 그때 무릎도 심하게 맞아 한 달 넘게 절뚝거리며 다녀야 했지. 그나마 아내는 전혀 다치지 않아 다행이었어."

고난의 세월을 이야기하면서 노인은 슬퍼하기보다는 자랑스러워했고 자기 아내를 지킨 것에 대해 자부심을 느끼는 듯했다.

노인은 적적한 듯했다. 일단 이야기보따리를 풀어헤치자 그칠 줄을 몰랐고 이어서 아내와 있었던 일들을 또 들려주었다. 어떤 것들은 정말 사소하고 시시콜콜했지만 말을 시작하자 노인은 자기 흥에 빠져들었다. 노부부가 서로 얼마나 사랑했는지 충분히 알 수 있었다.

말을 마치고 노인은 가볍게 한숨을 내쉬었다. "그 사람은 세상을 떠났어. 우리 나이가 되면 다른 일은 할 게 없어. 그저 추억을 회상하며 시간을 보내는 것 외에는 말이야. 여러 잡다한 일들은 기억나지 않아. 하지만 하늘이 나를 보살피는지 근래에 내 무릎을 아프게 하는군. 이 고통은 무슨 일이든 기억나게 해준다네. 무릎을 두 번 다쳤는데 모두 그 사람을 위한 거였지. 그 사람도 내 무릎을 많이 걱정했어. 겨울만 되면 한기가 들까 봐 무릎 보호대를 만들어 주었지." 말을 하면서 노인은 다시 과거 시절로 돌아갔다.

감히 중간에 말을 끊을 수 없어 나는 옆에서 노인의 이야기를 조용히 듣고만 있었다. 추억을 회상하는 것은 그에게는 큰 행복이었다.

나는 노인에게 다시 오래된 상처를 치료하라고 권할 엄두가 나지 않았다. 노인에게 상처는 아내와의 사랑의 증거였다. 상처의 고통은 노인에게 하늘의 은총이었고 추억의 상자를 여는 매개체였다.

고통은 보통 사람들에게는 고난이지만 그 노인에게는 행복이었다. 고통이 사랑하는 아내를 떠올리게 해주기 때문이다. 정말 노인이 부러웠고 그의 아내가 부러웠고 두 사람의 사랑이 부러웠다. 시련을 겪으면서도 오랜 세월 변치 않는 사랑이 부러웠다. 사랑했기에, 추억을 떠올리고 싶기에 노인은 차라리 고통을 감내했다.

고통도 행복이다. 행복은 고통이 아니라 고통이 만들어 내는 추억이다. 이는 깊이 사랑한 후 생긴 착각이자 행복한 착각이다.

태풍 속의 쌀국수 한 그릇

—

남자와 여자는 번화한 도시에 사는 평범한 커플이었다. 함께 지내기 위해 둘은 부모가 고향에서 알아봐 준 일자리를 마다하고 반대를 무릅쓰고 남쪽 도시로 와서 조용히 결혼식을 올렸다. 그 후 3년이 흘렀다. 둘은 세 든 집에서 평범하게 살았다. 여자는 작은 회사의 영업사원이 되어 늘 외근이 잦았고 일도 무척 바빴다. 남자는 초등학교의 외래교사였다. 다른 교사와 똑같이 일했지만 월급은 절반밖에 되지 않았다. 몇 년 동안 두 사람의 생활은 거의 변화가 없었다. 고향 친구들이 집을 사고 차를 샀다는 소식이 들려오자 여자의 마음에 크지도 작지도 않은 태풍이 지나갔다. 여자는 애초에 고향에 남아 있었다면 지금쯤 어떻게 되었을까 하고 생각했다.

그날 텔레비전에서는 태풍이 몰아칠 거라고 예보했다. 여자는 평소처럼 일찍 출근했지만 남자는 수업을 하지 않아도 되었기 때문에 학교에서 일찍 집으로 돌아왔다. 집에 도착했을 때 여자에게서 전화가 왔다. 점심 때 집에 가서 가져와야 할 물건도 있으니 점심은 집에서 먹겠다는 것이었다. 남자는 기분이 좋아졌다. 평소 여자는 고객을 만나는 일이 많았기 때문에 두 사람이 함께 식사할 기회가 드물었다. 남자는 무슨 음식을 만들면 좋을지 생각하다가 여자가 제일 좋아하는 윈난쌀국수가 떠올랐다.

대학 시절 두 사람은 학교 밖 음식점에서 한 그릇에 3위안 하는, 야채와 고기가 들어가고 5마오를 더 내면 국수사리가 추가되는 쌀국수를 자주 먹었다. 둘은 쌀국수 한 그릇을 시켜놓고 머리를 맞댄 채 땀을 뻘뻘 흘리며 사랑의 달콤함 속에서 국수를 먹고는 했다.

전화를 받은 후 남자는 곧바로 아래층으로 내려가 음식 재료를 사 왔다. 이때부터 태풍이 위력을 발휘해 세차게 바람이 불고 나무가 이리저리 흔들리기 시작했다. 시계를 본 남자는 버스 정류장으로 여자를 마중 나갔다. 그는 여자가 태풍이 불든 우박이 내리든 돈이 아까워 택시를 타지 않을 것을 잘 알고 있었기 때문이다. 그때 굵은 빗방울이 마구 떨어졌고 우산을 펼치자 곧바로 바람에 휙 뒤집혔다. 남자는 아예 우산을 접고 뛰어갔다. 버스 정류장에 도착하니 여자에게서 문자메시지가 왔다. 길이 막혀 점심 먹을 시간이 없을 것 같으니 물건을 정류장으로 가져오라는 내용이었다.

문자만 보고도 남자는 여자의 짜증을 느낄 수 있었다. 요즘 들어 여자는 자주 아무 이유 없이 성질을 냈는데 예측할 수 없는 태풍처럼 갑작스러워 사람을 무척 당혹스럽게 했다.

여자는 정말로 심기가 불편했다. 조금 전에 세찬 바람을 맞으며 우산을 받쳐들고 걸어가 간신히 버스를 탔는데 새로 산 신발이 누군가에게 밟혀 더러워졌다. 흠뻑 젖은 사람들과 우산들이 버스 안을 가득 메우고 있는 가운데 여자는 사람들 틈바구니에 끼여 옴짝달싹할 수가 없었다. 때마침 길도 막혀 기나긴 차량행렬은 그 끝이 보이지 않았고 귀청이 떨어질 듯한 경적 소리만 요란하게 울려댔다. 여자는 현재 자신의 삶이 이 차량행렬처럼 나아갈 방향이 보이지 않는다고 생각했다. 자신들의 꼿꼿한 사랑이 길가의 오만하게 우뚝 서 있는 나무들처럼 현실의 비바람에 무참히 공격당하는 것은 아닌지 회의감도 밀려왔다. 여자는 다시 자신들의 사랑에 의구심을 갖기 시작했고 그 느낌은 점점 강렬해졌다.

여자는 밀려드는 짜증을 주체하지 못한 채 버스에서 내렸다. 고개를 드니 환하게 웃고 있는 남자가 보였다. 남자는 비에 온통 젖어 있었고 손에는 밀봉한 커다란 봉투를 들고 있었다. 여자를 보자 남자는 봉투를 열어 안에 든 보온병과 밀봉한 작은 봉투를 꺼냈다. 작은 봉투에는 음식재료가 있었다. 보온병을 열자 뜨거운 김이 올라오면서 향기

가 가득 퍼졌다. 여자가 제일 좋아하는 쌀국수 국물이 담겨 있었다. 여자는 순간 정신이 멍해졌다. 바람은 여전히 매섭게 불고 비가 쏟아져 내리고 주위는 사람들이 떠들어대는 소리로 시끄러웠다. 하지만 이 순간 여자에게는 그 모든 것이 정지해버리고 존재하지 않는 것처럼 느껴졌다. 여자의 눈과 마음에는 오직 남자와 쌀국수만이 존재했다.

태풍이 세차게 몰아치는 가운데 초라한 버스 정류장에서 두 사람은 머리를 맞대고 쌀국수 한 그릇을 함께 먹었다. 뜨거운 김이 여자의 얼굴을 적셨다. 굵은 눈물방울이 그녀의 얼굴에서 떨어져 뜨거운 김이 모락모락 올라오는 쌀국수 위로 떨어졌지만 그것을 알아차린 사람은 없었다.

'진주'라는 이름의 그 태풍은 10시간 가까이 대륙을 배회하다 기적적으로 방향을 틀어 물러가 도시는 재난을 면할 수 있었다. 하지만 그 도시의 평범한 여자가 태풍으로 인한 쌀국수 한 그릇 때문에 사랑을 되찾았다는 사실은 누구도 알지 못했다. 아니, 사실 사랑이 여자에게서 떠나간 적은 없었다. 이번 기회를 통해 여자가 평범한 사람들이 느끼는 진정한 사랑이 무엇인지를 보잘것없는 곳에서 진정으로 깨달았을 뿐이다. 태풍 속에서의 뜨거운 김이 모락모락 피어오르는 쌀국수 한 그릇은 서로 사랑하는 두 사람을 평생토록 따뜻하게 해주기에 충분하다는 사실 말이다.

일생일대의 거짓말

—

남자와 여자가 서로 알게 된 것은 한 파티에서였다. 그때 여자는 젊고 아름다웠고 주위에 구애하는 사람도 많았다. 그러나 남자는 매우 평범한 사람이었다. 그래서 그날 파티가 끝날 때쯤 남자가 여자에게 커피 한잔하자고 제안했을 때 여자는 깜짝 놀랐다. 하지만 단지 예의 차원에서 여자는 남자의 청을 수락했다.

커피숍에 앉은 두 사람의 분위기는 무척 서먹서먹했다. 이야기를 주고받을 화제가 없어 여자는 가급적 빨리 자리를 뜨고 싶었다. 그러나 종업원이 커피를 가져왔을 때 남자는 갑자기 이렇게 말했다. "죄송하지만 소금 좀 가져다주세요. 소금을 넣어 마시는 게 습관이 돼서 말이죠."

그때 여자는 어리둥절한 모습이었고 종업원도 마찬가지였다. 모두의 시선이 남자에게 쏠리자 남자의 얼굴이 새빨개졌다.

종업원이 소금을 가져다주자 남자는 커피에 소금을 조

금 넣어 천천히 마셨다. 여자는 호기심이 많아 곧바로 남자에게 물었다. "왜 소금을 넣어 마시는 거죠?" 남자는 잠시 말이 없다가 천천히 띄엄띄엄 말했다. "어렸을 때 해변에 살았는데 늘 바다에 몸을 담그고 있다시피 했어요. 파도가 치면 바닷물이 입으로 들어왔는데 쓰고 짰지요. 지금은 고향에 가 본 지가 오래되어 커피에 소금을 넣어 고향에 대한 향수를 대신하고 있어요."

순간 여자는 감동했다. 자기 앞에서 고향이 그립다고 말한 사람은 그가 처음이었기 때문이다. 고향을 생각하는 남자는 분명 가정을 잘 보살피는 사람일 것이고 가정을 잘 돌보는 사람은 가정을 사랑하는 사람일 거라고 여자는 생각했다. 여자는 갑자기 속마음을 터놓고 말하고 싶다는 마음이 강렬하게 들어 그에게 멀리 떨어져 있는 고향에 대해 이야기하기 시작했다. 분위기는 점점 무르익어 두 사람은 한참 동안 이야기를 나누었다. 여자는 남자가 집까지 바래다주는 것도 거절하지 않았다.

그 후로 두 사람은 자주 만났고, 여자는 남자가 실제로 좋은 사람임을 알게 되었다. 대범하면서도 세심하고 붙임성이 있었고 여자가 마음에 들어 하는 조건을 모두 갖춘 남자였다. 여자는 속으로 기뻐하면서 그때 예의상이지만 남자의 청을 들어주길 잘했지 하마터면 그냥 스쳐지나가는 사이가 될 뻔했다고 생각했다. 여자는 남자와 함께 시내에 있는 커피숍을 갈 때마다 이렇게 말했다. "소금 좀 가져다 주시겠어요? 남자친구가 커피에 소금 넣는 걸 좋아해서 요."

이후 이야기는 동화책에 나오는 것처럼 전개되었다. "왕자는 공주와 결혼했고 그 후로 평생 행복하게 살았답니다." 두 사람은 정말 행복하게 살았다. 게다가 행복한 삶은 40년이 넘어 남자가 병으로 죽기 전까지 이어졌다.

만약 편지 한 통이 아니었다면 이야기는 여기에서 평범한 이야기로 끝이 났을 것이다.

편지는 남자가 죽기 전에 여자에게 쓴 것이었다.

"줄곧 당신을 속여서 미안해. 우리가 처음 만났을 때 내가 같이 커피 한잔하자고 했던 거 기억나? 그때 분위기가 정말 어색했지. 난 불편하고 내심 무척 긴장했었어. 어떻게 하면 좋을지 몰라 고민하다가 얼떨결에 종업원에게 소금을 좀 가져다 달라고 해버렸지. 사실 난 커피에 소금을 넣지 않아. 그때 그렇게 말해버리는 바람에 거짓말을 들키지 않으려고 원래 그랬던 것처럼 행동한 거야. 그런데 뜻밖에도 그것이 당신의 관심을 끌었지. 그렇게 난 반평생을 소금이 들어간 커피를 마시게 된 거지. 당신에게 여러 번 고백하려고 했지만 당신이 화를 낼까 봐 두려웠고 그것 때문에 당신이 내 곁을 떠날까 더욱 두려웠어. 이제 난 더 이상 두렵지 않아. 이번 생애에서 당신을 얻은 건 내 인생 최대의 행운이었어. 다시 태어나도 난 당신과 결혼하고 싶어. 다만 소금이 들어간 커피는 안 마셨으면 해. 당신은 아마 모를 거야. 커피에 소금을 넣으면 그 맛이 정말 참기 힘들다구!"

편지를 읽고 여자는 깜짝 놀랐고 자기가 속았다는 생각도 들었다. 하지만 여자가 간절히 알려주고 싶어 하는 사실을 남자는 알 수 없었다. 자기를 위해 그런 일생일대의 거짓말을 해줄 수 있는 사람이 있다는 사실이 얼마나 자신을 행복하게 해주는지를.

사람들은 거짓말을 받아들이지 못한다. 하지만 소금이 들어간 커피처럼 사랑이 가미된 거짓말이라면 맛이 좀 이상하더라도 짙은 향기가 있다. 괴상하면서도 향긋한 맛은 바로 사랑만이 가지고 있는 고유한 맛이다.

사랑을 지켜야 할 이유

—

다음의 이야기는 연인이 있음에도 감정이 흔들리는 사람들에게 한 번쯤 자신의 사랑을 진지하게 돌아보는 계기가 될지도 모른다.

그날 회사 동료인 바위쉐가 자기 집에서 여는 생일파티에 나를 초대했다. 나에겐 예쁜 여자친구가 있었지만 미녀의 초대를 받고 어찌 안 갈 수 있단 말인가? 나는 여자친구에게 거짓말을 둘러댄 후 의미가 모호한 풍성한 꽃다발을 사들고 바이쉐의 생일파티장으로 향했다.

바이쉐가 사는 곳은 동쪽 교외였지만 구체적으로 어디인지는 나도 잘 몰랐다. 자전거를 타고 동쪽 교외를 향해 신나게 달리다가 휴대전화를 꺼내 바이쉐에게 전화를 걸었다. "바이쉐, 곧 도착이야. 주소가 어떻게 되지?" 그런데 하필이면 그 순간 일이 생겼다. 바이쉐가 주소를 다 불러주기도 전에 배터리 전원이 나가버렸다. 다행히 길가 신문가판대에 전화 한 대가 놓여 있는 것이 보였다. 가판대 주인은 귀밑머리가 희끗희끗하고 안경을 쓴 노인이었다. 나는 서둘러 가판대로 달려갔다. "어르신, 전화 좀 쓸게요." 노인은 고개를 들어 나를 잠깐 쳐다보더니 신문으로 전화를 덮으며 말했다. "여긴 전화 없어."

그때 스카프를 둘러쓴 젊은 여성이 가벼운 발걸음으로 노인에게 다가와 애교 섞인 목소리로 말했다. "어르신, 전화 좀 쓸게요." 노인의 노기 띤 얼굴이 일순간 환한 얼굴로 바뀌더니 곧바로 전화기 위의 신문을 치우면서 말했다. "그래, 그래. 어여 걸어, 어여." 노인은 그러면서 탁자에서 돌아 나오더니 의자까지 여자에게 가져다주었다. 여자는 탁자 옆에 앉아 전화를 걸었고 잡담을 늘어놓았다.

"여보세요. 자기야, 오늘 저녁에는 당신한테 주려고 고기찜을 만들어놓았어. 약한 불로 천천히 익히다가 거의 다 익었을 때 파, 생강, 고수 등을 넣었어. 아, 맞다. 자기는 너무 익힌 거 싫어하잖아. 그래서 너무 익기 전에 내가 덜어놓았어. 우리 자기야가 집에 오면 먹으려고. 자기 괜찮지?"

그 여자는 한번 전화를 붙들더니 내려놓을 생각을 하지 않았다. 옆에 있던 나는 거의 폭발하기 직전이었다. 이게 대체 무슨 일이란 말인가! 전화기가 멀쩡히 있는데 나는 못 쓰게 하고 젊은 여자를 보자 좋아서 걸상까지 내주며 전화를 쓰게 하다니 노인네가 여자를 밝히는 사람이 아닌가라는 생각이 들었다.

여자의 기나긴 수다도 끝은 있었다. 하지만 여자는 탁자 옆에 앉은 채 자리를 뜰 생각을 하지 않았다. 할 말이 있는데 생각나지 않아 머뭇거리는 듯했다. 나는 쏜살같이 달려가 전화기를 낚아챘다. "어르신, 어르신도 정말 너무 하시네요. 어떻게 여자만 전화를 쓰게 하고 남자는 못 쓰게 할 수 있으십니까!"

노인은 순간 얼굴을 붉히며 말했다. "이놈아, 날 뭘로 보는 거야? 그래, 좋아. 걸어, 어여 전화를 걸어 보라고!"

나는 속으로 노인의 아픈 곳을 건드리지 않았다면 오늘 전화를 걸 수 없었을 거라 생각하며 혼자서 득의양양했다. 나는 전화기를 들어 바이쉐의 휴대전화 번호를 눌렀다. 그런데 전화가 연결되지 않았다. 전화의 신호음조차 들리지 않아 살펴보니 전화기에는 전화선이 없었다!

"그럼 저 여자는……." 나는 말을 더듬으며 노인에게 물었다. 노인은 길게 한숨을 내쉬었다. "자네가 저 애한테 왜 전화를 거는지 물어보게. 이보게, 젊은이, 저 애는 제정신이 아니야. 매일 여기에 와서 저렇게 전화를 건다네. 이 전화는 저 애를 위해 놓아둔 거야."

여자의 이름은 정징이었다. 남편은 소방대원이었는데

화재를 진압하다가 목숨을 잃었다. 남편은 저녁을 먹기 전에 화재 현장으로 출동하라는 명령을 받았다. 그날 저녁, 정징은 남편이 제일 좋아하는 고기찜을 준비했다. 그날은 남편의 생일이었기 때문이다. 하지만 남편은 그날 집을 떠난 후로 다시는 돌아오지 않았다. 충격을 받은 여자는 정신이상이 되고 말았다. 원래 그곳의 신문가판대에는 전화기가 있었는데 신혼집이 신문가판대에서 멀지 않아 정징은 가끔 그곳에서 남편에게 전화를 걸고는 했다. 남편이 세상을 떠난 후로 정징은 매일 저녁 이곳에 와 전화를 걸었고, 통화 내용은 늘 남편을 위해 고기찜을 준비해 두었다는 것이었다.

노인은 눈가를 훔치며 말했다. "나중에 이 신문가판대 주인이 다른 일을 하게 되어 나는 그전 주인의 신문가판대를 사들였고 원래와 똑같은 전화기를 놓아두었다네. 저 애를 위해서 말이야. 단지 전화에 선이 없을 뿐이지만 난 저 애가 가슴 아파할까 봐 걱정이네."

나는 노인에게 물었다. "어르신, 어떻게 저 여자분의 사연을 아시게 된 겁니까?"

노인은 코를 푼 뒤 한숨을 내쉬었다. "왜냐하면, 난 저 애의 시아버지니까. 실성한 후부터 새아기는 날 못 알아봐. 새아기는 속이 깊었지. 아들이 그날 밤 고기찜을 먹지 못했고 새아기는 실성해 아직도 아들을 걱정하고 있는 거지."

정징은 여전히 탁자 옆에 앉아 멍하니 넋을 놓은 채 손가락으로 내 자전거 바구니를 가리키고 있었다. 여자는 바구니에 담긴 꽃을 보고 있었다. 나는 꽃을 꺼내 정징에게 건넸다. 순간 정징의 얼굴에는 기쁨이 넘쳐흘렀고 알아들을 수 없는 말을 중얼거렸다.

그날 밤, 나는 바이쉐의 생일파티에 갈 수 없었고 꽃도 정신이 이상한 여자에게 주었지만 내 마음은 뜻밖에도 시원했다. 나는 여자친구를 찾아가 한 실성한 아내가 아직도 남편이 먹지 못한 저녁 식사를 준비하고 있다는 이야기를 들려주며 우리에게도 사랑을 지켜나가야 할 이유를 만들어야겠다고 말했다.

사랑을 위해
아흔아홉 걸음 물러서다

다시 한 번 화를 낸 후 여자는 단숨에 울퉁불퉁 험한 산길을 올라갔다. 남자가 헐떡거리며 쫓아가 가까이 다가갔을 때 그녀는 "우리 헤어지자!"라고 말했다. 그는 거친 숨을 몰아쉬며 말했다. "우리가 이미 헤어지지 않으면 안 될 지경까지 왔다고 생각하는 거니? 나는 우리 인연이 아직 끝나지 않았다고 믿어." 그녀가 말했다. "하늘에서 기적을 내려준다면 모를까." 그가 대답했다. "그럼 기적을 내려줄 때까지 기다리면 되잖아."

그는 그녀를 한참 쳐다보았다. "그럼 좋아. 지금부터 우리 등을 지고 각자 걸어가기로 하자. 하지만 아흔아홉 걸음까지 갔을 때 멈추고 5분 동안 기다렸다가 기적이 나타나는지 아닌지 보자고. 만약 기적이 일어나지 않으면 여기에서 너를 축복해 줄게." 그녀는 그의 말에 동의했다. "하지만 네가 등 뒤에서 나를 따라온다면 우린 앞으로 친구 사이도 될 수 없다는 걸 명심해."

그래서 그녀는 주저 없이 앞으로 첫 번째 걸음을 내딛었다. 이어서 한 걸음 한 걸음 앞으로 나아갔다.

　아흔 번째 걸음 후에 그녀의 발걸음은 확연히 느려졌다. 아흔일곱 번째 걸음에 이르렀을 때 그녀는 그에게서 아주 멀리 떨어졌음을 깨달았다. 그녀는 사실 자신도 그를 사랑하고 있고 그도 마찬가지로 자기를 사랑한다는 사실을 잘 알고 있었다. 다만 남자의 성격은 너무 강직한 반면 여자는 유달리 소심해 매사에 부딪칠 수밖에 없었고 여자는 그때마다 성질을 부렸다. 남자인 그가 왜 여자인 자신에게 양보하지 않는지, 어째서 부드러운 말로 자신을 위로해 줄 수 없는지 그녀는 이해하지 못했다. 그 순간 그녀는 그가 원망스러웠고 남자를 용서할 수 없다고 생각했다.

　여자는 다시 한 걸음을 내디뎠다. 아흔여덟 번째 걸음이었다. 그녀의 마음에 점점 괴로움이 밀려들기 시작했다. 연인으로 지내면서 잘못한 쪽은 사실 주로 그녀 자신이었다. 남자는 지나치게 강직했지만 서로 부딪칠 때는 결국에는 그가 소인배가 되었고 그녀를 달래며 즐겁게 해주었다. 그 순간 그녀는 조금 전처럼 그를 원망하지 않았고 후회하는 마음마저 들었다. '왜 사소한 일 때문에 헤어지자고 말했을까?'

　여자는 마침내 아흔아홉 번째 걸음을 내디뎠다. 그때 그녀는 그와 연애할 때의 순간순간을 떠올렸다. 이미 3년이라는 시간이 흘렀다. 천 일이 넘는 날들의 추억과 행복을 정말로 쉽게 지워버릴 수 있는지 스스로에게 물었다. 그녀는 마음 깊은 곳에서 외치는 소리를 분명하게 들었다. "안 돼!" 그제야 그녀는 그에게 얼마나 미련이 남아 있는지 깨달았다. 그는 강한 팔로 거의 숨이 막히도록 꼭 끌어안아준 적이 있었다. 여자는 그의 넓은 등도 그리웠다. 그는 넓은 등에 자신을 업고 지금 보이는 산길을 여러 차례 올라갔었다. 키스할 때 얼굴을 찔러 아프게 했던 수염, 자신을 구슬릴 때 코를 비틀던 손가락, 머리를 쓰다듬거나 등을 따뜻하게 해주던 손바닥 등 그 모든 것에 미련이 남았다.

아흔아홉 번째 걸음을 옮기고 나서 여자는 그 자리에 쭈그려 앉아 손으로 얼굴을 가린 채 머리를 무릎에 파묻고 울었다. 처음부터 그녀는 그 때문에 화가 난 것이 아니라 자신의 어리석음에 화가 난 것이고 그래서 눈물을 흘린 것이다.

그때 뒤에서 느리지만 가벼운 발걸음 소리가 들려왔다. 여자가 고개를 돌려보니 그의 모습, 엄격히 말하자면 그의 뒷모습이 보였다. 그는 한 걸음 한 걸음 뒤로 걸어오고 있었다. 울퉁불퉁한 산길에서 그의 걸음은 무척 느리고 조심스러웠다. 그는 여러 차례 미끄러져 넘어질 뻔했다. 그때마다 여자의 심장도 그의 걸음에 맞춰 쿵쾅거렸다. 그는 마침내 그녀의 1미터 앞까지 뒷걸음질쳐왔다. 아흔여섯, 아흔

일곱, 아흔여덟. 남자는 작은 목소리로 숫자를 세고 있었
다. 여자는 얼굴 가득 눈물이 범벅이 된 채 달려가 그의 허
리를 꼭 끌어안았다.

그는 고개를 돌려 그녀의 눈물을 닦아주며 말했다. "당
신을 따라온 게 아니야. 당신을 등지고 걸어왔어. 사랑을
위해 아흔아홉 걸음 뒤로 물러서야 한다고 생각했는데 지
금 이렇게 아흔여덟 걸음 만에 기적이 나타났어."

여자는 아무 말도 하지 않고 단지 머리를 남자의 품에
파묻고 그의 가슴이 젖을 때까지 눈물을 흘렸다.

반 년 후 여자는 남자의 팔을 잡고 결혼식장에 들어섰
다. 결혼한 후부터 그녀는 더 이상 그에게 성질을 부리지
않았다. 작은 말다툼도 없었고 심지어 남자가 기분이 나빠
크게 화를 내도 마찬가지였다. 남자가 그녀에게 물었다.
"어떻게 이렇게 변한 거야? 원래 성격이 이랬어?"

여자는 웃으며 말했다. "나를 위해 당신은 이미 아흔여
덟 걸음을 뒤로 물러섰잖아. 사랑을 위해서라면 나도 아흔
아홉 걸음 정도는 양보할 수 있어."

사랑을 위해 아흔아홉 걸음을 물러선다는 것은 말이 쉽
지 실천에 옮기려면 정말 어려운 일이다. 왜냐하면 두 사람
사이에 진실한 사랑이 있어야 하는 것은 물론 상대방의 마
음까지 수용할 수 있어야 하기 때문이다.

아내가 남편에게
평생 동안 바란 한마디

—

한 공연예술가가 있었다. 한창 이름을 날릴 때 방송국에서 그에게 토크쇼 프로그램 출연을 요청했다. 공연예술가와 함께 그의 예전 동료, 친구, 제자 및 많은 열성팬, 그리고 부인도 초대받았다. 사회자는 그를 멋진 사람으로 소개했다. "우리는 알고 있습니다. 이분은 예술적으로 크게 성공했을 뿐 아니라 수많은 상을 받았고 예술계에서도 신망이 두텁습니다. 이 밖에도 화목한 가정과 효성이 지극한 자제분들 때문에 뭇사람들의 부러움을 사고 있습니다."

공연예술가의 친구, 동료 그리고 제자와 그를 좋아하는 팬들이 그에 대해 한마디씩 하고 난 뒤 사회자가 갑자기 공연예술가의 아내에게 물었다. "이렇게 완벽에 가까운 분의 아내로서 사모님은 분명 다른 사람들보다 더 애틋한 감정을 갖고 계실 거라 생각됩니다. 부군에 대해 한 말씀 해주시지요." 사회자는 한창 유명세를 타고 있는 공연예술가에 대해 부인이 구체적으로 이야기를 해주기를 바랐다.

그런데 예상 밖으로 부인이 마이크를 들더니 큰 소리로 이렇게 말했다. "전 남편을 증오해요!"

그 한마디에 그 자리에 있던 관중뿐 아니라 노련한 사회자까지도 깜짝 놀랐다. 일순간 당황한 사회자는 계속해서 어떻게 진행하면 좋을지 생각하다가 어쩔 수 없이 부인에게 왜 그를 증오하는지 물었다.

그러자 부인의 표정이 천천히 변하더니 눈빛에서는 정말 증오의 기운이 뿜어져 나왔고 떠올리고 싶지 않은 과거로 되돌아가는 듯했다. 부인은 말했다.

"그때는 아이들이 아직 어렸었죠. 남편은 매일 세계를 돌아다니며 공연하는 데만 온통 정신이 팔려 있었어요. 일 년 동안 집에 머무는 시간은 며칠에 불과했지요. 평소에는 그런 대로 지낼 만했지만 아이가 아프기라도 하면 정말 난리도 아니었어요. 전 일하면서 어른들을 모셔야 했고 아이를 업고 병원에도 달려가야 했어요. 언젠가 한번은 한밤중이었는데 비가 세차게 내리고 있었는데 아이를 데리고 병원에 가야 했답니다. 특히 아이가 두 살 때에는 급성폐렴에 걸려 의사가 저보고 아이 아빠를 빨리 불러오라고 했어요. 수술동의서에 서명을 해야 한다면서 말이에요. 아이 목숨이 위태로울 수도 있다면서……."

조용히 침묵을 지키던 관중은 눈을 크게 뜨고 부인을 주시하며 다음 말이 이어지기를 기다렸다. 부인이 계속해서 말했다. "저는 아이 아빠가 해외에서 공연 중이니 내가 대신 서명하게 해달라고 했어요. 다행히도 아이는 무사히 위험한 고비를 넘겼지요. 그때 저는 남편이 정말로 미웠고, 곁에 있지 않은 그가 무척 원망스러웠어요."

관중석이 술렁거렸다. 사회자는 부인이 한 말 때문에 공연예술가의 명성에 누가 될까 걱정되어 중간에 말을 끊으려고 했다. 하지만 부인은 계속해서 이야기를 이어나갔다.

"한번은 남편의 부친, 그러니까 제 시아버님이 무척 위독하셨어요. 그때도 전 병원에서 수술동의서에 서명을 했지요. 나는 남편이 미워요. 정말 증오해요. 남편이 돌아오면 한바탕 실컷 욕을 퍼붓거나 아예 이혼해 버려야겠다고 수십 번도 넘게 생각했었어요. 하지만 남편이 집에 돌아왔을 때 피곤에 찌든 모습을 보면 차마 불평을 늘어놓을 수 없었어요. 상황은 이미 지나간 상태였으니까요. 그렇게 순식간에 40년의 세월이 흘렀지만 전 남편에게 그 일들에 대해선 아무 말도 하지 않았답니다."

그제야 사회자는 마음을 놓을 수 있었고 마이크를 공연예술가에게 돌렸다. 하지만 그의 눈에서는 계속해서 눈물이 흘러내리고 있었다. 공연예술가는 억울한 일을 당한 아이처럼 서럽게 울었다. "여보, 왜 진작 나한테 말하지 않았어? 오늘 말하지 않았으면 나는 당신이 줄곧 행복했고 불만이 전혀 없는 줄 착각하면서 살았을 거야. 정말 당신한테 미안해. 오늘, 여기 계신 관중 앞에서 진심으로 한마디 할게. 내가 잘못했어. 정말 미안해."

공연예술가가 이렇게 사과를 전하자 부인도 눈물을 평평 쏟았다. 공연예술가가 눈물을 흘리는 모습을 보면서 부인이 말했다. "오늘에서야 이 얘기를 하는 건 당신이 '미안해, 정말 고생 많았어'라고 하는 한마디 말을 듣고 싶었기 때문이에요. 40년 동안 다른 건 빚진 게 없지만 당신은 그 한마디를 내게 빚졌으니까요! 이젠 당신을 용서하기로 마음먹었어요."

순간 관중석에서 박수가 터져나왔다.

이처럼 우리는 늘 자기 가족, 주위의 사랑하는 사람에게 관심을 갖거나 배려하는 것에는 소홀하다. 심지어 그것을 당연하게 여긴다. 그러나 그들도 힘든 사연이 많기에 우리의 위로와 관심이 분명 필요하다. 가능하다면 그들에게 늦지 않게 이 한마디를 해주면 어떨까?

"미안해, 정말 고생 많았어."

결혼생활을 맛나게 만들어주는 감정의 조미료

—

"결혼에는 대수로운 일이 없다"라는 속담이 있다. 정말로 결혼생활은 자질구레하고 소소한 일상의 연속이다. 만약 우리가 그러한 자질구레한 일들을 제대로 처리하지 못하면 결혼생활은 틀림없이 엉망진창이 될 것이다. 사소한 일들은 오히려 큰 행복과 밀접한 관련이 있다. 사소한 일들이 얼마나 대단하지를 깨달을 수 있다면 행복은 결코 멀리 있지 않을 것이다.

결혼의 행복은 생활의 세세한 부분 어디에나 존재하고 냄비와 그릇, 국자에 듬뿍 담겨 있기 때문에 어떻게 요리하느냐만 알면 정말 좋은 맛을 낼 수 있다. 다음 이야기가 어쩌면 그러한 깨달음을 줄 수 있을지도 모른다.

처음부터 엄마는 우리 두 사람을 탐탁지 않게 여겼다. 엄마는 말했다. "너흰 둘 다 고집이 너무 세." 하지만 내 마음에는 변함이 없었다. 아니 사랑이 변심을 허락하지 않았다.

나는 그와 결혼했고 소박한 결혼생활을 시작했다. 하지만 그렇게 빨리 엄마의 예언이 현실이 되리라고는 생각지도 못했다.

한바탕 격렬한 전쟁을 치른 후 나는 눈물을 흘리며 바닥에 흩어진 그릇과 컵의 잔해를 치웠다. 마치 결혼생활의 잔해를 치우는 듯했다. 나는 큰 슬픔에 잠긴 채 생각했다. '내가 기대했던 희망차고 행복한 결혼생활은 정말 가망이 없는 걸까?'

그런 생각이 들자 나는 조금도 주저하지 않고 옷가지를 챙겨서 아직도 소파에서 씩씩거리는 남편을 쳐다보지도 않은 채 집을 나섰다. 나는 엄마의 집은 언제나 나에게 활짝 열려 있을 것이라는 사실을 알고 있었다.

친정에 들어서자 엄마는 조용히 물었다. "돌아온 거니?" 내 얼굴에 억울함이 한가득 묻어 있었음에도 엄마는 나를 위로해주지 않았다.

내가 말했다. "엄마, 나 피곤해. 배도 고프고."

엄마는 "응" 하고 대꾸하고는 하던 일을 멈추고 부엌으로 들어가 밥을 지었다.

엄마의 음식솜씨가 얼마나 좋은지는 말할 필요도 없다. 잠시 후 부엌에서 진한 향기가 풍겨나오기 시작했다. 엄마는 나와 아빠를 위해 20년 넘게 요리를 하면서 그 어떤 불

평불만도 한 적이 없다. 순간 나는 부끄러운 마음이 들었
다. 나는 빠른 걸음으로 부엌으로 달려가 엄마에게 애교스
러운 말투로 말했다. "엄마, 내가 도와줄게."

엄마는 몸을 돌려 나를 가볍게 때리며 말했다. "결혼하
니 좋은 점도 있구나. 내 딸이 엄마를 아낄 줄도 알고 말이
야!"

엄마의 말에 내 눈가는 촉촉이 젖어들었다. 엄마는 되레
웃으며 말했다. "기집애, 어릴 때부터 너무 오냐오냐 하며
키운 내 탓이지. 이젠 이 엄마가 어떻게 요리하지는 잘 봐
둬! 우리 사위가 전화를 수십 통 했어. 내가 만든 음식을 먹
고 싶다고 말이야. 사위가 그렇게 말한 건 우리 딸이 아직
요리를 제대로 할 줄 모르고, 음식을 할 때 불 조절도 할 줄
모르고, 음식마다 어떤 조미료를 넣어야 할 줄도 모른다는
얘기지. 게다가 그건 음식을 하는 동안 값비싼 재료가 엉망
이 될 때까지 대충대충 하고 세심하게 신경을 쓰지 않는다
는 증거야."

나는 엄마의 손을 꼭 잡고 울음을 터뜨렸다. 나는 엄마
에게 말했다. "엄마, 가르쳐 줘! 엄마의 음식솜씨를 하나도
남김없이 이 딸한테 전수해 달란 말이야."

엄마는 흔쾌히 승낙한 다음 사위에게 전화를 걸어 밥 먹
으러 건너오라고 말했다. 방금 전까지 잔뜩 화가 나 있던

남편은 장모 앞에서 황송해서 어쩔 줄 몰라 하면서도 밥상 위를 깨끗이 비웠다. 사정을 모르는 사람이라면 내가 일부러 며칠 굶긴 줄 알았을 것이다.

나는 며칠 동안 친정에 머물면서 엄마의 요리비법을 전수받았다. 남편이 내가 만든 요리가 점점 맛있어진다고 칭찬했을 때 오래간만에 사랑의 감정이 다시 우리의 결혼생활 속에 살아나고 있음을 느꼈다.

결혼은 값비싼 음식 재료와 같다. 이 재료들을 얼마나 잘 요리하느냐는 전적으로 부부가 얼마만큼 세심하게 관심을 기울이고, 불을 적절히 조절하는 요령을 터득하고, 조미료는 무엇을 넣어야 하는지를 아느냐에 달렸다.

부부 가운데 한 사람이 기분이 나쁠 때는 상대가 불에 기름을 부어서는 절대 안 된다. 때로 익명으로 꽃을 보내거나 촛불로 저녁 식사 분위기를 연출한다면 결혼생활이 더욱 낭만적이고 사랑은 더욱 무르익지 않을까?

그런 양념들은 결혼생활을 더욱 맛있게 만들어줄 것이다.

부부라는 엄청난 인연

—

두 사람이 만나 사랑하고 결혼에 이르려면 인연도 보통 인연이 아니면 안 된다. 전생에 쌓은 복이 아니라면 그저 스쳐 지나가는 행인에 불과해 서로 시선조차 마주치지 못할 것이다. 두 사람의 결합은 정말 기적에 가까운 것이니만큼 인연을 소중히 여겨야 한다. 더욱이 사람과의 만남은 한바탕 내리는 소나기처럼 짧다. 같은 처마 아래에서 비를 피하더라도 서로 교감이 없으면 비가 그친 뒤 각자의 길을 갈 뿐이다. 사람의 생명은 짧기 때문에 끌리는 상대를 놓치지 말아야 하고 인연을 소중히 여겨야 한다.

오래 전, 훙쯔를 사랑하게 된 이유 중 하나는 그가 과묵했기 때문이다. 어떤 때는 그를 부르면 즉각 대답하지 않고 다섯 번 정도 불러야 비로소 연속해서 다섯 번을 대답하기도 했다. 그때는 그게 정말 재미있게 느껴졌다.

  그나마 다행인 것은 내가 연애하던 1980년대에 우리가 수천 킬로미터 떨어진 학교에 다니고 있었다는 점이다. 당시의 연애는 값비싸고 드문 전화의 힘을 빌릴 수 없었다. 그래서 홍쯔는 글로써 의사를 표시하는 자신만의 특기를 발휘해 거의 매일 러브레터를 쓰다시피 했다. 그것도 몇 년 동안을 말이다. 그렇게 나는 자연스럽게 홍쯔의 아내가 되었다.

나중에 함께 살면서 가끔은 말하기 좋아하는 배우자가 필요할 때가 있다는 생각이 들었다. 하지만 홍쯔는 변함없이 '금쪽같은 입'을 좀처럼 열려고 하지 않았다. 연애는 음악과 같아서 선율만 있으면 충분하다. 하지만 결혼은 영화와 같아서 계속 침묵만 이어지면 매일 보고 있기가 힘들다. 1980년대 특유의 연애방식이 아니었다면 나는 아마도 홍쯔와 결혼할 수 없었을 거라는 생각이 들 때도 있었다.

다행히 내게는 친구가 많았고 홍쯔도 구속하는 편이 아니어서 나는 친구들과 실컷 수다를 떨며 시간을 보낼 수 있었다. 그 밖에도 사는 게 바빠 내가 홍쯔를 귀찮게 하는 일도 점점 줄어들었다. 하지만 물건은 드문 게 귀한 법이라고 하지 않던가. 그럼에도 나는 언제나 홍쯔와 대화할 기회만을 삼가 기다렸다.

시간이 조금씩 흐르면서 나는 홍쯔가 두 가지 상황일 때 말이 많아진다는 사실을 알게 되었다. 하나는 한밤중에 잠을 못 이룰 때였고, 다른 하나는 술에 취했을 때였다. 하지만 훙쯔는 이따금 잠을 못 이룰 뿐이었다. 예를 들면 한 달에 한 번 정도였다. 술을 마시는 일도 드물었고 취하는 일은 더더욱 드물었다. 예를 들면 2년에 한 번 정도.

하지만 나는 충분히 행복했다. 나는 훙쯔에게 말했다. "자기가 잠이 안 오거나 술에 취했을 때는 꼭 날 깨워야 해, 알았지? 내가 출장 가 있으면 전화하고. 어쨌든 자기 이야기를 들어줄 테니 말이야."

한번은 훙쯔가 슬픈 꿈을 꾼 적이 있었다. 꿈에서 돌아가신 아버님을 보고 훙쯔는 날이 밝을 때까지 잠을 이루지 못했다. 나중에 훙쯔는 내가 하도 달게 자고 있어서 차마 깨우지 못했다고 했다. 나는 아버님을 생각하는 훙쯔의 마음이 무척 애틋하다는 사실을 잘 알고 있기에 그날 밤 함께 이야기를 나누지 못한 것이 마음에 걸려 훙쯔에게 말했다. "깊은 밤에 조용히 우주의 소리에 귀를 기울이고 이승과 저승에서 서로 가족을 그리워하고 있는데 자기는 어떻게 나만 쏙 빼놓고 영적으로 사랑할 기회를 주지 않을 수 있어? 나중에 또 잠이 안 오면 나를 꼭 깨워줘, 알았지? 잠에서 깨더라도 조금 지나면 편안해지잖아. 난 자기와 얘기하는 게 감로수를 마시는 것처럼 달콤하다구."

언젠가 나는 시안에서 반년 동안 연수를 받게 되었는데

때마침 크리스마스를 맞이하게 되었다. 저녁 늦게 숙소로 돌아오는 바람에 집에서 걸려온 전화를 받을 수 없었다. 홍쯔는 줄곧 휴대전화를 사용하지 않았기 때문에 나는 그와 연락할 방법이 없었다. 홍쯔의 일상은 극히 단순했다. 나 외에는 회사 동료가 아는 사람의 전부였다. 나는 홍쯔가 아는 사람 전부에게 전화를 걸어 보았지만 소재를 파악할 수 없었다. 나는 사소한 일에도 곧잘 긴장하는 편이어서 남편에게 무슨 사고라도 생긴 건 아닌가 하고 노심초사하기 시작했다.

자정이 넘어 간신히 전화가 연결되었다. 홍쯔는 베이징으로 출장 온 사촌형을 만나 함께 술을 마셨다고 했다. 횡설수설 여러 가지 이야기를 늘어놓는 것을 보니 홍쯔는 이미 잔뜩 취한 상태였다. 하도 가슴을 졸인 탓에 나는 잃어버린 남편을 다시 찾은 듯했다. 그래서 그런지 통화는 끊임없이 이어졌다. 내게는 휴대전화 배터리가 두 개가 있었는데 모두 막 충전한 상태였다. 배터리 하나는 네 시간 정도 사용할 수 있었다. 그렇게 통화를 하고도 아쉬웠던 나는 배터리 하나를 다 썼을 때 서둘러 그 배터리를 충전기에 끼워넣었다.

나는 손이 시큰거리고 머리도 아팠지만 남편이 전화를 끊기 전까지는 통화를 끝내고 싶지 않았다. 결국에는 날이 밝을 때까지 통화가 이어졌고, 내 휴대전화가 갑자기 먹통이 되어서야 통화는 끝을 맺었다. 시안의 친구에게 물어보고서야 안 사실인데 내가 사용한 전화번호는 시안의 것인데 시안에서는 통화료가 1천 위안이 되면 자동으로 휴대전화가 정지된다는 것이다. 나중에 나는 훙쯔에게 그날 통화를 마치고 곧바로 잠이 들었는지 물었다. 훙쯔는 집에서 두 시간 동안 멍하니 있다가 비로소 잠이 들었다고 말했다. 나는 훙쯔에게 왜 집에서 전화하지 않았냐고 물었다. 훙쯔는 "자기가 낮에 일을 나가야 하니 좀 쉬게 해야겠다고 생각했어"라고 대답했다.

한참이 지난 후 나는 후회하는 마음이 들었다. 인생에서 남편과 대화할 수 있는 시간을 낭비해 버렸기 때문이다. 이것은 내게는 추억의 시간으로 잃어버린 보석과도 같다. 남편은 때로 왜 그렇게 말하길 좋아하냐며 나를 놀렸다. 남편은 말했다. "말을 많이 하면 쓸데없는 말을 많이 하게 되지 않아? 사람은 정신이 맑지 않을 때 쓸데없는 소리를 늘어놓는다고."

가끔은 정말 궁금할 때가 있다. 깊은 밤에 잠이 안 오거나 술에 취했을 때 한 말을 남편은 설마 기억하지 못하는 것일까? 그런 말들이 어떻게 쓸데없는 말일까?

때가 되면 우리는 과거로 돌아가 아름다웠던 지난 일들

을 이야기할 수도 있을지 모르겠다. 예를 들면 연애할 때 새소리를 들려주겠다면서 훙쯔는 무더운 날씨를 무릅쓰고 여름방학 때 험준한 산에 올라 소를 키우는 목동에게 새소리 내는 법을 배우기도 했다.

또 우리는 웃음을 자아내는 일들을 이야기할 것이다.

예를 들면 한번은 훙쯔가 2만 위안을 번 적이 있다. 훙쯔의 물러터진 성격으로는 분명 돈을 받아오기 힘들 거란 걸 알기에 나는 돈을 받아내기 위해 훙쯔와 함께 칭다오에 갔다. 하지만 사장이 우리가 돌아가는 기차를 타는 시각까지 결제를 미루는 바람에 은행에 돈을 넣을 시간이 없었다. 그때 우리는 그렇게 큰돈을 만져본 적이 없었기 때문에 내가 몸에 지니고 다니는 것이 불안하다고 말하자, 우리에게 돈을 지불한 사장이 말했다. "그게 뭐 많은 액수라고 그래. 난 예전에 현금 80만 위안을 몸에 지니고 비행기를 탄 적도 있다고."

사장이 내게 용기를 불어넣어주기는 했지만 나는 가는 내내 돈에서 한시도 눈을 뗄 수 없었다. 남편이 매일 밤을 새우며 번 피 같은 돈이어서 잃어버리면 큰일이라고 생각했다.

시간이 흘러 추억을 떠올릴 때 남편은 재미있는 이야기를 들려주었다. 한 노부부가 황금벽돌을 얻게 되어 매일 밤

두 사람이 만나 사랑하고 결혼에 이르려면 인연도 보통 인
연이 아니면 안 된다. 두 사람의 결합은 정말 기적에 가깝
다. 사람과의 만남은 한바탕 내리는 소나기처럼 짧다. 같
은 처마 아래에서 비를 피하더라도 서로 교감이 없으면 비
가 그친 뒤 각자의 길을 갈 뿐이다.

돌아가며 베고 잤다고 한다. 노부부는 서로에게 계속 이렇게 물었다. "마누라, 그거 잘 있어?" "영감, 그거 있어요?" 물론 더 재미있는 이야기도 들려주었다. 우리는 웃다가 침대에서 굴러떨어졌다.

그것들 모두가 우리가 빚어낸 맛있는 술이다. 하지만 이때에만 우리는 밀봉된 지하창고를 열어 맛있는 술을 꺼내 음미한다.

나는 이렇게 깊은 밤 잠에서 깨어 남편과 수다를 떠는 게 좋다. 이런 대화는 특별한 분위기를 연출한다. 술에 취한 남편이 나와 이야기를 나눌 때는 마치 아기가 엄마만 받아들이듯이 두 사람의 생명이 신비하게 연결되어 있다고 느껴진다. 어쨌든 나와 내가 사랑하는 사람은 하늘로부터 서로 사랑할 시간을 허락받은 것이다. 게다가 이 시간은 일상의 잡티가 전혀 없다.

오래전 연애할 때 훙쯔는 편지에 이렇게 썼다.

"우리는 타향의 처마 아래에서 우연히 비를 피하다가 만난 사이 같아. 비가 그쳤을 때 각자 제 갈 길을 갈 수도 있었지. 인생은 한바탕 내리는 소나기처럼 아주 짧은 것 같아. 우리는 서로를 아껴주어야 하고 사랑 속에서도 상대가 자유를 느낄 수 있도록 해주어야 해."

오랫동안 훙쯔는 사람들과 어울리기 좋아하는 내 성향

을 구속하지도 않았고 나도 혼자 있길 좋아하고 조용한 그의 성격을 그대로 받아들였다. 인생이 소나기처럼 짧다는 생각이 들 때면 가난한 주부가 알뜰살뜰하게 살림을 챙기듯 우리가 서로 사랑할 시간을 세심하게 따지게 되고, 가끔씩 찾아오는 훙쯔의 잠 못 드는 시간과 술에 취한 순간 그리고 고귀한 말에 귀를 기울일 때를 기다리게 된다.

제6장

버리는 순간 얻게 되는

마음과 삶의 풍요로움

영혼을 비추는 작은 등불

—

세상살이 중에는 여러 즐거움이 있으니 그중 하나가 남을 돕는 일이 아닐까 싶다. 더욱이 정신적으로 누군가에게 안식처가 되어준다면 거기에서 얻는 기쁨과 만족감은 그 무엇과도 비교할 수 없을 것이다. 그 과정에서 다른 사람에게 감동을 선사할 뿐만 아니라 자신이 가치 있는 존재임을 드러낼 수도 있기 때문이다. 자아실현은 정신적인 축복이다.

이런 이야기가 전해진다. 밤길을 걸어갈 때마다 늘 등불을 밝히며 걷는 한 장님이 있었다. 사람들은 쓸데없이 등불을 낭비하는 것이기에 어리석은 짓이라 여겨 장님을 비웃었다. 하지만 그 '어리석음'이 "큰 지혜는 어리석은 것처럼 보인다"는 말에 정확히 들어맞는 것이었다. 장님은 불을 밝힘으로써 사람들이 조심하도록 일깨웠다. 불을 비춰 지나다니는 사람들이 자신과 부딪히지 않도록 한 것이다.

그 이야기를 듣고 나는 고향집의 등잔을 떠올렸다. 저녁 늦게 야간자율학습을 마치고 집에 돌아올 때마다 멀리서 등잔불이 보였고, 발소리를 죽인 채 문을 열고 살며시 방으로 들어가면 식구들은 모두 깊은 잠에 빠져 있었다. 등잔불은 나를 위해 밝혀 놓은 것이었다. 밝은 빛은 내가 가야 할 길을 알려 주었고, 나를 기다려 주었고, 나를 온기로 감싸 주었을 뿐 아니라 가족의 존재를 항상 일깨워주었다.

평범한 삶에서 자신을 비춰주는 등불을 간절히 원하지 않는 사람은 없을 것이다. 목적지가 아득히 멀리 떨어져 있더라도 등불 하나만 있다면 나아갈 길이 또렷하게 보이고 집중할 수 있어 희망을 갖게 된다. 어둠의 장막이 내리고 비까지 스산하게 내리는 타향에서 불이 켜진 수많은 집들을 내려다보면서 외로움을 느껴본 적이 있는가? 이때 낯익은 등불을 보거나 따뜻한 말 몇 마디가 떠오르면 마음의 위안을 얻게 된다.

사실 다른 사람을 위해 등불을 밝히는 것은 결코 어려운 일이 아니다. 어쩌면 두서너 마디, 아니 단 한마디의 따뜻한 말이 등불이 되어 작게는 누군가에게 활력을 불어넣어 줄 수 있고, 크게는 누군가의 인생에까지 영향을 미칠 수도 있다. 한 편집자가 내게 편지를 보내온 적이 있다. 편지에는 다음과 같은 말 몇 마디뿐이었다.

"마음에는 세상의 진심을 품고, 가슴에는 찬란한 문장을 담았습니다. 선생님과 마음으로 함께 근심하고, 마음으로 함께 눈물을 흘립니다."

이 말은 내 영혼을 밝히는 등잔불이 되어 줄곧 내가 걷는 문학의 길을 비춰주었다.

당신은 책이나 가방, 아니면 용돈 몇 푼이라도 보내 학교에 다니지 못하는 아이들에게 등불이 되어 준 적이 있는가? 어쩌면 그런 소소한 일에 어떤 보답도 받지 못할 수도 있다. 하지만 당신이 묵묵히 밝힌 작은 등불이 세상 어느 곳의 누군가는 자신을 환하게 비춰주고 있다고 여기고 있다는 사실을 알아야 한다.

나는 아직도 십수 년 전에 있었던 일을 또렷하게 기억하고 있다. 남루한 차림의 한 소녀가 큰길가에서 열매를 꼬치에 꿰어 설탕옷을 입힌 탕후루를 팔고 있었다. 소녀는 길을 오가는 사람에게 탕후루를 사라며 애원하다시피 외치고 있었다. 내가 쳐다보자 소녀는 내가 가엾게 여기는 것을 눈치채고 미소를 지으며 말을 건넸다. "아저씨, 탕후루 하나 사세요."

나는 동정심에서 탕후루 한 개를 사주었다. 한 입 먹어 보니 그다지 맛은 없었다. 소녀는 내 마음을 읽기라도 한 듯 말했다.

"제가 처음 만든 탕후루예요. 맛이 좀 떨어지니 본전인 3마오만 받을게요."

나는 소녀의 "처음"이라는 말을 몇 번이나 되뇌며 다섯 개를 더 샀다. 소녀는 감동받은 눈으로 나를 쳐다보며 돈을 받았다. 훗날 소녀는 어른이 되어 유명한 설탕 제조회사를 설립했다. 그녀는 형편이 어려워 학교에 다니지 못하는 어린이를 돕는 지원 사업에 큰돈을 기부하기도 했다. 작가로서 내가 그녀를 인터뷰했을 때 그녀는 눈물을 머금은 채 말했다.

"낯선 사람의 한 번의 관심이 제가 나아갈 길에 불을 환하게 비춰주었습니다."

그 말을 듣고 나는 한참 동안 가슴이 뛰었다. 각박한 사회에서 사람들은 관심에 목말라 있다. 말 한 마디, 행동 하나, 배려가 담긴 작은 도움, 심지어 따뜻한 눈길도 아름다운 추억이 될 수 있다. 더 중요한 점은 누군가에게는 중대한 인생의 전환점이 될 수도 있다는 것이다. 크게 보자면 이는 무형의 사회적 자산이다.

우리 모두가 누군가에게 등불이 되어 환하게 비춰준다면 세상은 수천수만 배 더 환하게 빛날 것이다.

'망각'이라는 이름의 행복
—

어느 날 저녁, 나는 억울하게 모함을 당한 친구와 만났다. 우리가 밥을 먹고 있을 때 친구에게 전화가 걸려왔다. 옆에서 듣자하니 전화를 건 사람이 친구에게 모함한 사람이 누구인지 알려주려는 것 같았다. 친구는 말했다. "부탁이니까 절대 말하지 마. 난 알고 싶지 않아."

내가 조금 이상하게 생각하자 친구가 설명해주었다.

"알면 또 어쩔 건데? 세상에는 알 필요가 없는 것들이 있어. 잊어야만 하는 것도 있고."

나는 친구의 넓은 아량에 감탄을 금치 못했다. 살다보면 뜻대로 되지 않는 일이 열 가운데 여덟아홉이다. 그러니 행복하려면 스트레스를 줄여야 한다. 스트레스를 덜 받는 가장 좋은 방법은 잊는 법을 터득하는 것이다. 삶에서는 잡을 줄도 알아야 하지만 때로는 놓을 줄도 알아야 한다. 불경에는 다음과 같은 이야기가 있다.

젊은 스님과 노스님이 함께 탁발을 다녔다. 젊은 스님은 노스님을 무척 공경했기에 스승이 무엇을 하든 유심히 살펴보았다. 두 스님이 강가에 다다랐을 때 마침 한 여인도 강을 건너려고 했다. 노스님은 여인을 업어 강을 건널 수 있게 해주었다. 반대편 강가에 이르자 여인은 고맙다고 인사한 후 제 갈 길을 갔다. 젊은 스님은 속으로 생각했다. '스승님이 어떻게 여인을 등에 업고 강을 건널 수 있단 말인가?'

하지만 젊은 스님은 감히 물어보지도 못한 채 계속 길을 가다가 도저히 참지 못하고 스승에게 물었다. "스승님, 저희는 출가한 사람인데 스승님은 어찌하여 여인을 업고 강을 건너셨습니까?"

노스님은 담담하게 말했다.

"나는 그 여인을 업고 강을 건넌 다음 바로 내려놓았는데 너는 어찌하여 그 여인을 20리 넘게 업고 다니며 아직 내려놓지 못하고 있단 말이냐!"

노스님의 말은 무척 의미심장하다. 곰곰이 생각해 보면 이것이 삶의 이치이기도 하다. 사람의 일생은 장거리 여행과 같아서 멈추지 말고 계속 가야 한다. 만약 지나가면서 보았던 모든 것을 머릿속에 넣어둔다면 불필요한 부담감만 가중시켜 경험이 많아질수록 스트레스만 커지고 만다. 그래서 길을 가면서 잊고 몸과 마음을 가볍게 하는 것이 낫다. 과거는 이미 지나가 버렸고 시간은 되돌릴 수 없기에 경험과 교훈만 기억 속에 남기고 나머지는 모두 마음에서 덜어내야 한다.

잘 잊는 것은 마음이 균형을 되찾는 과정이기도 하다. 망각에 능하려면 삶을 여유롭고 진실하게 대해야 한다. 일이 잘 풀리지 않을 때의 곤란함과 자괴감은 곧잘 잊으면서 일이 순탄하게 풀릴 때는 득의양양하고 우쭐대는 사람이 있다. 성공과 실패 모두 과거에 묻어두고 과거에 연연하거나 자신이 잘나갈 때는 어떠했다는 등의 말을 늘 떠벌려서는 안 된다. 어제의 아름다운 꽃을 오늘의 멋진 경치로 삼고 일순간에 사라지는 구름을 마음속에 영원히 담아두었다는 망상에 빠져 의기양양하고 우쭐대면 안주하게 되고 발전이 있을 수 없다. 영웅은 과거를 자랑하지 않는다는 옛말이 있는데 맞는 말이다. 또한 과거의 고통을 반복해서 되씹으며 늘 비장한 얼굴을 하고 다니는 것도 바람직하지 않다. 인도 시인 타고르는 말했다.

"태양을 잃었다고 운다면 눈물이 앞을 가려 별도 볼 수 없게 된다."

별거 아닌 일도 하나하나 따지고 들고 자질구레한 일까지 늘 마음에 담아둔다면 영혼의 배는 무게를 감당할 수 없고, 기억의 배에는 더 이상 담을 수 없게 될 것이다. 그러면

태양을 잃었다고 운다면
눈물이 앞을 가려
별도 볼 수 없게 된다.

결국 고통스러운 과거가 미래의 걸림돌이 되고 만다.

"분노는 다른 사람의 잘못으로 자신을 벌하는 것이다"라는 속담이 있다. 타인의 단점을 잊지 않으면 실제로 큰 피해를 보는 사람은 자기 자신이다. 과거의 잘못은 묻지 않고 따지지 않아야 즐겁고 행복하게 살 수 있다.

우리는 망각을 취사선택할 수 있다. 평생 잊으려 해도 잊을 수 없고 잊어서도 안 되는 일이나 사람이 있다. 다음의 이야기는 우리가 잊지 말아야 할 것과 잊어야 할 것이 무엇인지 잘 말해주고 있다.

아랍의 유명한 작가 알리는 친구 자비르와 마르사와 함께 여행을 떠났다. 세 사람이 산골짜기를 지나는데 마르사가 발을 헛디뎌 떨어졌다. 다행히 자비르가 죽을힘을 다해 마르사를 끌어올려 구해주었다. 마르사는 근처의 커다란 바위에 다음의 글귀를 새겨 넣었다.

"모년모월모일에 자비르가 마르사의 목숨을 구했다."

세 사람은 며칠 동안 계속해서 걸었고 강가에 이르렀다. 그곳에서 자비르와 마르사는 사소한 일로 다투기 시작했다. 급기야 화가 난 자비르가 마르사의 따귀를 때렸다. 마르사는 모래사장으로 달려가 다음과 같이 썼다.

"모년모월모일에 자비르가 마르사의 따귀를 때렸다."

여행에서 돌아온 후 알리가 마르사에게 물었다. "자네는 왜 자비르가 구해 주었을 때는 바위에 글을 새기고 자네의 따귀를 때렸을 때는 모래사장에 글을 썼는가?"

마르사가 대답했다. "바위에 새긴 건 자비르가 내 목숨을 구해 준 일을 평생 기억하고 싶어서야. 하지만 자비르가 내 따귀를 때린 일은 모래사장 위에 쓴 글자가 사라지듯 깨끗이 잊고 싶어서라네."

이처럼 다른 사람이 당신을 도와준 일은 반드시 기억하고 다른 사람이 당신을 섭섭하게 한 일은 깨끗이 잊는 것이 바람직하다.

봄에는 온갖 꽃이 피어나니 좋고
가을에는 휘영청 밝은 달이 떠서 좋구나.
여름에는 시원한 바람이 불어 좋고
겨울에는 눈이 내리니 좋다네.
사소한 근심 걱정을 마음에 담지 않으니
이것이 바로 사람 사는 세상의 호시절이로다.

많은 사람이 이 시를 좋아한다. 우리는 어떤 일이나 사람을 기억하거나 잊어야 한다. 즉, 기억해야 할 것은 기억하고 잊어야 할 것은 잊어야 한다. 마음에 구애받는 것이 없어 자유로워지면 삶이 얼마나 아름다운지를 느끼게 될 것이다.

돌고 도는 1위안의 온정

—

남을 돕는 일은 일종의 행복이다. 그뿐만 아니라 누군가로부터 받은 도움을 떠올리는 것도 많은 행복감을 가져다준다. 은혜에 감사하고 보답할 줄 아는 사람은 물결이 잔잔히 퍼져나가듯 은혜와 행복을 다른 사람에게 전파하기 때문이다. 따스한 정과 행복의 기억은 마음속에 한 송이 꽃이 활짝 피어난 것처럼 향기를 자연스럽게 내뿜어 스스로를 향기롭게 만들고 사람들을 취하게 한다.

어느 날 정신없이 버스를 탔을 때의 일이다. 나는 버스에 타고서야 교통카드를 두고 왔다는 사실을 깨달았다.

그나마 다행인 것은 운전기사가 나를 무임승차 상습범으로 보지 않았다는 점이다. 운전기사는 나에게 당장 내리라고 하는 대신에 지갑에 잔돈이 있는지 찾아보라고 말했다.

버스 안에서 나는 몸의 이곳저곳을 샅샅이 훑었지만 100위안짜리 지폐 몇 장 외에 동전은 한 개도 없었다. 그렇게 난처한 경우는 처음이었다. 버스 안 승객들이 나를 이상한 눈으로 쳐다보는 모습을 보자 차라리 100위안의 고액권 지폐를 요금함에 넣어 내 결백을 증명하고 싶은 마음이 간절했다. 당황해서 어쩔 줄 몰라 하고 있을 때 뒤에서 허스키한 목소리가 들려왔다.

"이보게 젊은 양반, 여기 1위안이 있으니 가져가게나."

돌아보니 목소리의 주인공은 할머니였다. 거무튀튀하고 주름투성이인 할머니는 회색의 면 블라우스에 낡은 하얀 수건으로 머리를 감싸고 색 바랜 꽃무늬를 수놓은 신발을 신고 있었다. 전형적인 시골 할머니였다. 말하는 사이에 할머니는 버스요금인 1위안을 요금함에 넣어버렸다. 나는 황망히 말했다. "이러시면 안 되는데. 제가 어떻게 돈을 돌려드리면 될까요?"

할머니는 미소를 지었다. "1위안이 뭐 대수라고? 1만 위안도 아니잖나."

그 순간 버스 안의 승객들이 나와 할머니를 보고 웃는 것이 보였다. 그 알 수 없는 웃음이 나를 점점 더 불안하게 했다. 승객들이 웃을수록 무안해진 나는 곧바로 할머니에게 말했다.

"어르신, 이러면 어떨까요? 저와 함께 버스에 내려서 몇 분만 기다려 주세요. 그럼 제가 담배 한 갑을 사서 잔돈을 바꾼 후에 버스요금을 갚을게요."

할머니는 다시 웃었다.

"난 다음 정류장에서 내려. 오후에는 산둥 지닝에 있는 우리 집으로 돌아가야 하고. 내 아들네가 난징에서 일해서 손자를 보러 일부러 온 거야. 그러니까 3년 전에 처음으로 난징에서 버스를 탔을 때 말이야, 난 요금을 넣어야 하는 줄도 몰랐어. 게다가 수중에 잔돈도 없었지. 지금 자네처럼 말일세. 그런데 어떤 마음씨 착한 아가씨가 대신 1위안을 내주더군. 오늘 마침 내가 난징의 정을 갚을 기회가 생긴 것뿐이야. 다음에는 자네가 버스에서 자네처럼 잔돈을 챙기지 못한 사람을 만나면 대신 버스요금을 내주게. 그러면 내게 진 빚 1위안을 갚는 셈이 되는 거지. 저 돈은 잠시 자네한테 맡겨두는 거야."

할머니의 말을 듣고 버스 안을 가득 메운 승객들은 모두 웃었다. 승객들의 웃음은 더할 나위 없이 따뜻한 웃음이었다.

진정한 행복은 롤러코스터가 아니다

—

졸업 후 나는 직장 때문에 남방의 한 아름다운 도시에 가서 살게 되었다. 오빠가 장기간 외국에 나가 있었기 때문에 나는 잠시 오빠의 집에서 살았다. 집은 혼자 살기에는 큰 편이었고 남의 집에 얹혀산다는 부담도 없어 나는 자연스럽게 자유롭고 편안하게 살 수 있었다.

오빠의 집 근처에는 '청량산'이라고 불리는 작은 산이 하나 있었는데 그 이름처럼 시원하고 한적했다. 한가한 날에 내가 가장 좋아하는 일은 화창한 날을 골라 청량산으로 산책을 가는 것이었다. 화장기 없는 수수한 얼굴로 그곳에 가면 얼굴 가장 깊은 곳의 세포까지도 상쾌한 공기를 들이마시는 듯했다. 나는 정장을 벗어던지고 편한 꽃무늬 원피스 입기를 좋아하는 그런 부류였다. 나는 산뜻하고 얇은 스웨터를 허리에 아무렇게나 동여매고 최신 유행의 배낭을 등에 걸치고 다녔다. 정면에서 보지 않고 뒷모습만 본다면 영락없이 젊음을 발산하는 여학생이었다.

행복이란 무엇일까?
행복을 경영할 줄 아는 사람은
기꺼이 버릴 줄 아는 마음을 갖고 있다.

밥을 먹고 나서 계속 걷는데 어딘가에서 갑자기 색소폰 소리가 들리는데 케니 지의 〈Going Home〉인 듯했다. 나는 소리를 따라 방향을 바꾸어 갔다. 해가 지기 시작하는데 사람들이 삼삼오오 모여 있었다. 대다수는 노인들이었는데 그 속에서 갑자기 책벌레 분위기를 물씬 풍기는 한 젊은 남자가 심취한 듯 색소폰을 불고 있는 모습이 보였다. 음색은 케니 지처럼 그윽하고 생동감이 넘치지는 못했지만 나름대로의 분위기가 있어 저절로 걸음을 멈추고 귀 기울여 듣게 되었다.

"와우, 정말 멋진걸." 가장 귀에 익지만 가장 불기 어려운 부분을 거침없이 연주하는 것을 듣고 나서 나도 모르게 감탄사가 절로 나왔다. 남자는 나름대로 새롭게 곡을 해석해 색소폰을 연주했다.

"감사합니다." 남자는 그제야 내 존재를 의식하고 색소폰을 내려놓으며 말했다. "새로 오셨나 봐요. 예전에 뵌 적이 없는 것 같은데."

"아, 네. 계속 연주해 주세요. 정말 듣기 좋던데요."

여태까지 듣던 것은 무대 위에서 연주하는 가공된 〈Going Home〉이었지만, 처음으로 가까운 거리에서 직접 연주하는 곡을 들으니 비록 완벽함은 부족했지만 진실하고 자연스러워 독특한 매력이 느껴졌다. 연주가 끝나고도 여운이 길게 남았다.

"한 곡 더 연주해주세요." 내가 참지 못하고 부탁했다.

"어떤 곡을 듣고 싶으세요?"

"〈재스민 플라워〉요."

케니 지의 명곡은 익히 들었기에 나는 임의로 한 곡을 골랐다. 그는 능숙한 솜씨로 곡을 연주했다. 나를 더욱 즐겁게 한 것은 그가 고전 명곡을 능숙하게 연주했을 뿐 아니라 최신 유행곡도 멋지게 연주했다는 점이다. 심금을 울리는 색소폰 소리가 바람에 실려 퍼져나가자 어둠의 장막이 내린 작은 산이 더없이 아름답게 느껴졌다. 저녁놀은 이미 종적을 감추었고 나와 그 남자는 아쉬움을 뒤로 한 채 헤어졌다.

그 후로 쉬는 날이면 나와 그는 서로 약속이나 한 것처럼 한 사람이 먼저 오거나 뒤에 오거나 하면서 만나 한 사람은 색소폰을 불고 다른 한 사람은 청중이 되어 음악을 감상했다. 나중에 시간이 흐르자 한 사람은 색소폰을 불고 다른 한 사람은 노래를 불렀고, 시간이 더 지나서는 누가 노래를 부르고 누가 색소폰을 부는지 분간할 수 없이 서로 하나가 되었다.

뜻밖에도 멋진 분위기는 풍부한 감정으로 이어지지 못했다. 사이가 가까워질수록 마음은 오히려 멀어졌다. 그를 자주 만나게 되면서 그가 완벽한 사람은 아니란 걸 점점 깨닿게 되었던 것이다.

더 지내다보니 좀 낯선 느낌마저 들었다.

때때로 감정은 이유 없이 시작되었다가 이유 없이 끝나기도 한다. 감정이란 것은 아주 세세하게 나눌 수가 없다. 세세하게 나눌 수 있다면 감정이 아니다. 아주 간단명료한 이치도 여러 우여곡절을 거치다보면 모호해지는 경우가 많다.

그 당시 나는 아직은 너무 젊어서 멀고도 험한 길을 돌아야 비로소 새로운 희망과 기회가 생길 운명이었다. 내 마음은 쉽게 알아차릴 수 없는 속도로 시작되었다가 그와 내가 함께 나아가던 궤도에서 점점 이탈했다.

갑작스럽게 정신을 차렸을 때에도 나는 몸은 여전히 그의 곁에 있었지만 마음은 이미 지나온 길을 찾지 못할 정도로 멀어져 있었다.

만남은 인연이지만 인연을 지켜나가는 일은 예술이다. 사랑은 때로는 자생력을 키워 불가능을 가능으로 바꾸는 기적을 일으킨다.

몇 가지 사소한 사건들이 줄줄이 감동으로 이어져 내 마음을 처음 있던 자리로 되돌려 놓았다.

언제가 한번은 그가 상하이로 출장을 간 적이 있다. 출장에서 돌아온 그는 나를 위해 구입한 옷 세 벌을 선물했다.

나는 그를 나무랐다. "내가 입어보지도 않았는데 무턱대고 이렇게 사오면 어떡해? 사이즈가 맞지 않으면 어쩔 거야?"

그가 웃으며 말했다. "지금 입어보면 알 거 아냐."

세 벌 모두 입어보니 놀랍게도 몸에 잘 맞는 것이 아닌가! 마치 옷가게에서 직접 입어보고 산 것 같았다.

내가 의아해하고 있을 때 그가 다시 웃으며 말했다. "넌 이미 내 몸의 일부야. 네가 곧 나인데 내가 어떻게 어떤 옷이 맞을지 안 맞을지 모를 수가 있겠어?"

그가 친구 집에서 술을 많이 마셔 곤드레만드레 취했을 때의 일이다. 택시를 잡아타고 돌아오는 내내 그는 내 손을 꼭 잡고서는 놓지 않으려 했다. 이튿날 일어나 나를 보고 한 첫 마디가 이러했다. "어제는 내가 미안했어. 무거워서 혼났지?"

나는 놀라서 물었다. "인사불성이 될 정도로 마셨는데도 내가 집까지 바래다준 건 기억하는 거야?"

"어젯밤에는 심하게 취해서 다른 사람이 뭐라고 하는지는 전혀 들리지가 않더라고. 그래도 한 가닥 의식은 남아 있었던지 네 목소리만은 들리더라. 다른 사람은 모르겠는데 네가 내 옆에 있다는 건 확실히 알겠더라고."

예를 들자면 한도 끝도 없다.

그러던 어느 날, 6년 동안 이어진 나와 그의 연애에 한 차례 풍파가 일었다. 알 수 없는 이유로 대판 싸운 후, 나는 그에게 헤어지자고 말했다.

그는 등을 돌린 채 말했다. "세상에서 가장 고통스러운 게 뭔지 알아? 진심으로 너를 사랑하는 사람이 네 앞에 서 있는데도 너는 그 사람을 아예 투명인간 취급한다는 거야."

순간 나는 그가 울고 있다는 걸 느낄 수 있었다.

나도 울었다.

마침내 나는 깨달았다. 우리 두 사람은 원래부터 서로 떨어질 수 없는 관계라는 걸.

결국 그는 나의 남편이 되었다.

행복이란 무엇일까? 행복을 경영할 줄 아는 사람은 기꺼이 버릴 줄 아는 마음을 갖고 있다. 부처는 미련을 버리라고, 버려야 얻는다고 말했다. 마라톤이나 다름없는 연애에서 깨달은 점이 있다면 그것은 바로 버릴 줄 아는 마음이다. 나는 나의 감성, 완벽을 추구하는 품위 있는 삶을 버렸다. 그리고 그는 그의 고지식함과 미숙함을 버렸다.

결혼생활은 처음 들었던 〈Going Home〉처럼, 처음 알았던 청량산처럼 놀랍거나 신비롭지 않았다. 어떤 것은 소소한 기억들이 쌓아올린 행복감에 불과하지만 평범하기에 진실되다.

어쩌면 행복은 원래 이런 것인지도 모른다.

'하지 않음'으로써 얻는 진정한 행복

—

많은 사람이 집을 구입하려고 준비 중이거나 '하우스푸어'로 숨 막히는 삶을 살아가고 있다. 윈은 그런 사람들을 의아하게 생각하며 말했다. "왜 꼭 집을 사야 하지? 집이 사람을 따라오게 하면 되잖아. 사람은 살아 있는 존재고 집은 죽은 존재야. 죽은 집이 산 사람을 위해 봉사해야지. 그런 삶들은 지금 집의 노예로 살고 있는 거라구."

윈은 말만 그렇게 하는 게 아니라 실제로 그런 삶을 살았다.

윈은 다른 사람들처럼 빚을 많이 내 값비싼 집을 사지 않았다. 그녀는 집에 바라는 것은 오직 편리함과 안락함이라고 말했다. 신혼 때 그녀는 자신의 직장과 신랑의 직장 중간에 있는 주거환경이 매우 훌륭한 동네의 작은 아파트를 빌렸다. 부부가 모두 걸어서 출퇴근할 수 있었고, 집은 그들이 원했던 대로 편하고 쾌적했다.

아이가 생기자 윈은 자신의 직장 근처로 이사했다. 새로

이사한 집은 마당이 있고 침실 두 개에 거실이 하나 딸린 집이었다. 눈부신 햇살이 쏟아지는 마당은 노인이 드나드는 것은 물론 빨래를 널기에도 무척 편했다. 게다가 직장 근처여서 아이를 돌보기에도 그만이었다. 집으로서 최고의 조건을 갖춘 것이다.

아이가 학교에 들어간 후에는 원은 아이의 학교 근처에 있는 집을 빌려 또다시 이사했다. 새로 이사한 곳은 교육환경이 좋고 지역 주민들의 전체적인 교양 수준이 높은 곳이었다. 아이는 친구와 함께 등교도 할 수 있었고, 같이 놀 또래 친구도 많아 등하교 시에 안전을 걱정할 필요가 없었다. 부부는 비가 내리는 등의 험한 날씨에 아이를 데려가고 데려오는 수고를 덜 수 있었다.

원은 경제적인 비용을 한번 따져보았는데 그녀의 생각대로 이상적인 집을 빌리는 것이 집을 사는 것보다 훨씬 경제적이었다. 집의 기능을 십분 발휘하면서도 질 높은 생활을 향유할 수 있기 때문이다.

마이카 붐이 일었을 때도 원은 유혹에 흔들리지 않았다. 자동차를 살 여유도 있고 유지할 여력도 있었지만 그녀는 기계에 관심이 없었다. 경비와 환경을 생각했을 때 택시를 타는 게 신경도 덜 쓰고 경제적인 비용도 훨씬 적게 든다고 말했다. 더 중요한 점은 그녀는 항상 필요한 곳으로 이사를 했기 때문에 차를 살 필요도 없었다.

주식열풍이 불어 사람들이 너도나도 주식시장에 몰려들었던 때가 있었다. 윈은 방관자적 입장에서 광풍을 지켜보며 자기도 벼락부자가 되고 싶지만 숫자놀이에는 전혀 흥미를 느끼지 못하겠다고 말했다. 그래서 남들은 오르락내리락하는 주가를 지켜보며 가슴을 졸이고 애를 태우고 있을 때 윈은 한가롭게 차를 마시며 책을 읽고 글을 썼다. 주식시장이 몇 차례 폭락장을 거듭하는 바람에 모두가 꿈에서 깨어났을 무렵 그녀의 글은 10만 위안에 팔렸다.

사람들이 자녀를 각종 학원에 보내며 최고급 일하는 기계로 만들기 위해 큰 비용을 쏟아붓고 있을 때 윈의 아들은 마당에서 여러 가지 만들기 활동에 열중했다. 그녀는 아들의 장래희망이 행복한 블루칼라가 되는 것이라면서 자기는 그것도 나쁘지 않다고 생각한다고 말했다. 그 결과 윈의 아들은 손재주가 뛰어나고 독립심이 강한 학생으로 성장했고 전국 단위의 설계디자인 대회에서도 여러 차례 상을 받았다.

윈은 대형할인마트에 가는 경우가 드물었다. 그녀는 필요한 것이 있으면 가까운 슈퍼마켓에 가서 바로 구입했다. 그녀는 동네 슈퍼마켓을 이용하면 눈이 어지러울 정도로 많은 상품이 놓인 매대 앞에서 무엇을 살지 고민하지 않아서 좋다고 하면서 우리가 하는 많은 일들 중에 하지 않아도 되는 일이 많으며 그렇게 하는 것이 더욱 큰 의미가 있다고 덧붙였다.

지금도 원은 임대한 집에서 살고 있다. 오래되었지만 아름다운 마당이 있고 넓은 거실과 아치형의 커다란 창문이 달린 집이다. 주말 오후에 우리는 그녀 집에서 차 마시는 것을 좋아한다. 차의 향기를 음미하며 알록달록한 햇살과 시원한 바람을 만끽할 수 있기 때문이다.

부동산 대출, 자동차 할부금, 그리고 스스로 자초한 스트레스가 없기에 원의 삶은 여유롭고 편안하다. 우리는 가끔 그녀의 집에 가서 그런 행복을 잠시 누린 뒤 다시 팍팍한 일상으로 돌아온다. 마음 깊은 곳에서 부러움이 고개를 들지만 무엇인가를 하지 않는 것도 일정 경지에 다다라야 가능하다. 하지만 우리에게는 다행스럽게도 원과 같은 친구가 있다. 그녀는 우리에게 세상에는 '하지 않음'으로써 얻는 행복도 있음을 알게 해주었다.

삶을 끓어오르게 하는 지혜

—

한 청년이 고민을 한가득 안고 현자를 찾았다. 그는 대학 졸업 후 여러 가지 목표를 세웠지만 몇 년이 지났음에도 아무것도 이루어놓은 것이 없었다.

청년이 현자를 방문했을 때 현자는 마침 강가의 작은 집에서 책을 읽고 있었다. 현자는 미소를 지으며 청년의 하소연을 모두 들어주고 나서 말했다.

"이보게 젊은이, 먼저 물주전자에 물 끓이는 것 좀 도와주게나."

청년은 벽 모퉁이에 놓인 커다란 물주전자를 보았다. 그 옆에는 부뚜막이 있었지만 땔감이 보이지 않아 청년은 바로 땔감을 찾으러 나갔다.

청년은 밖에서 마른 나뭇가지들을 주워왔고 주전자에 물을 가득 채운 다음 부뚜막에 올렸다. 그러고 나서 아궁이에 땔감을 조금 넣고 불을 지폈다. 하지만 주전자가 엄청나게 컸기 때문에 땔감 한 묶음이 다 타도록 물은 끓지 않았다. 청년은 다시 밖으로 나가 땔감을 찾았고 돌아왔을 때 주전자는 이미 거의 식은 상태였다. 청년은 시행착오를 통해 배운 바가 있어 서둘러 불을 피우지 않고 다시 땔감을 구하러 나갔다. 이번에는 땔감이 충분했기에 주전자의 물은 곧 끓어올랐다.

현자가 갑자기 청년에게 물었다. "땔감이 부족하면 물을 어떻게 끓여야 하겠나?"

청년은 잠시 생각해본 후 고개를 갸우뚱했다.

현자가 말했다. "만약 그렇다면 주전자에 담긴 물을 따라버려야겠지."

청년은 고개를 끄덕였다.

이어서 현자가 말했다.

"자네는 처음에 의욕이 넘쳐 너무 많은 목표를 세웠어. 저 커다란 주전자에 물을 넘치도록 담은 것처럼 말이야. 땔감이 충분하지 않으면 당연히 물을 끓어오르게 할 수 없다네. 물을 끓이고 싶으면 물을 따라버리거나 사전에 땔감을 충분히 준비해야겠지."

순간 청년은 확실히 깨달았다. 집으로 돌아온 후 청년은 자신이 세웠던 목표들을 과감히 수정해 많은 것을 없애고 중요하고 시급한 목표 몇 개만 남겼다. 동시에 여가 시간을 활용해 각종 전문지식을 쌓았다. 몇 년 후 청년은 세웠던 목표를 거의 대부분 이루었다.

잡다한 것을 정리해 단순화하고 가장 절실한 목표부터 시작해야 한 걸음 한 걸음 성공의 길로 나아갈 수 있다. 모든 일에 신경을 쓰다 보면 중도에 포기하게 마련이다. 또한 우리는 길을 가면서도 꾸준히 '땔감'을 주워야 한다. 그래야 인생에 열기를 불어넣을 수 있어 마침내 삶이 끓어오르게 할 수 있다.

모를 심는 농부에게서
겸손함을 배우다

—

잉거에서 숲까지 자동차를 몰고가다 보면 중간에 '간위안'이라는 곳을 지나게 된다. 그곳을 지나다가 농부 몇몇이 모내기를 하고 있는 모습을 보았다. 농부가 모내기하는 광경을 오랫동안 보지 못한데다 드넓은 대지에 펼쳐진 봄날 경치가 한 폭의 그림과도 같아서 나는 차에서 내리지 않을 수 없었다.

허리를 굽힌 농부의 모습은 마치 낱알이 많이 달린 벼이삭 같았다. 그런 자세로 농부들은 한 걸음 한 걸음 논에 모를 심으며 공손하게 뒤로 물러났다.

농부들이 논에서 열심히 일하는 모습을 볼 때마다 노동의 아름다움이 진한 감동으로 다가온다. 특히 모내기하는 자세는 아름답기 그지없다. 세상 대부분의 일은 앞을 향하지만 모내기는 뒤로 물러나면서 해야 한다. 뒤로 가면서 모를 심어야 논이 반듯한 모양새를 취하게 된다. 허리를 굽힌 채 뒤로 물러나는 모습은 예전에 아버지를 따라 논농사를 짓던 추억을 떠올리게 해서 감사와 공경하는 마음이 들게 한다.

논 가장자리에 서서 푸른 모로 뒤덮인 논을 바라보며 숨을 깊이 들이마시자 대기 속에서 사람을 취하게 하는 각종 향기가 느껴지며 정말 봄이 온 것을 피부로 느낄 수 있었다. 조금 전까지 봄비가 내린 논은 몽롱한 아름다움이 남아 있었고 흙이 축축하고 부드러웠다. 농사를 짓기에 딱 좋은 조건이었다. 봄날도 좋고 봄비도 좋은 날이었다. 농부들의 모습을 보면서 나는 불교의 시 한 수가 떠올랐다.

손에 든 푸른 모를 논에 가득 심으려고
고개를 숙이니 물속에 하늘이 있구나.
자기 몸을 청정하게 하니 그것이 바로 도이고
물러서는 것이 본래 나아가는 것이로다.

이것은 일상의 모내기로 마음의 논에 모내기하는 것을 비유한 시다. 마음의 논에 모내기하는 사람만이 마음의 물속에서 넓고 푸른 하늘을 볼 수 있고, 심신을 청정하게 하는 것이 수행자의 유일한 길임을 말하고 있다. 청정한 경지로 나아가려면 자신의 마음을 되돌아보고 관조할 줄 알아야 한다. 모내기하는 농부처럼 뒤로 물러나는 것이 곧 앞으로 나아가는 것이다.

이미 상당한 성취를 거둔 사람도 앞으로 더 나아가지 못하면 도약할 수 없으니 끝까지 정진해야 한다. 뒤로 조금 물러나 다시 나아갈 수 있어야 그보다 더 높은 경지에 다다를 수 있다.

인생에서 한 걸음 물러서는 것은 결코 나쁜 일만은 아니다. 전진할 때 물러서는 자세를 취하고 겸손하고 삼가는 태도로 임한다면 더 훌륭한 모습이 될 것이다. '전진'과 '후퇴'는 절대적인 것이 아니다. 예를 들어 욕망을 추구할 때 정신적으로 성숙하지 않으면 전진은 바로 후퇴다. 반대로 실패 때문에 좌절을 겪더라도 정신적으로 성숙해진다면 후퇴가 바로 전진이다.

농부가 뒤로 가면서 모를 심는 게 전진일까, 아니면 후퇴일까? 예전에 불교 국가를 여행한 적이 있는데 예불을 드리러 갔을 때의 일이다. 사원의 스님은 불당을 나갈 때는 부처님을 공경한다는 의미로 허리를 굽히고 뒤로 물러나면서 나가야한다고 가르쳐주셨다.

나는 농부가 허리를 굽혀 모내기하는 자세를 보면서 법당에서 떠날 때의 자세와 많이 닮았다고 생각했다. 공을 들여 뒤로 가는 모습이 모 하나하나에서 부처의 존재를 보는 듯했다. '푸른 모 하나하나가 부처의 몸이다.' 농부는 수천

년 동안 아름답고 겸손한 자세로 이를 실천했다. 아름다운 자세는 황금빛 벼이삭으로 화했고, 허리를 굽힌 겸손함은 고개 숙인 벼로 화했다. 땅에서 자라면서 무에서 유가 탄생했으니 이것이 바로 부처가 현신한 것이 아니겠는가?

간위안을 떠나 자동차가 류수와 치리향자다오의 좁은 길을 지날 때 내 몸과 마음은 상쾌해졌고, 산 사이를 흐르는 시냇물처럼 맑아지는 것을 느낄 수 있었다. 마치 절에서 공손하게 불상을 향해 절을 올리고 허리를 굽혀 법당의 문 쪽으로 뒷걸음질 치는 듯한 느낌이었다.

대기의 푸른 하늘과 수면의 푸른 하늘이 모두 나를 감싸주었고 두 뺨을 스치며 음악소리를 들려주었다.

욕망을 추구할 때 정신적으로 성숙하지 않으면 전진은 바
로 후퇴다. 반대로 실패 때문에 좌절을 겪더라도 정신적으
로 성숙해진다면 후퇴가 바로 전진이다.

제7장

소소하지만 삶에서
가장 소중한 것들

우리 인생의 매순간은
독립된 시간이다

—

한 대학교수가 자신의 독일 유학시절 이야기를 학생들에게 들려주었다. 교수는 진지하게 말했다. "독일에서는 학제에 적응기를 두기 때문에 10년 만에 겨우 박사학위를 따는 학생들도 있습니다."

학생들이 경악하는 표정을 지으며 물었다. "와, 그렇게나 오래 걸려요?"

교수는 웃었다. "여러분은 왜 그것이 오래 걸린다고 생각하는 거지요?"

한 학생이 말했다. "학위를 받고 귀국해 학생들을 가르치거나 다른 일을 할 때는 이미 30대나 40대가 될 테니까요."

교수가 말했다. "독일로 유학을 가지 않아도 언젠가는 30대나 40대가 되지 않나요?"

"네, 그거야 그렇죠." 교수의 질문에 학생이 대답했다.

교수는 잠시 말을 멈추었다가 이어서 질문했다. "이것이 무슨 의미인지 알겠습니까?"

학생들은 이해하지 못하겠다는 표정을 지으며 교수를 쳐다보았다.

"우리 인생에는 그냥 지나쳐가는 것도 기다려주는 것도 없습니다. 독일에서의 10년은 인생의 한 부분입니다."

교수의 말은 매우 의미심장했다.

그 대화는 학생들에게 깊은 인상을 심어주었을 뿐만 아니라 학생들의 인생철학과 가치관에도 지대한 영향을 미쳤다.

예전에 한창 바쁜 시절에 친한 친구 하나가 나에게 물었다. "언제까지 그렇게 바쁠 셈이야?"

"내가 언제까지 바쁠 거라든가 언제가 되어야 바쁘지 않을 거라고 말해주어야 하는 거야?" 내가 반문했다.

바쁜 시기는 인생에서 그냥 지나가는 시간이 아니라 우리 삶에서 가장 소중한 일부분이다. 많은 사람이 이렇게 불평한다. "일이 바빠서 정말 죽을 맛이야. 이 시기가 지나면 난 꼭 무엇무엇을 하고 말겠어." 그래서 인생의 소중한 순간을 그냥 넘기거나 때가 오기를 기다린다. '기다리지 뭐! 이를 악물고 이 시기를 버티고야 말겠어.' 이런 생각이 고개를 들면 우리의 삶은 그것 때문에 일부를 잃게 된다.

"우리 인생에는 그냥 지나쳐가는 것도, 기다려주는 것도 없습니다."

그때 교수님이 한 말이 내 귀에 생생히 들리는 듯하다. 그래서 나는 늘 내 인생의 매순간을 좋아하려고 노력한다. 그 과정들 자체가 인생이고, 다시 돌아올 수 없는 순간이기 때문이다.

인생은 맑은 날도
흐리고 비가 내리는 날도 있다
그래서 인생이다

———

절망의 늪에 빠진 한 남자가 나무에서 뛰어내려 목숨을 끊으려고 앵두나무에 올라갔다. 남자가 뛰어내리려고 결심한 순간 학교가 수업을 마쳤다.

학교 정문을 뛰쳐나오는 아이들의 무리가 나무 위에 서 있는 남자를 보았다. 그중 한 아이가 물었다. "아저씨, 나무 위에서 뭐 하세요?"

어쨌든 아이에게 자살한다고 실토할 수는 없는 노릇이어서 남자가 둘러댔다. "경치를 구경하고 있지."

"그럼 아저씨 주변에 앵두가 많이 달린 걸 보셨겠네요?"

또 다른 아이가 묻자 남자가 고개를 숙여 내려다보았다. 오로지 자살하겠다는 일념뿐이었던 남자는 크기가 제각각인 붉은색 앵두가 나무에 가득 달려 있다는 사실을 전혀 알아차리지 못했던 것이다.

"아저씨, 앵두 따는 것을 좀 도와주실래요?" 아이들이 말했다.

삶은 날씨와 같아서
오늘은 구름 한 점 없이 맑다가
내일은 흐리고 비가 내릴 수도 있다.
그것이 바로 인생의 묘미이기도 하다.

"아저씨가 나무줄기를 힘껏 흔들어 주시기만 하면 앵두가 떨어질 거예요. 부탁드릴게요. 우리는 그렇게 높이까지는 못 올라가거든요."

세상에 미련을 버리겠다고 모진 결심을 한 남자로서는 맥이 빠지는 노릇이었지만 아이들이 부탁하는 것을 거절하기도 난감해 하는 수 없이 도와주겠다고 대답했다. 남자는 나무 위에서 뛰기도 하고 줄기를 흔들어 보기도 했다. 그러자 앵두가 나무에서 우수수 떨어져내렸다. 나무 아래에는 점점 더 많은 아이가 모여들었고, 모두 신이 나서 즐겁게 앵두를 주웠다. 한바탕 난리법석을 치른 후, 앵두가 거의 다 떨어지자 아이들도 점점 사라졌다. 남자는 나무에 앉아 아이들이 즐거워하는 모습을 지켜보면서 왠지 모르게 자살하고 싶은 마음이 완전히 사라짐을 느꼈다. 남자는 주변에서 아직 떨어지지 않은 앵두를 딴 뒤 어쩔 수 없이 앵두나무에서 내려와 앵두를 들고 천천히 집으로 발걸음을 옮겼다.

집에 돌아오니 여전히 낡은 집, 어제와 같은 아내와 아이들이 있었다. 하지만 아이들은 아빠가 앵두를 갖고 돌아온 것을 보고 기뻐했다. 온 식구가 한데 모여 함께 저녁을 먹었고, 그는 아이들이 즐겁게 앵두를 먹는 것을 지켜보았다. 그때 남자는 새로운 깨달음을 얻었다. 그는 속으로 생각했다.

'어쩌면 이런 삶이 사람을 살아가게 하는 이유인지도 모르겠군.'

절망의 숲을 거닐던 남자는 자살하려던 생각을 접었다.

새로운 소득은 자신도 모르게 다가온다. 절망의 끝에는 늘 새로운 희망의 탄생이 기다리고 있다. 인생의 하늘에는 늘 맑은 날만 계속되지 않는다. 우리는 날씨를 좌지우지할 수는 없지만 자신의 마음을 통제할 수는 있다. 삶은 날씨와 같아서 오늘은 구름 한 점 없이 맑다가 내일은 흐리고 비가 내릴 수도 있다. 그것이 바로 인생의 묘미이기도 하다.

500킬로미터에서 맺은 값진 우정

―

류훙광은 선전에서 샤먼까지 혼자 자전거를 타고 여행을 갔다.

그는 자전거 여행을 위해 사전작업도 충분히 했다. 두 달 전부터 노동절 연휴기간에 자전거로 샤먼 구랑위에 가겠다고 대대적으로 알려 동행할 사람은 없는지 사무실 여직원들에게 의사를 타진했다. 유감스럽게도 거사에 동참하겠다는 동료 여직원은 없었다. 또한 그는 체력 보강을 위해 매일 아침 출근 때마다 엘리베이터를 타지 않고 계단을 이용했다.

류훙광은 마지막 준비로 산악자전거 한 대를 구입했다.

자전거 가게 사장은 자전거의 품질에 대해 입에 침이 마르도록 자랑했고 아프리카 사하라 사막에서 몰고 다녀도 끄떡없을 거라고 호언했다. 류훙광의 꿈은 그렇게까지 원대한 것이 아니어서 그는 무사히 샤먼까지만 가면 만족이었다.

류훙광은 마침내 목적지를 향해 길을 떠났다. 후이저우를 지나 겨우 산웨이에 들어섰을 때부터 산악자전거의 체인이 자꾸 빠지기 시작했다. 몇 번 페달을 밟자 '철커덕' 하더니 체인이 말썽을 부렸다. 상황이 상황인지라 현지 조달로 길가에서 막대기를 주워 체인을 제자리에 돌아가게 한 다음 다시 자전거를 몰았다. 힘껏 밟아 빨리 가려고 하는데 다시 '철커덕' 하는 소리가 나더니 체인이 또다시 자기 자리를 이탈했다. 수십 번도 더 제자리를 이탈하던 체인은 결국 끊어져 완전히 망가지고 말았다.

순간 류훙광은 집으로 돌아가고 싶은 마음이 굴뚝같았다. 하지만 선전을 떠올리자 회사의 동료들이 자신을 놀릴 것이 분명했으므로 다시 마음을 다잡고 계속해서 가던 길을 터벅터벅 걸었다.

류훙광은 길가에 서서 손을 흔들었다. 운전기사의 80퍼센트가 못 본 척하고 그냥 지나쳐갔고, 버스 운전기사 몇 명이 차를 멈추고는 대뜸 "그 쓸모없는 자전거는 버려요"라고 했다. 자전거는 세 사람의 공간을 차지했고 게다가 버스 안 중간에 가로로 놓으면 승객들이 승하차할 때 방해가 되기 때문에 버스 운전기사는 자전거까지 실어주려고 하지 않았다. 그러나 류훙광은 그럴 수 없었다. 그는 허접한 자전거를 선전까지 도로 가져가 손해배상을 청구할 작정이었기 때문에 도저히 자전거를 포기할 수 없었다.

　운이 나쁘지만은 않았는지 류훙광을 샤먼까지 태워주겠다는 트럭이 나타났다. 운전기사는 커다란 머리를 차창 밖으로 내밀고 말했다. "샤먼까지 300위안."

　류훙광은 기가 막혔다. 당장이라도 트럭 운전사의 뺨을 올려붙이지 못하는 것이 안타까울 따름이었다. 선전에서 우등고속버스를 타고 샤먼까지 가는 요금이 160위안이었다. 류훙광은 속으로 생각했다. '아니 뭐 이런 날강도가 다 있어!'

　류훙광은 옷을 사면서 에누리를 하던 풍부한 경험을 살려 값을 과감하게 깎아 "80위안이요"라고 제시했다.

　트럭 운전사는 손바닥을 차창 밖으로 내밀며 불만을 표시했다. "여기에서 샤먼까지 500킬로미터요. 그런데 고작 80위안이라니. 차라리 거지처럼 구걸을 하쇼."

　류훙광은 재빨리 머릿속으로 계산을 해 보았다. 선전에서 샤먼까지 500킬로미터 남짓이지만 자신이 200킬로미터 가까이 자전거로 눈썹을 휘날리며 밟아 오지 않았던가. 그는 분노에 차서 외쳤다. "100위안!"

　"200위안. 싫으면 관두쇼."

　트럭 운전사는 경적을 울리며 출발하려고 했다. 류훙광은 얼굴이 시뻘게져서 다급히 외쳤다. "좋아요, 좋아. 그럽

시다."

고장난 자전거를 트럭 짐칸에 싣고 류훙광은 트럭 조수석으로 올라가 운전기사와 나란히 앉았다. 반쯤 허공에 뜬 마음은 그제야 조금 가라앉았다.

류훙광은 입이 근질거려 트럭 운전사에게 물었다. "저, 사장님은 성함이 어떻게 되시는지……?"

트럭 운전사는 귀찮다는 듯 류훙광을 거들떠보지도 않고 계속 운전을 했다. 마치 군수품을 싣고 부리나케 전선을 누비기라도 하는 듯 트럭은 쌩쌩 속도를 내며 달렸다.

류훙광은 포기하지 않고 트럭 운전사에게 다시 말을 붙였다. "사장님은 어디 출신이세요?"

트럭 운전사는 입을 꾹 다문 채 경적을 빵빵빵 눌러댔다. 도로를 가로지르던 개 한 마리가 깜짝 놀라 도망쳤다.

류훙광은 따분해 죽을 지경이었지만 꿀 먹은 벙어리 같은 사람을 만나 가는 내내 재미가 없었다.

침묵, 침묵, 침묵.

그러다 류훙광이 꾸벅꾸벅 졸고 있는데 갑자기 '끼익' 하며 브레이크 밟는 소리가 들렸다. 류훙광의 몸이 앞으로 쏠려 하마터면 머리가 앞 유리창에 닿을 뻔했다. 눈이 번쩍 떠졌고 짜증이 밀려왔는데 이번에도 역시 개였다. 털이 복슬복슬한 하얀색 페키니즈가 소스라치게 놀라더니 줄행랑을 쳤다. 한 뚱뚱한 여자가 트럭을 가리키며 입술을 빠르게 열고 닫았다. 모양새를 보아하니 욕을 해대고 있는 게 틀림 없었다.

류훙광은 자신도 모르게 한숨을 내쉬었다.

"어휴, 트럭 기사 일도 정말 만만치 않으시겠네요……."

뜻밖에도 그 말은 트럭 운전사의 굳게 닫힌 입을 열어주었다. 그가 일단 입을 열자 청산유수처럼 말이 끊이질 않았다는 점은 더욱 예상 밖이었다. 트럭 운전사가 말했다.

"언젠가 한번은 정신을 잠깐 딴 데 팔다가 들고양이를 치어죽였는데 사람들이 떼거리로 몰려와 900위안을 내놓으라고 협박했어. 이유는 그 고양이가 세계적으로 유명한 고양이고 게다가 고양이의 뱃속에 그런 고양이가 여러 마리 들어 있다는 거야."

그는 계속해서 말했다. "운전을 잘 하고 있는데 옆에서 똥차가 치받아오는 때도 있지. 일부러 가까이 접근해서 살짝 부딪쳐서는 보상금을 엄청 뜯어내려는 수작이야."

그리고 쉬지 않고 말했다. "길가에 서서 차를 얻어 타려는 사람이 많은데 그중에 어떤 놈이 강도로 돌변할지 누가 알겠어."

"운전해서 먹고사는 건 정말 더럽게 힘들어. 아침 일찍부터 저녁 늦게까지 힘들고 고된 건 물론이고, 내가 늦게 들어가는 날이면 가족들은 걱정하지 않으려고 무진 애를 쓰지만 교통사고가 난 건 아닌지 노심초사하고 있는 거지."

트럭 운전사의 말은 한없이 이어졌다. 그의 말이 이어질수록 류훙광의 머릿속은 호수가 넘치고 파도에 다시 파도가 덮치는 듯했다. 말을 듣고 있자니 그에게 존경심마저 들었지만 나중에는 약간 질린다는 생각이 들기 시작했다.

산터우에 다다르자 트럭 운전사는 트럭을 세우더니 밥을 먹자고 했다. 식사 때에도 트럭 운전사의 장황설은 계속 이어졌다. 트럭 운전사의 입술이 쉬지 않고 열리고 닫힐 동안 류훙광은 연신 고개를 끄덕이며 비위를 맞춰주었다. 일단 사람들 앞에서는 쉬지 않고 입담을 늘어놓는 류훙광이었지만 이번에는 처음으로 공손하게 남의 이야기를 경청했다.

배불리 먹었을 때 류훙광은 자기가 먹은 것을 각자 계산하자고 말하려 했지만 말을 꺼내기도 전에 트럭 운전사는 소변을 보러 화장실을 가면서 계산을 끝내버렸다.

다시 출발하자 트럭 운전사는 '쓰라린 과거사'를 무슨 무용담이라도 들려주는 것처럼 말하기 시작했다. 운전기사는 성이 샤오였고 산시성 한중 사람이었다. 열네 살 때 운전을 배워 종횡무진 세상을 누비다 18년 세월이 훌쩍 흘러버렸지만 아직도 운전대를 놓지 못하고 있었다. 차가 뒤집힌 적도 있고, 교통법규를 지키지 않고 차도를 산책 중인 돼지를 치어죽인 적도 있었다. 강도를 당한 적도 있고 오토바이 부품 밀수품을 운반한 적도 있었다. 지금은 푸젠성 취안저우에 있는 친척의 친구가 운영하는 화물운송회사에서 트럭을 몰고 있었다.

즐거웠던 일을 들려줄 때 트럭 운전사 샤오 씨는 크게 소리 내어 웃었고 마음 아팠던 경험을 들려줄 때는 한숨을 내쉬었다. 류훙광은 덩달아 웃고 한숨을 쉬면서 보조를 맞추었다. 사실 류훙광은 어쩔 수 없이 웃음과 탄식을 연출한 것이었다. 그는 샤오 씨가 보고 듣고 생각한 것을 들으며 점점 흥미를 잃었지만 대놓고 말을 끊을 수가 없었다. 트럭 운전사가 트럭에서 내리라고 할까 봐 두려웠던 것이다. 도중에는 마을이 전혀 없었기 때문에 류훙광은 오도 가도 못하는 신세가 될 가능성이 많았다.

샤먼에 도착했을 때는 이미 해가 져서 밤의 장막에 달이 덩그러니 걸려 있었다. 트럭 운전사는 물건을 부릴 생각도 않고 류훙광을 데리고 음식점으로 들어갔다.

류훙광은 식탁 위에 200위안을 올려놓으며 트럭 운전사에게 건넸다.

샤오 씨는 눈을 크게 뜨며 류훙광의 손을 밀었다.

류홍광은 재차 받으라며 떼를 썼다. '아이쿠 큰일이다! 트럭 운전사가 운반비를 올려달라고 하려나 보다'라고 생각한 것이다. 하지만 샤오 씨는 버럭 소리를 지르며 예상 밖의 말을 내뱉었다.

"지금 나를 톡톡히 망신 주겠다는 거야, 뭐야! 대체 나를 뭘로 보고 말이야. 처음에 수고비를 달라고 한 건 우리가 서로 모르는 사이였으니까 그런 것이고, 이제는 우리가 친구가 되었는데 내가 어떻게 돈을 받아. 나는 오는 내내 신나고 즐거웠단 말이야. 정말 속이 후련했어! 푸젠에 온 지 꼬박 4년째인데 오늘은 오는 내내 기분이 좋았어. 내가 쉬지 않고 떠들었는데도 참고 들어준 사람은 없었단 말이지. 내가 아는 사람들은 하나같이 바쁘다는 핑계로 줄행랑치며 자리를 피하기에 바빴어. 한가한 사람이 있어도 내가 지껄이는 소리에는 관심도 없고, 내 이야기에 관심을 보이는 사람이 있다 해도 내가 싫었지. 도시 사람 중에 나 같은 시골 사람을 좋아할 사람이 어디 있겠냔 말이야. 하지만 자넨 상대를 존중할 줄도 알고 내 친구가 될 자격이 충분해. 동행하는 동안 인상 한 번 쓰지 않고 내 말을 귀담아들어주었잖아."

류홍광은 웃을 수도 울 수도 없었다. 그는 '친구가 이렇게도 맺어지는군'이라고 생각했다.

이번에도 샤오 씨는 아무 말 없이 음식값을 계산했다. 두 번째로 류홍광에게 한턱 쏜 것이다.

이보다 좋은 일이 일어나기는 어렵다고 류홍광은 생각했다. 두 끼 식사도 공짜로 얻어먹고 게다가 샤먼까지 공짜로 무사히 도착하지 않았는가.

샤오 씨는 류홍광의 어깨를 두드리며 고맙다고 하면서 잘 가라고 덧붙이며 떠났다. 샤오 씨는 서둘러 취안저우로 돌아가야 했기 때문이다. 샤오 씨의 휴대전화가 연신 울려대더니 누군가 샤오 씨에게 한 트럭분의 향을 저장성 원저우로 실어가야 한다고 큰 소리로 재촉했다.

샤오 씨의 트럭이 떠나는 모습을 지켜보며 류홍광은 자신이 한없이 부끄럽게 느껴졌다. 길동무를 해주면서 진심으로 그의 말을 들었던 것이 아니라 어쩔 수 없어 건성으로 듣는 척만 했기 때문이다. 그 산시성의 트럭 운전사에 대해서는 성이 샤오라는 것만 알 뿐 이름도 물어보지 못했다.

샤먼에서 선전으로 돌아온 류홍광은 정말로 용감하게 자전거를 타고 화려하게 샤먼에 입성한 것처럼 거짓으로 꾸며 말하지 않고 지나가는 차를 얻어 탔다고 솔직히 털어놓았다. 그러나 류홍광은 의기양양하게 말했다. "이번 샤먼으로의 여행에서 얻은 최대의 수확은 그림처럼 아름다운 구랑위의 경치가 아니라 장장 6시간 동안, 그것도 500

킬로미터에 걸쳐 차를 얻어 타면서 생긴 값진 우정이지."

류홍광은 자신이 겪은 일을 통해 두 가지 진리를 깨달았다. 하나는 경청이 천금만큼의 가치가 있다는 것이다. 잘 들을 줄 아는 사람은 끊임없이 말을 잘하는 사람보다도 돈독한 우정을 얻을 수 있다. 다른 하나는 우연히 만나 짧은 시간을 함께한 우정이라도 우리에게 주는 기쁨과 깨달음은 반평생, 아니 평생의 우정보다 더 클 수 있다는 것이다.

당신의 인생에서
가장 중요한 일은 무엇입니까?

—

어떤 사람이 고흐에게 물었다. "당신 그림 중에 어느 것이 가장 좋습니까?"

그러자 고흐가 대답했다. "지금 그리는 이 그림이 가장 좋지요."

며칠 후 그 사람이 다시 똑같은 질문을 던지자 고흐가 대답했다. "지난번에 말씀드렸다시피 지금 그리고 있는 바로 이 그림이 가장 좋습니다."

그때 고흐가 그리고 있던 그림은 지난번과 다른 그림이었지만 고흐처럼 현재를 충실히 사는 사람이라면 그의 답은 늘 똑같을 것이다.

"내가 지금 그리고 있는 이 그림이 가장 좋습니다."

유명한 지휘자 토스카니니와 관련해서 같은 이야기가 전해진다.

토스카니니는 세계적으로 유명한 지휘자였다. 다채로운 인생 이력을 지녔던 토스카니니는 수많은 곳을 돌아다녔고 여러 악단을 지휘했으며 수많은 고위직 인사 그리고 유명인과 교류했다.

토스카니니가 여든 살 때인 어느 날, 그의 아들이 물었다. "아버지는 이제껏 사시면서 수많은 일들을 겪으셨는데 그중에서 어떤 일이 가장 중요했다고 생각하세요?"

토스카니니가 대답했다. "그야 내가 지금 하고 있는 일이 가장 중요하지. 교향악단을 지휘하든 귤껍질을 까든 상관없이 말이야."

토스카니니의 대답은 뜻밖이지만 곰곰이 생각해보면 일리가 없는 말도 아니다. 귤껍질을 까는 것은 간단한 일이어서 특별히 신경을 쓰지 않아도 깔 수 있다. 예를 들면 우리는 텔레비전을 시청하면서 수다를 떨 때 눈은 텔레비전에 맞추고 입은 쉴 새 없이 움직이면서 귤에 조금만 신경을 쓰면 귤껍질을 충분히 깔 수 있다. 껍질을 깐 다음 귤을 하나씩 떼어 다 먹을 때까지도 우리의 의식은 전적으로 귤에만 몰입하지는 않을 것이다. 물론 그렇게 귤을 의식하지 않으면 입 안으로 들어간 귤의 맛을 충분히 음미하지는 못할 것이다. 우리가 습관적으로 그 순간을 의식하지 못한다면 귤껍질을 까는 데 집중하지 않아 자연스럽게 귤의 달달한 맛을 소홀히 여기게 되는 것처럼 어느 순간이든 몰입할 수 없는 데 익숙해질 것이다.

나에게는 종종 있는 경험인데 어떤 일을 집중하지 않고 했을 때 일을 끝낸 후에 머릿속에서 조용히 질책하는 목소리가 들려온다. '어쩌면 방금 더 열심히 그 일을 했어야 옳았어!'

어렸을 때 어머니는 나와 동생에게 식사 때는 밥만 먹고 말을 하거나 텔레비전을 보거나 해서는 안 된다고 말씀하셨다. 당시 나는 다른 일을 해서는 안 된다는 사실에 화가 났고 어머니가 너무 엄하다고 생각했다. 밥 먹을 때 왜 텔레비전을 보면 안 되는 것인지 알 수가 없었다. 그런데 지금 돌이켜 생각해보면 어머니는 우리가 '오늘을 제대로 살도록' 이끌어주신 것이다. 식사 때는 열심히 밥을 먹고 음식의 맛을 천천히 음미해야 한다. 집중해야 할 일에 집중하는 것이 맞다.

어머니는 수업시간에는 선생님의 눈을 보고 선생님의 말을 듣는 데 집중하고 필기하는 데 정신이 팔려 선생님이 말한 내용을 놓쳐서는 안 된다고 가르치셨다. 처음에 나는 어머니의 말을 마음에 담아두지 않았다. '선생님이 말할 때 서둘러 필기해두지 않았다가 수업이 끝나고 칠판을 지우면 아무것도 남는 게 없잖아!' 라고 나는 속으로 생각했다. 그래서 나는 수업시간이면 정말 열심히 필기를 했다. 하지만 나는 우등생이 된 적이 없었다. 나중에 학교에서 우등생이 자신의 공부방법을 이야기하는 자리를 마련했을 때 한 남학생이 말했다.

"수업시간에 전 선생님만 열심히 쳐다봤어요. 필기는 많이 하지 않았어요. 필기를 하면 시험에 필요한 지식은 얻을지 몰라도 지식과 이해는 같지 않거든요. 이해하려면 바로 그 순간에 집중해야 해요. 그렇지 않고 단편적인 내용들을 받아쓰다보면 지식도 단편적인 것이 되지요. 충분히 이해한 후에 스스로 다시 정리해 쓰면 탄탄한 지식을 쌓는 데 훨씬 도움이 돼요."

이것은 정말 현명한 방법인데 나의 어머니가 하신 말씀과 정확히 일치한다. 선생님의 필기를 열심히 베껴 쓰면 그 순간에 온전히 이해할 기회를 놓치게 된다.

오늘을 제대로 사는 지혜는 그야말로 위대하다. 하지만 우리는 왜 오늘을 충실히 사는 데 익숙해지지 않는 것일까? 조급한 마음을 내려놓을 수 없는 것일까? 아니면 무엇을 놓쳐버릴까 봐 두려운 것일까?

실제로 우리는 집중하지 않는 가운데 오늘을 놓치고 있다. 미래는 지금 이 순간이 하나씩 모여 이루어진다. 모든 열과 성을 다해 오늘을 살고, 그 순간 그 장소에는 세상에서 그 사람만 있고 그 일만 있는 것처럼 지금 하고 있는 일을 삶에서 가장 중요한 일이라 생각하자. 그래야 진정으로 과정을 즐기고 신나게 무언가를 창조해낼 수 있다.

분명 우리가 지금 하고 있는 일이 삶에서 가장 중요하다. 그것이 비록 귤껍질을 까는 일일지라도……

익숙해서 더욱 소중한 것들

—

우리는 매일 다리를 건너면서도 다리 위에 무엇이 있는지 모른다. 우리는 매일 거리를 지나치면서도 거리 주변에 가게가 몇 개가 되는지 모른다. 우리는 매일 동네에 자리한 꽃밭을 보면서도 꽃밭에 몇 가지 꽃이 있는지 모른다. 우리는 매일 가족을 보면서도 가족이 오늘 무엇을 할지 모른다. 우리는 신선이 노니는 곳에 살면서도 꽃구름을 못 보는 것은 아닐까? 왜냐면 가까운 곳에는 멋진 풍경이 없기 때문이다. 우리는 늘 자기가 사는 곳 바깥에 있는 멋진 모습은 머릿속에 넣어두고 동경하면서도 눈앞의 익숙한 모든 것은 무시하는 경향이 있다. 외지에서 온 사람이 "정말 이곳 분들은 좋으시겠어요. 주위 풍경이 이렇게나 아름다우니 말이에요"라고 말하면 그제야 깨닫는다. "그래요?"

단오절 연휴에 딸아이가 같은 반 친구 몇 명을 데리고 여행을 왔다. 그중에는 쓰촨 성 출신도 있고 후난 성에서 온 아이도 있었고 저장 성에 사는 아이도 있었다. 아이들은 형수이 호수가 아름답다는 사실을 이전부터 들어서 잘 알고 있었는데 그동안은 시간이 없어 구경을 못하다가 이번 3일 연휴를 맞아 아름다운 풍경을 제대로 감상하려고 왔다고 말했다. 나는 딸아이의 귀에 대고 속삭였다. "여기로 여행 온 건 환영이다만 형수이 호수는 특별한 볼거리가 못 되는데. 하지만 친구들을 실망시키진 말거라."

내 마음은 모순으로 가득 찼다. 먼 길을 온 손님들이 내가 사는 곳의 경치를 보고 기뻐했으면 하면서도 이곳 형수이 호수의 경치가 빼어난 장관이라든가, 아름답다든가 하는 자랑거리로 삼기에는 너무나 부족해 손님들이 실망할까 봐 걱정이었다. 그래도 어쨌든 내가 나고 자란 곳이니 말이다. 그런데 구경하고 돌아온 딸아이의 친구들은 하나같이 들뜬 표정이었다. 나는 조심스럽게 딸아이의 친구들에게 물었다. "형수이 호수가 시후만은 못하지?"

아이들은 말했다. "형수이 호수는 소박하고 자연 그대로의 모습이 아름다워요. 인위적으로 가공하지 않은 날것 그대로의 아름다움이 더 오래가는 매력이지요."

아이들의 찬사에 나도 형수이 호수를 다시 한 번 다녀와야겠다는 생각이 들었다. 일요일, 자전거를 타고 길을 나섰다. 형수이 호수를 무수히 지나쳐갔음에도 나는 그 모습을 눈여겨본 적이 한 번도 없었다. 호수 내부 깊숙이 들어갔을 때 가까운 곳에 있는 아름다움을 왜 두 눈을 멀쩡히 뜨고도 보지 못했는지 부끄러운 마음이 들었다. 여름의 바람이 불어오자 호수의 수면에 물결이 넘실거리고 갈대들이 바람을 따라 흐느적거렸다. 야생오리들은 호수에서 장난을 치며 놀고 있었고, 지나가는 새도 여행객을 무서워하지 않고 내키는 대로 사람들의 어깨 위에 앉았다. 호숫가에 낚싯대를 드리우고 조용히 앉아 있는 사람들도 있었다. 인적이 드물어 시끄러운 소리도 들리지 않고 특유의 적막한 아름다움이 느껴져 쉽사리 그곳을 떠나지 않게 하는 매력이 있었다.

여행을 좋아하는 사람들은 여행하면 흔히 인간 세상의 천국인 항저우, 오악(五岳)의 으뜸으로 치는 타이산, 세계의 삼림공원 장자제, 그리고 천하제일의 자연경관을 자랑하는 구이린 등을 떠올린다. 주변 경치를 떠올리는 경우는 무척 드물다. 장자제로 여행을 간 적이 있는데 빼어난 산수경치에 감탄해 현지 주민에게 이렇게 물어본 적이 있다. "여기 사시는 게 정말 행복하지 않으세요? 이런 그림 같은 풍경이 펼쳐진 환경에서 살아가니 말이에요."

현지 주민이 웃으며 말했다. "뭐 그렇지도 않아요. 기회가 된다면 이 산 구석에서 벗어나 드넓은 평원에서 살아보고 싶어요."

왜 우리는 멀리 있는 경치만 바라보는 것일까? 어쩌면 주변의 풀 한 포기, 나무 한 그루가 익숙해지고 봄바람의 따스함과 가을비의 스산함에 익숙해졌기 때문일지 모른다. 아니면 우리의 눈이 둔해져서 영혼까지 무감각해져 가까운 곳에는 경치가 없다고 생각되는 것일 수도 있다. 그렇게 우리는 먼 곳의 풍경만을 동경하며 이역만리의 이국적인 정취를 갈망하고 아름다운 경치가 영혼의 때를 깨끗이 씻어내 주기를 기대하면서 시선을 먼 곳으로 돌린다. 그래서 자기 주변의 풍경을 마음에 담아두지 않게 된 것이다. 먼 곳의 풍경은 신비로움에 가득 싸여 더 매력적으로 느껴지기 때문이다.

자연이 이러할진대 인생은 더 말해 무엇하겠는가!

스트레스로 몸과 마음이 극도로 지치고 불만이 쌓여갈 때, 점점 더 많은 유혹과 마주할 때, 너무나 많은 불의와 도전과 선택 탓에 마음을 가라앉히고 살아가기가 힘들 때는 늘 시선을 먼 곳의 경치에 두기 마련이다. 많은 사람이 누가 승진했는지, 누가 고급 승용차를 샀는지, 누가 별장을 갖고 있는지에 온 관심을 쏟는다. 그래서 매일 죽어라 일하느라 지치고, 먼 곳의 비현실적인 경치를 보러 가느라 몸과 마음을 지치게 한다. 오히려 주변의 아름다운 풍경은 거들떠보지도 않은 채 말이다.

마음을 가라앉히고 주변을 한번 둘러보자. 머리가 희끗희끗한 부모님, 우애 깊은 형제자매, 고생하면서도 원망하지 않는 아내, 가장으로서의 역할을 다하기 위해 애쓰는 남편, 열심히 일하는 직장 동료, 스스로 노력해서 거둔 작은 성과. 이 모든 것은 더할 나위 없이 익숙한 사람들과 일상사다. 이 모습들이야말로 우리에게 피가 되고 살이 되는 풍경이다.

먼 곳의 풍경이 화려하고 다채로운 것은 사실이다. 직접 가서 구경할 수도 있고, 지금 있는 곳에서 동경만 할 수도 있겠지만 우리가 가지고 있는 것을 무시하고 홀대해서는 안 된다. 진정한 삶은 먼 곳에 있는 것이 아니라 우리의 주변, 가까운 곳에 있기 때문이다. 고개를 들기만 하면 주변 경치를 감상할 수 있다. 우리의 눈이 삶의 아름다움을 볼 수 있게 하자. 우리의 마음이 이런 아름다움에 감동할 수 있도록 하자.

제8장

행복으로
통하는 길목

타인을 위해 심은 유채꽃의 기적

—

경치가 아주 아름다운 산골마을이 있었다. 마을 뒷산에 자리한 골짜기에서는 금가루와 은가루를 뿌려주는 듯한 웅장하고 아름다운 폭포가 흘러내리고 있었고, 마을 앞을 가로지르는 하천에는 연꽃이 피고 갈대밭이 무성해 수많은 야생오리 떼와 진귀한 물새가 서식했다.

　마을 사람들은 자신들의 마을을 관광지로 개발하면 좋을 거라고 생각했다. 하지만 가난한 마을 사람들은 텔레비전 방송국과 신문에 광고를 할 만한 돈이 없었기 때문에 오랜 시간이 흘렀어도 마을을 찾는 관광객은 여전히 드물었다.

　어느 날, 마을에 사는 한 소녀가 아이디어를 냈다.

　"관광객을 마을로 끌어들이려면 이렇게 하면 어떨까요? 우리 마을로 통하는 길가에 꽃을 심는 거예요. 길가에 꽃이 피면 타지 사람들이 예쁜 꽃을 감상하다가 무심결에 우리 마을로 들어올 수도 있잖아요."

마을 사람들 상당수가 고개를 저으며 소녀의 제안을 비웃었다. 소녀는 말했다.

"우리 마을의 모든 집에서 매년 유채꽃을 심자고요. 유채꽃도 꽃이잖아요. 집집마다 자기 집의 유채를 산길 양쪽 땅에 심으면 가을에 유채씨를 수확할 수 있을뿐더러 관광객을 유혹하는 산속 꽃길이 생기는 거잖아요. 이보다 더 좋은 일이 어디 있겠어요!"

마을 사람들은 소녀의 아이디어가 상당히 그럴듯하다고 생각해 모두 자기 집에 있는 유채를 도로로 통하는 산길 양쪽에 옮겨 심었다.

따뜻한 3월이 되자 산길 양옆으로 유채꽃이 피었다. 비단 카펫 같은 샛노란 유채꽃이 도로와 만나는 곳에서부터 산속 깊은 곳까지 만발해 좁은 산길이 꽃향기로 가득했으며, 꽃이 불러들인 나비와 벌이 춤을 추었고 새가 지저귀고 벌레가 울었다. 타지에서 관광객이 찾아오지는 않았지만 마을 사람들은 그 경치에 흠뻑 빠져들었다.

나중에 그곳을 우연히 지나던 사람 몇몇이 유채꽃이 핀 길을 따라 마을로 들어왔다. 그들은 마을 뒤편의 골짜기를 보고 돌아갈 생각을 잊었고 다시 마을 앞으로 왔다가 연꽃을 보고 완전히 마음을 빼앗겼다. 그들은 감동을 받아 들고 있던 카메라의 셔터를 사정없이 찰칵찰칵 눌러댔다.

며칠 지나지 않아 도시의 신문에 그 마을 사진이 매우 크게 실렸다. 도시의 텔레비전 방송국에서도 앞다퉈 마을의 풍경을 화면에 담아 방송에 내보냈다.

뒤이어 기자가 찾아오고 화가가 왔다. 관광객도 무리를 지어 그칠 줄 모르고 산골마을을 찾기 시작했다. 그전까지 거의 알려지지 않았던 이 산골마을은 일약 유명한 관광지가 되었다.

텔레비전 방송국 기자가 마을 사람에게 물었다. "깊은 산속에 사시는 분들께서 광고도 내보내지 않고 관련 업계의 추천을 받지도 않았는데 어떻게 이곳을 이렇게 인기 있는 여행지가 되게 하신 건가요?"

마을 사람은 카메라 앞에서 미소를 지으며 솔직하게 털어놓았다. "우리가 다른 사람들을 위해 우리의 유채꽃을 피웠기 때문이지요."

"다른 사람들을 위해 여러분의 유채꽃을 피웠다고요?" 기자는 어리둥절해했고, 텔레비전을 보던 수많은 시청자도 마찬가지였다.

다른 사람들을 위해 당신의 꽃을 피우면 수많은 낯선 이들이 당신의 꽃으로 다가올 것이다. 다른 사람들을 위해 당신의 꽃을 피우면 수많은 낯선 영혼이 당신의 영혼으로 다가 올 것이다. 다른 사람들을 위해 당신의 꽃을 피우면 봄볕이 당신의 꽃술에 머물 것이다.

세상을 향해 영혼의 꽃잎을 활짝 펼칠 수 있는 사람에게 시간은 가장 아름답고 달콤하고 실한 열매를 맺게 해줄 것이다.

다른 사람들을 위해 당신의 꽃을 피우면
봄볕이 당신의 꽃술에 머물 것이다.
세상을 향해 영혼의 꽃잎을 활짝
펼칠 수 있는 사람에게 시간은
가장 아름답고 달콤하고 실한 열매를
맺게 해줄 것이다.

목숨을 구한 소방관 어머니의 용서

—

2005년 어느 가을날, 불량기 가득한 두 소년이 캘리포니아의 한 숲에서 놀다가 장난삼아 불을 질렀다. 화재를 진압할 때 소방관들이 불길을 잡으려 애쓰는 모습을 떠올리자 소년들은 더 신이 났다. 그 화재로 인해 한 소방관이 목숨을 잃게 될 거라고는 꿈에도 몰랐던 것이다.

겨우 스물두 살에 불과했던 그 소방관은 최선을 다해 임무를 수행하다가 연기에 질식되어 쓰러졌고 결국 숲에서 불에 타 죽고 말았다. 더욱 안타까운 것은 아버지가 일찍 돌아가시는 바람에 어머니 혼자 어렵게 그 소방관을 키웠다는 사실이었다. 성장하면서 온갖 고생을 겪은 소방관은 늘 어머니에게 커서 보답하겠다고 약속했다고 한다. 그러나 소방관이 된 첫 주에, 그것도 첫 월급도 받아보지 못하고 사고를 당하고 만 것이다.

화재가 고의방화에 의한 것임이 밝혀진 후 도시 전체가 분노로 들끓었다. 시장은 방화범을 반드시 붙잡아 엄벌에 처하겠다고 밝혔다. 경찰은 전방위적으로 방화범을 수색하기 시작했다. 용의자인 두 소년의 몽타주가 도시 전체에 뿌려졌다.

상황이 처음 예상했던 것과 다르게 돌아가자 두 소년은 두려움에 휩싸였고 도시를 떠나 몸을 숨기려고 이곳저곳을 전전했다. 곳곳에서 분노의 목소리가 들려오자 두 소년은 자신들이 저지른 일을 몹시 후회했지만 방법이 없어 결국 공황상태에 빠졌다.

언론의 초점은 두 소년 이외에 소방관의 홀어머니에게도 맞추어졌다. 언론 또한 그녀가 얼마나 상심이 클지 잘 알고 있었다. 기자들은 마이크를 그녀에게 들이대며 비통의 하소연과 범인을 엄벌에 처해 달라는 분노의 호소를 기다렸다. 카메라 앞에 등장한 홀어머니는 백발이 성성했고 수수한 옷을 입고 있었으며 눈은 흐릿했고 슬픔에 잠겨 있었다.

하지만 그녀가 입을 열자 모든 사람이 깜짝 놀랐다. 그녀는 이렇게 말했다.

"제 아들이 제 곁을 떠나 저는 매우 슬픕니다. 하지만 저는 지금 방화를 저지른 두 소년에게 몇 마디 말을 전하고 싶을 뿐입니다. 얘들아, 너희는 지금 사는 게 무척 고단할 테지. 아마 죽지 못해 살고 있을지도 모르겠구나. 세상에서 가장 너희를 비난할 자격이 있다고 생각하는 나는 말이다, 이렇게 말하고 싶구나. 집으로 돌아오거라. 집에서는 부모님이 너희를 기다리고 계시단다. 너희가 돌아온다면 한 아이의 어머니로서 나는 하느님과 함께 너희를 용서하겠다⋯⋯."

그 순간 현장에 있던 기자들은 모두 할 말을 잃었다. 이제 막 아들을 하늘나라로 떠나보낸 어머니가 그런 말을 하리라고는 아무도 예상하지 못했다. 기자들은 비통하고 분노에 찬 말을 기대했지만 뜻밖에도 소방관의 어머니는 관용을 베풀겠다고 말한 것이다.

얼마 지나지 않아 예상 밖의 일이 일어났다. 소방관 어머니의 용서하겠는 말이 매스컴을 통해 방송되고 한 시간 뒤에 소도시의 한 여관에 있던 두 소년이 가까운 경찰서에 자수를 해온 것이다.

소방관의 어머니가 인터뷰한 날 오후에 두 소년은 여론의 거센 비난에 심한 압박을 받아 수면제를 먹고 자살할 작정이었다고 경찰에게 털어놓았다. 하지만 그때 그녀가 텔레비전에 나와 하는 말을 듣고 두 소년은 눈물을 펑펑 쏟으며 수면제를 버리고 경찰서에 전화를 걸었다고 한다.

한때는 비행청소년이었던 두 소년은 이제 어엿한 아이의 아버지가 되었다. 그들은 자신들의 아이를 데리고 소방관의 어머니를 자주 찾아뵙고 있다. 두 사람에게 그녀는 영혼의 어머니인 셈이다.

비극적인 사건은 그렇게 따뜻한 결말을 맺었다. 만약 그때 소방관의 어머니가 다른 말을 했다면 두 젊은 생명이 사려져버렸을 것이고, 그녀 역시 평생을 외로움 속에서 보내야 했을 것이다.

이처럼 세상에는 비통한 울음과 분노에 찬 비난보다는 마음 넓은 관용이 더 필요하다. 관용은 때로 구원이 될 수도 있기 때문이다. 타인을 구원하는 것은 결국 자기 자신을 구원하는 것이 된다.

꽃을 심는 우체부

러시아 작가 막심 고리키는 아들에게 보내는 편지에 이렇게 썼다.

"너는 떠났지만 네가 심어놓은 꽃은 여기 남아 싹을 틔우고 꽃을 피웠단다. 사랑하는 아들이 남겨놓은 아름다운 꽃을 보고 있자니 마음이 즐겁구나. 사는 동안 언제 어디서나 꽃, 신념, 즐거운 추억처럼 아름다운 것들을 사람들에게 남겨줄 수 있다면 네 삶은 행복으로 채워질 거란다. 사람들도 기꺼이 너와 함께 어울리려고 할 테지. 그때 너는 네 자신이 다른 사람들이 필요로 하는 존재라고 느끼게 될 거란다. 그런 느낌은 너를 영혼이 충만한 사람으로 만들어 주겠지. '주는 것'이 '받는 것'보다 행복하다는 사실을 늘 명심해라."

작은 마을에 중년의 우편배달부가 살았다. 그는 만 스무 살 때부터 매일 50킬로미터를 왕복하며 희로애락이 담긴 사연을 주민들에게 전해주었다. 그렇게 20년의 세월이 훌쩍 지나갔다. 세상이 몇 번이나 변했음에도 유일하게 우체국과 마을을 오가는 길만은 옛날이나 지금이나 바뀐 것이 거의 없었다.

황량한 길을 얼마나 더 오가야 할까? 나무 한 그루, 풀 한 포기 없고 먼지만 날리는 길을 자전거로 지나다닌 자신의 인생을 떠올릴 때마다 우편배달부는 마음속으로 여한이 남았다. 어느 날 우편배달을 모두 마치고 무거운 마음을 안고 집으로 돌아가려는데 마침 꽃가게가 눈에 띄었다. "그래 맞아. 바로 이거야!"

우편배달부는 꽃가게로 들어가 야생화 꽃씨를 한 움큼 샀다. 이튿날부터 우편배달부는 꽃씨를 가지고 다니면서 지나다니는 길에 뿌렸다.

그렇게 하루가 지나고 이틀이 지나고 한 달이 지나고 두 달이 흘러갔다. 그는 계속해서 야생화 꽃씨를 뿌렸다. 얼마 지나지 않아 20년을 오갔던 황량한 길에 붉은색, 노란색 등 각양각색의 작고 예쁜 꽃들이 피어나기 시작했다. 여름에는 여름꽃이 피었고 가을에는 가을꽃이 피어 사계절 내내 꽃이 피었다.

마을 사람들에게 꽃씨와 꽃향기는 우편배달부가 평생 동안 배달해준 편지보다도 더 마음을 즐겁게 해주었다. 흙먼지가 아니라 꽃잎으로 가득한 길에서 휘파람을 불며 자전거를 달리는 우편배달부는 더 이상 외롭지 않았고 일이 고되게 느껴지지도 않았다. 사람들은 꽃향기 속에 묻혀 살면서 멀리서 오는 좋은 소식을 기대하게 되었고 우편배달부에 대해 감사하게 생각했다.

주는 것은 언제나 받는 것보다 더 많은 결실을 가져다줄 수 있다. 꽃을 심으면 자신을 기분 좋게 할 뿐 아니라 다른 사람을 행복하게 해준다. 이런 행복감은 당신의 생명이 끝난다 해도 사라지는 것이 아니라 오히려 사람들로 하여금 당신을 더 기억하게 만드는 역할을 한다.

1년 동안 믿음으로 물건을 구입한 할머니
—

여름방학이 되자 존은 지체 없이 할머니를 보러 고향으로 향했다.

할머니는 독일인이고 할아버지는 미국인이었다. 할아버지와 할머니는 반평생을 함께 행복하게 살았다. 할머니는 영어를 몰랐고 독일어만 할 줄 알아서 할아버지와 가족 이외에 다른 사람들과의 교류를 원하지 않았다. 게다가 할머니는 백내장을 앓아 시력이 좋지 않았다. 작년에 할아버지가 돌아가셨지만 할머니는 두 분이 살던 곳을 떠나고 싶어 하지 않았다. 존과 존의 부모는 할머니가 혼자 사는 게 마음이 놓이지 않았다. 그들은 외로운 할머니가 앞으로 어떻게 지내면 좋을지 몰랐다. 할아버지의 장례식을 마치고 떠나면서 존의 부모는 할머니에게 타지에서 예금이 가능한 예금통장과 현금 100달러를 주었다.

손자를 보자 할머니는 무척 기뻐했다. 그녀는 장바구니를 팔에 걸치며 말했다.

"내가 지금 나가서 네가 제일 좋아하는 대구를 사오마."

그러고 나서 할머니는 창가로 다가갔다. 창가에는 꽤 많은 돈이 놓여 있었다. 동전도 있고 지폐도 있었는데 할머니는 돈을 전부 들고 나갔다.

'왜 돈을 창가에 놓아두시지? 창문을 열면 길을 가던 사람도 얼마든지 가져갈 수 있을 텐데.' 존은 생각했다. 할머니가 돌아왔을 때 존이 돈을 텔레비전 선반에 놓는 게 좋겠다고 하자 할머니가 말했다. "그럴 필요 없다. 일 년 동안 돈을 잃어버린 적이 없거든."

하지만 할머니는 손자의 제안을 받아들였다.

이튿날, 할머니가 장을 보고 와서도 여전히 돈을 창가에 놓자 존이 다시 제자리에 놓았다.

삼 일째도 할머니는 예전과 같았다. 습관적으로 그렇게 행동한다는 걸 알게 된 존은 할머니가 장을 보고 거슬러 받은 돈을 다시 텔레비전 선반 위에 놓으면서 정리했다. 존은 돈을 정리하면서 이상한 사실을 하나 발견했다. 할머니의 돈은 점점 액수가 늘어나고 있었다! 돈을 처음 정리할 때는 액수가 368달러였는데 삼 일째 되는 지금은 할머니가 여러 가지 물건을 많이 샀음에도 금액이 405달러로 불어나 있었던 것이다.

존은 할머니 주머니에 돈이 더 있었던 걸까 라고 생각했다. 하지만 그는 할머니가 늘 외출하기 전에 창가나 텔레비전 선반 위에 있는 돈을 전부 가져갔다가 돌아와서는 남은 돈을 모두 창가에 놓기 때문에 할머니 수중에는 돈이 남아있지 않다는 사실을 잘 알고 있었다. 그래서 어디에서 돈이 생기는 것인지 몹시 궁금했다.

저녁에 존은 아버지의 전화를 받았다. 아버지가 말했다. "며칠 전에 할머니 계좌를 확인해보니 할머니가 돈을 인출하신 적이 없더구나. 할머니 수중에는 우리가 떠날 때 드린 100달러밖에 없을 텐데 일 년 동안 대체 어떻게 생활하신 거냐?"

소도시의 생활비는 월평균 최소 1000달러가 들기 때문에 할머니가 아무리 절약한다 해도 100달러로는 일 년을 버티기가 불가능했다.

아버지가 궁금해하는 점을 존이 이야기하자, 할머니는 멍하니 돈을 보면서 말했다.

"나도 어떻게 된 일인지 모르겠다. 난 은행에서 돈 찾는 법도 모르고 달러도 잘 몰라서 그게 얼마인지도 모른단다."

할머니가 영어를 못하고 달러에 대해서도 잘 모른다는 것은 존도 잘 알고 있어서 할머니가 어떻게 물건을 사는 건지 그는 알 수가 없었다.

할머니가 말했다. "난 물건을 살 때마다 돈을 전부 상인에게 주고 그 사람이 돈을 거슬러 주게 한단다. 사람들이 이 늙은이까지 속여먹진 않을 거라 생각해서 말이다."

'그렇게 물건을 사는 사람이 세상에 어디 있단 말인가?' 존은 황당했다. 그는 할머니를 따라가서 대체 물건을 어떻게 사는지 살펴보기로 했다.

이튿날 존은 몰래 할머니의 뒤를 밟았다. 과연 할머니는 과일을 살 때 돈을 전부 꺼내 과일 파는 상인이 돈을 직접 가져가게 했다. 과일가게 주인은 할머니 손에서 10달러짜리 지폐를 한 장을 가져간 다음 5달러짜리 지폐 두 장을 돌려주었다. 그 상인은 할머니에게서 돈을 한 푼도 받지 않은 셈이었다. 그 다음도 마찬가지였다. 할머니의 돈을 받지 않는 상인도 있고 할머니에게 돈을 더 주는 상인도 있었다.

존의 눈가는 촉촉이 젖었다. 그 지역의 사람들은 너 나 할 것 없이 의지할 곳 없는 할머니를 돕고 있었다.

존은 소도시의 시장을 찾아 지역민들이 일 년 동안 말없이 할머니를 도와준 것에 대해 감사를 표시했다. 시장은 말했다.

"예전에 자네 할아버지는 주민들과 친분이 두터웠어. 그분이 돌아가시고 나서야 할머니께서는 주민들과 어울리기 시작했지. 처음에는 주민들도 자네 할머니가 이상한 사람이라고 생각했다네. 나중에서야 할머니가 달러에 대해 전혀 모른다는 사실을 알았지. 돈에 대해 모르는 데다가 다른 사람을 완전히 믿는 사람을 속이고 싶어 하는 사람은 없었다네. 그래서 이런 상황이 펼쳐진 거지. 사실 우리가 자네 할머니를 도운 게 아니라 자네 할머니가 우리를 도운 거라네. 이 지역은 원래 사기와 속임수가 난무했었는데 상대방을 전혀 경계하지 않는 자네 할머니가 나타난 뒤로는 그런 현상이 사라졌어. 우리가 오히려 자네 할머니에게 고마울 뿐이야."

정말 믿기 힘든 이야기이지만 이 모든 게 진실이라고 믿고 싶다. 세상에는 선량함, 신뢰가 분명 존재하고 모든 사람의 내면에 진실된 마음이 자리하고 있기 때문이다. 할머니를 속이려는 사람이 없었던 것은 할머니가 사람들을 믿는다는 사실을 꾸밈없이 그대로 보여주었기 때문이다. 이런 모습을 보면 사람들은 같은 마음으로 그 사람을 대하게 된다. 돈에 대해서 제대로 모르는 할머니가 일 년 동안 한 푼도 쓰지 않고 생활했다는 것은 기적이자 선량한 사람들이 부르는 선행의 찬가다.

장미꽃을 선물한 손에는 향기가 남는다

—

1990년대 초의 일이다. 어느 날, 플레밍이라는 가난한 스코틀랜드 농부가 밭을 갈고 있는데, 갑자기 근처 소택지에서 살려달라고 외치는 소리가 들렸다. 농부는 하던 일을 멈추고 급히 소리가 나는 곳으로 달려갔다. 그곳에 도착해 보니 사내아이가 진흙 수렁에 빠져 있었다. 당황한 사내아이는 계속 소리를 지르며 발버둥 쳤고 그 바람에 몸은 점점 더 깊이 빨려 들어갔다. 절체절명의 순간, 플레밍은 구원의 손길을 내밀어 죽음 직전에 처해 있던 사내아이를 용감하게 구해냈다.

이튿날 옷차림이 화려하고 기품이 있어 보이는 귀족이 플레밍의 집을 찾아왔다. 그 귀족은 사내아이의 아버지로 아들을 살려준 은혜에 보답하고자 두둑한 사례금을 플레밍에게 주려고 했지만 플레밍은 완곡하게 거절했다. 그때 플레밍의 아들이 초라한 농가에서 뛰어나왔다. 그것을 보고 귀족은 플레밍의 아들이 학교에 다닐 수 있도록 돕고 싶다고 고집을 부렸고 플레밍도 결국 귀족의 제안을 받아들였다. 귀족은 농부의 아들이 아버지 플레밍처럼 용감하고 선량한 시민으로 모두가 자랑스럽게 여기는 사람이 되기를 바랐다.

　농부의 아들은 주위 사람들의 기대를 저버리지 않았다. 그는 최고의 명문 학교에 진학했고 결국 런던 대학교 세인트 메어리즈 병원 의과대학을 졸업했다. 나중에는 페니실린을 발명해 세계적으로 유명한 사람이 되었는데, 그가 바로 알렉산더 플레밍 경이다. 여러 해가 지난 후 귀족의 아들이 제2차 세계대전에 참전했다가 폐렴에 걸렸는데 그때 그의 목숨을 구한 것은 바로 페니실린이었다. 사람들은 우연의 일치이자 하느님의 계획이라고 생각했다. 그렇다면 이것이 정말 단순한 우연의 일치일까? 귀족은 랜돌프 처칠 경이고 귀족의 아들은 전 영국 수상 윈스턴 처칠이다.

　"장미꽃을 선물한 손에는 꽃향기가 남는다"라는 말이 있다. 이 말은 플레밍과 처칠의 이야기를 통해서도 확인할 수 있다. 위험에 처한 사람을 용감하게 구해준 것 때문에 농부는 아들을 최고의 명문 학교에 보낼 수 있었다. 농부의 아들은 페니실린을 발명해 다시 귀족의 아들을 죽음의 문턱에서 살려냈다. 이렇게 선행을 베푸는 것은 다른 사람에게 기회를 줄 뿐 아니라 자기 자신에게도 기회를 가져다준다.

착한 마음을 발휘하는 것은
순간적인 생각에 달린 것이지만
착한 마음이 낳는 결과는
오랜 세월 동안 짙은 향기를 멀리 퍼뜨린다.

"물 한 방울의 은혜를 샘물로 보답하라", "한 움큼의 흙을 받았다면 산 하나로 갚아라"는 말도 같은 맥락이다. 착한 마음을 발휘하는 것은 순간적인 생각에 달린 것이지만 착한 마음이 낳는 결과는 오랜 세월 동안 짙은 향기를 멀리 퍼뜨린다.

알지 못하는 사람과의
문자메시지가 가져다준 성과

—

휴대폰이 일상화되면서 알 수 없는 문자메시지를 받는 것은 흔히 있는 일이어서 대부분 무심코 넘어가거나 바로 삭제해버린다. 하지만 세심한 사람이라면 또 다른 상황이 펼쳐지거나 뜻하지 않은 선물을 받게 될 수도 있다. 다음 이야기는 우리에게도 일어날 수 있는 일이다.

나는 휴대전화로 매일 수많은 문자메시지를 주고받는다. 문자메시지의 내용은 매우 다양하다. 유머, 축하, 격려, 수수께끼 등의 메시지는 마음을 즐겁게 해준다. 가족, 친구, 동료 사이에서 주고받는 문자메시지는 바쁜 일상에 쫓기는 마음이 잠시 쉴 수 있는 정거장이 되고, 평범한 일상에 활력을 더해준다고 생각한다.

　어느 날 사무실에 있을 때였다. 갑자기 휴대전화 벨소리가 울려서 보았더니 문자메시지 하나가 들어와 있었다.

　처음 보는 낯선 번호였는데 급히 읽기 버튼을 눌러 내용을 보다가 나는 깜짝 놀랐다.

'하늘은 회색빛이고 마음은 쓸쓸하다. 사는 건 고통이다!'

나는 '이것은 잘못 보낸 걸 거야'라고 생각했다. 보낸 사람은 잘못해서 내가 마음을 털어놓을 수 있는 친구로 착각한 것이 분명했다. 물론 다른 가능성도 있었다. 할 일 없는 사람이 장난삼아 고의로 보낸 것일 수도 있었다. 나는 잠시 휴대전화를 내려놓고 업무를 시작했다. 하지만 왠지 오전 내내 내 머릿속에서는 그 문자메시지가 계속 맴돌았다.

점점 첫 번째 가능성에 무게가 실리면서 마치 삶과 죽음의 경계선에 서 있는 사람이 내 눈앞에 있는 것처럼 느껴졌고, 손을 내밀면 그를 끌어당길 수 있을 것 같았다. 나는 그 사람의 신분을 추측해 보았다. 대학 입시에 실패한 수험생? 파산한 사업가? 그것도 아니면 실연당한 남자나 여자? 어쨌든 삶에 대한 믿음을 잃어버린 사람이 틀림없었다. 나는 휴대전화를 응시하다가 문득 내가 문자메시지를 보낸 사람에게 한 가닥 지푸라기가 되어 줄 수 있지 않을까 하는 생각이 들었다. 즉, 나는 그(혹은 그녀)에게 중요한 사람인 것이다.

나는 어떻게 답신을 보내면 좋을지 고민하기 시작했다. 무턱대고 전화를 거는 건 실례가 될 수도 있고, 자칫하면 일을 더 망칠 수도 있었다. 이런저런 방법을 모색하다가 가장 좋은 방법은 문자메시지를 보내는 것이라는 결론을 내렸다.

'아직 나를 기억해줘서 고마워. 내가 한 줄기 빛이 되어 언제나 네 세계를 밝게 비춰줄 수 있으면 좋겠어. 그리고 매일 네 문자메시지를 받는다면 마치 꽃향기를 맡는 듯한 기분일 거야.'

나는 가볍게 휴대전화 자판을 누른 다음 문자메시지를 보냈다.

문자메시지를 보낸 후 한참이 지났지만 감감무소식이었다. 그럴수록 나는 내가 받은 문자메시지와 보낸 사람이 생각났고 점점 더 신경이 쓰였다. 그러나 답신은 오지 않았다.

이튿날 아침, 나는 두 번째 문자메시지를 보냈다. 마침내 오후 퇴근 시간에 답신이 왔다. 답신을 읽어보니 상대방의 말은 어제보다 상당히 누그러져 있었다. 셋째 날부터는 매일 아침 나는 잠에서 깬 후에 거울 앞에 서서 내 자신을 바라보며 고상, 박애, 우호의 경지에 들어가기 위해 노력했다. 그리고 나서 나는 격려의 메시지를 써서 그 휴대전화에 보냈다. 문자메시지를 보낼 때마다 나는 한 줄기의 빛이 낯선 이의 머리 위를 비추는 모습을 상상했다. 나도 매일 답신을 받았다. 답신의 내용을 통해 나는 상대방이 점점 평온

을 되찾고 있다는 사실을 알았다. 나중에는 오히려 상대방
이 나에게 격려 메시지를 보내왔다.

내가 보낸 '빛'이 정말 그의 하늘을 비춘 것 같았다.

한 달이 그렇게 지나갔다. 출장을 갔다가 휴대전화를 잃
어버리는 바람에 나의 문자메시지 주고받기는 갑자기 중
단되었고 나는 어찌할 바를 몰랐다. 그날 새 휴대전화를 사
러 가는 길에서 나는 지난 한 달 동안 있었던 일을 되돌아
보았다. 그간 예전에는 감히 생각지도 못했던 성과를 많이
거두었다. 업무적으로도 큰 진전이 있었고 친구도 많이 사
귀었다.

정말 생각지도 못한 것은 다른 사람의 하늘을 밝게 비추
는 한 줄기의 빛이 되려고 노력했을 때 나 자신도 무한한
따스함을 얻었다는 사실이다.

나누고 베푸는 것은 곧 영원히 얻는 것이다

—

친구들끼리 사람으로서 가져야 할 책임감에 대해 토론할 때 각자 자기 관점을 이야기로 풀어서 말해보자고 누군가 제안했다. 한 친구가 다음과 같은 이야기를 들려주었다. 어느 날 하느님이 곧 사람으로 환생할 두 영혼에게 손바닥이 위로 향한 사람과 손바닥이 아래로 향한 사람 중에 어떤 사람으로 태어나고 싶은지 물었다. 이어서 하느님은 손바닥이 위로 향한 사람은 원하는 것을 무엇이든 가질 수 있고, 손바닥이 아래로 향한 사람은 스스로 노력해 자기가 원하는 것을 만들어내야 한다고 보충해서 설명했다. 그중 한 영혼은 주저 없이 손바닥이 위로 향한 사람이 되겠다고 했다. 결국 하느님은 그를 거지로 살게 했고, 손바닥이 아래로 향한 사람이 되겠다고 한 영혼은 부자로 살게 해주었다.

다른 친구도 다음과 같은 이야기를 들려주었다. 이틀 동안 사막을 걷고 있던 사람이 있었는데 길을 가다가 모래폭풍을 만났다. 거센 모래폭풍이 사막을 휩쓸고 가자 그는 방향을 가늠할 수 없었다. 더 이상 버틸 힘이 없을 때 갑자기 버려진 집을 발견했다. 그는 지친 몸을 이끌고 집 안으로 들어갔다. 통풍이 되지 않는 방에는 바싹 말라비틀어진 땔감이 한 무더기 놓여 있었다. 그는 절망에 빠져 구석으로 가다가 지하수를 퍼 올리는 펌프를 발견했다. 들뜬 마음에 달려가 물을 퍼 올리려고 했는데 아무리 펌프질을 해도 물 한 방울 나오지 않았다.

그는 맥없이 바닥에 주저앉았는데 펌프 옆에 코르크 마개로 입구를 막은 병이 하나 보였다. 병에는 누렇게 바랜 쪽지가 붙어 있었다. 쪽지에는 '이 물을 펌프에 부어야 물을 퍼 올릴 수 있습니다. 가시기 전에 병에 물을 채워 주세요' 라고 쓰여 있었다. 병마개를 열자 과연 병에 물이 가득 들어 있었다. 이때 그의 내면에서는 갈등이 일어났다. 그는 물을 마시는 게 좋을지 아니면 물을 펌프에 붓는 게 좋을지 고민했다. 이기적으로 병에 든 물을 다 마셔 갈증을 해결한 다음 이 집을 나갈 수도 있었다. 하지만 쪽지에 적힌 대로 물을 펌프에 부었다가 물이 나오지 않으면 목이 말라 죽을 수도 있었다. 그는 목숨을 걸고 모험을 해봐야 하는 것인지 아닌지 갈등했다.

마침내 그는 병에 든 물을 몹시 낡은 펌프에 전부 쏟아

부었다. 떨리는 손으로 펌프질을 하자 정말 물이 콸콸 쏟아져 나왔다. 물을 충분히 마신 그는 병에 물을 가득 채운 다음 코르크 마개로 입구를 막았다. 그러고 나서 쪽지 뒷면에 몇 글자를 더 적어 넣었다.

'믿어보세요. 정말 유용합니다. 물을 얻기 전에 믿는 법부터 배우셔야 합니다.'

이어서 각자 이야기를 들려주었는데 모두 감동적이었다. 특히 아홉 살 난 독일 어린이 더비의 이야기가 그 자리에 있던 모든 이의 심금을 울렸다. 고아 더비는 엄마를 사랑하는 마음을 표현하기 위해 사람을 도와줄 때마다 그 사람에게 다른 사람 열 명을 도와달라고 부탁했다. 더비는 그렇게 사랑이 전해지면 언젠가 자기 엄마도 도움을 받는 대상이 될 거라고 생각했다. 이러한 엄마에 대한 깊은 사랑이 독일 전체를 감동시켜 '열 가지 착한 일 하기' 캠페인이 벌어졌고, 더비는 독일에서 '꼬마 유명인'이 되었다. 하지만 불행히도 더비는 암살당해 목숨을 잃고 말았다. 더비가 죽어갈 때 무수한 독일 엄마들이 더비 엄마가 되어 더비와 함께했다. 사랑은 조수처럼 모든 사람의 마음에서 용솟음쳤다.

세상에는 두 종류의 사람이 있다. 하나는 손바닥이 위로 향한 사람이고, 다른 하나는 손바닥이 아래로 향한 사람이다. 손바닥이 위로 향한 사람은 바라는 사람이다. 그들은 언제나 불쌍한 거지처럼 다른 사람이 베풀어주기만을 기다린다. 이솝은 이렇게 말했다.

"많은 사람이 더 많은 것을 가지고 싶어 하다가 지금 가지고 있는 것조차 잃어버린다."

각종 유혹이 넘치는 이 세상에서 사람들은 모두 행복하게 살고 싶어 손을 내밀고 손바닥을 위로 향하게 한 다음 '주세요!' 라며 큰 소리로 외친다. 하지만 생활수준이 높아질수록 행복지수는 점점 내려가고 있는 게 현실이다.

손바닥이 아래로 향한 사람은 그렇지 않다. 그들은 늘 사람들을 돕고 또한 스스로를 돕는다. 손바닥이 아래로 향한 사람은 베푸는 사람이고 봉사할 줄도 아는 사람이다. 그들은 봉사를 행복이자 향유(享有)라고 생각한다. 베풀 수 있다는 것은 곧 자신이 부유하기 때문에 줄 수 있음을 의미한다. 사람들에게 도움을 주고, 도울 능력이 있는 사람은 행복하다. 그 사람의 성공은 더 많은 사람과 함께 기뻐하고 나눌 수 있기 때문이다. 하지만 늘 사람들에게 도와달라고 요구하는 사람은 더 많은 행복을 누릴 수 없다.

성공하려면 다른 사람에게 의지해서는 안 된다. 자기가 직접 힘들게 일하고 노력해야 한다. 인생을 살아가려면 신념과 정신력이 있어야 한다. 많은 사람이 운명과 싸우거나 맞서고 싶어 하지 않고 평범하고 무탈한 삶을 원하고 바란다. 손바닥이 위로 향하는 것을 선택하든 아래로 향하는 것을 선택하든 사람으로서 자기 자신, 가정, 사회에 대해 책임감을 갖는 것이 중요하다.

손바닥이 아래로 향한 사람은 손바닥을 아래로 향함으로써 타인에게는 온정과 나눔을 베풀게 되고 자신에게는 강한 신념을 갖게 한다. 손바닥이 아래로 향한 사람은 다른 사람에게 무언가를 주면서도 자신은 행복해진다. 이것 역시 일종의 행복이다. 우리 모두 손바닥이 아래로 향한 사람이 되려고 노력해야 한다. 자기만 잘 살겠다고 행동해서는 안 되고 고개를 들어 사회 전체를 둘러보아야 한다. 자신의 관심과 배려로 바꿀 수 있는 것이 무엇인지를 생각하며 살아야 한다.

"행복은 얼마나 많이 가지고 있느냐가 아니라 고민거리가 적은 데서 온다."

베푸는 것은 행복의 원천이다. 행복은 나눌 수 있고 사람들에게 나누어 줄수록 더 커져 나중에는 훨씬 커져서 되돌아온다.

딩신 그룹 부회장 텅훙녠은 이렇게 말했다.

"당신이 손바닥이 아래로 향한 사람이 될 기회가 있어 그렇게 되었다면 주위를 살펴 손바닥이 위로 향한 사람이 되고 싶어 한 사람이 당신의 도움과 격려를 받아준 것에 대해 감사를 표하라. 주는 사람과 받는 사람 모두 서로에게 감사해야 한다. 두 사람이 서로를 변하게 하고 있으니 말이다."

소소하지만 소중한 행복을 배우다
행복이 머무는 순간들

초판 1쇄 발행 2017년 02월 27일
초판 8쇄 발행 2022년 01월 29일

지은이 무무(木木)
펴낸곳 보아스
펴낸이 이지연
등 록 2014년 11월 24일(No. 제2014-000064호)
주 소 서울시 양천구 목동중앙북로8라길 26, 301호(목동) (우편번호 07950)
전 화 02)2647-3262
팩 스 02)6398-3262
이메일 boasbook@naver.com
블로그 http://blog.naver.com/shumaker21

ISBN 979-11-954336-7-4 (03820)

ⓒ 보아스, 2017

이 도서의 국립중앙도서관 출판시도서목록(CIP)은 서지정보유통지원시스템홈페이지
(http://seoji.nl.go.kr)와 국가자료공동목록시스템(http://www.nl.go.kr/kolisnet)에서
이용하실 수 있습니다.(CIP제어번호: CIP2017003555)

소소하지만 소중한
행 복 을 배 우 다

행복이
머무는
순간들